鲁迅文学奖获奖者小说丛书

浮 生 记

总要有那么一些人，做一些笨的工作，用文学的方式，书写这一时间段的真实的中国。

江苏凤凰文艺出版社

王十月 著

图书在版编目（CIP）数据

浮生记 / 王十月著. — 南京：江苏凤凰文艺出版社，2016
（鲁迅文学奖获奖者小说丛书）
ISBN 978-7-5399-9191-7

Ⅰ.①浮… Ⅱ.①王… Ⅲ.①中篇小说－小说集－中国－当代②短篇小说－小说集－中国－当代 Ⅳ.①I247.7

中国版本图书馆 CIP 数据核字(2016)第 083006 号

书　　名	浮生记
著　　者	王十月
责任编辑	黄孝阳　汪　旭
出版发行	凤凰出版传媒股份有限公司
	江苏凤凰文艺出版社
出版社地址	南京市中央路 165 号，邮编：210009
出版社网址	http://www.jswenyi.com
经　　销	凤凰出版传媒股份有限公司
印　　刷	江苏凤凰通达印刷有限公司
开　　本	880×1240 毫米 1/32
印　　张	9.375
字　　数	198 千字
版　　次	2016 年 5 月第 1 版　2016 年 5 月第 1 次印刷
标准书号	ISBN 978-7-5399-9191-7
定　　价	35.00 元

（江苏文艺版图书凡印刷、装订错误可随时向承印厂调换）

目录

国家订单 001
浮生记 062
变形记 132
在深圳的大街上撒野 180
不断说话 238

国家订单

终于,李想这一天对小老板提出了辞呈。小老板坐在租屋的旧沙发上,眼睛盯着电视里吴小莉那职业的微笑。沉默许久。他想说什么来着,想说一说李想的诺言?说一说让李想再帮帮他?可他终究什么也没有说。他理解李想,并不责怪他。李想有自己的生活,没有理由被绑死在他这辆眼看就要倾覆的破车上。

小老板说,工资的事,过几天好吗?赖查理……

小老板说到赖查理,说不下去了。他不止一次用赖查理来搪塞工人,说赖查理就要来了,赖查理一来就有钱了,公司也就渡过困难期了,弄得全厂的工人都知道有个赖查理,知道他是工厂的救星。可是这个赖查理,已许久没法联系上了。连小老板自己都对赖查理的到来失去了信心。可是他又觉得赖查理不是那样的人,这几年的交往,赖查理给他的印象不坏。不过话又说回来,这世道,人心隔肚皮,谁又敢保证小老板看人没看走眼呢。

李想的鼻子一酸,他太理解小老板的心情了,毕竟是多年的朋友了。他差点就改变了主意。小老板待他不薄,可以说从来就未曾把他当属下看待，说是亲如兄弟也不过分。可是想到身怀六甲的妻子，想到周城那边催得急，想到到处都要花钱，他狠下了心，说，我做到月底吧。工资不急，你现在需要用钱。

刘梅快要生了吧。小老板还是盯着电视屏幕。

八个月了。李想说。

小老板问到了刘梅，李想就知道，小老板再难，也会在刘梅生产之前把工资给他的。从家里来的时候，刘梅反复对他说，一定要提钱，半年的工资，趁现在他还拿得出来，再过一段时间他破产了，杀他无肉刮他无皮，他想给也没得给了。李想"嗯嗯"地答应着。刘梅说，别拉不下面子。李想说我知道。刘梅说，有什么不好说的，欠债还钱，他欠你的工资，不好意思的是他。李想说，我知道。刘梅说，你就说我要生孩子了，缺钱用。李想说，我知道了。

小老板已欠下了供应商不少的货款了。最要命的是，工人的工资也欠了四个月。开始的时候，小老板还对工人信誓旦旦，说赖查理很快就可以结清货款的，到时把工资一次性算给大家。可是一个月过去了，又一个月过去了，赖查理杳如黄鹤，工资只有一拖再拖。和工人交涉的重担，就落在了李想的肩上。李想对工人们动之以情，晓之以理。但还是不停有工人在辞工。辞工当然要结工资，不结算工资就要告到劳动站去，再不行就喊打喊杀的，现在的工人，也不好糊弄了，不像李想和小老板当初出门打工时那样，人为刀俎，我为鱼肉，现在的工人，对付起老板来，办法一套一套的，又是眼泪又是劳动站，软硬兼施。小老板倒不怕那些供货商，却怕这些工人。终还是有工人离开了,厉害的角色,自然拿到了工资,次一点的,打一张欠条,还有老实一点的,干脆拍拍屁股走人。小老板一天无数遍拨打赖查理的电话,电话从来没有接通过。

李想说,我知道,这时候我不该走。谁都可以走,我不该走。可是……

小老板张了张嘴,嗓子里像有鸡毛一样,痒。干咳着,终于咳出几个字:大家都不容易。

还说什么呢。但小老板多少是有些失望的,李想一走,等于少了他的一条胳膊,他的局面将更加的难于应付,倒闭是迟早的事。只是,小老板终究是不甘心,他在等着奇迹出现。十年前,小老板背着一个破蛇皮袋离开故乡,那是一个清晨,天刚蒙蒙亮,初春的风,吹在脸上,像小刀子在割,路两边,都是湖。湖睡在梦中,那么宁静,他的脚步声,惊醒了一两只狗子,狗子就叫了起来,狗子一叫,公鸡也开始叫,村庄起伏着一片鸡犬之声。小老板在那一刻停下了脚步,回望家门,家里的灯还亮着。他在心底里发下了誓言,一定要发财,当老板,衣锦还乡。出门打工,小老板吃过许多的苦,受过许多的难。这些,都不提了罢,小老板从来没有埋怨过生活,也没有恨过生活给他的苦。乡里人有一句话,"吃得苦中苦,方为人上人"。他一直在寻找机会,先是当工人,当技术工,跑业务。终于是有机会了,他有了自己的业务网,特别是赖查理的出现,改变了他的生活。他有了自己的制衣厂,十几号人七八条枪,一路这么走过来,终于有了一定的规模。他打过工,知道打工的苦,待工人不坏。他对工人说,将来工厂发展大了,我不会亏待大家。他是这样说的,也当真是这样想的。

小老板盯着电视画面,思想却飞得很远。李想想再说一些抱歉的话,但觉得这样的话说出来就显得虚伪,显得多余,也不说什么。两个男人,就这样一言不发,盯着电视画面发呆。他们没有想到,此刻,在遥远的大洋彼岸,正在发生一件惊天动地的事情,这件事,改变了世界。

就在李想觉得自己该走了时,凤凰台的电视画面,出现了奇怪的一幕:大洋彼岸,美利坚合众国那著名的"双子星"大楼,那无数好莱坞影片中出现的标志建筑,此刻却像是两个大烟囱,在冒着滚滚浓烟。两位心事重重的中国男人,在这一刻都呆住了,他们忘记了自己正面临的困境。很快他们就明白了事情的原委。和许多中国人的反应一样,李想跳了起来,欢呼着,尖叫着,兴奋着,打电话通知自己的朋友。李想还拨通了妻子刘梅的电话,只说了一句话,赶快看凤凰台。挂了,又拨了周城的手机,也还是那一句,快看凤凰台。周城的手机信号似乎有问题,声音断断续续地,问,看什么,你说看什么。李想高声说,快看凤凰台。周城这一次听清了,说他在外面谈很重要的事情呢。周城问凤凰台有什么好看的,李想说,别问那么多了,赶快打开电视机看凤凰台,不然你会后悔的。小老板没有欢呼,他只是很冷漠地看着欢呼的李想,嘴角甚至泛起了一丝冷笑。他想到了那封信,没有署名,但措辞很强硬,限他三天之内把工人的工资发了,否则,后果自负。随信一起的,还有一把水果刀。刀很锋利,闪着寒光。信肯定是他厂子里的工人写的,但是谁写的,小老板不知道。他本来是想和李想谈一谈这封信的,没想到李想提出了辞职,这让小老板的心里多少生了些许的疑惑,理论上来说,厂里所有的员工,都有可能写这封信,所有的员工,当然就包括了李想。看着李想的兴奋与雀跃,小老板又觉得,这写信的人不可能是李想。怎么说,他也算得上是李想的恩人,李想不至于恩将仇报若此。

又一架飞机撞向了大楼,画面给了尖叫着的、惊慌的人群,给了五角大楼,给了白宫,给了一面在风中飘扬的星条旗……李想再一次尖叫了起来。他的脸色因兴奋而潮红。李想说,终于有人敢在太岁头上动土了,他妈的美国佬一直欺压我们,一会儿炸我们的大使馆,一会儿又撞我们的飞机,这一次终于得到了报应。

李想还想说什么,比如和小老板一起控诉一下那大洋彼岸的美帝国主义的恶行。但这一次李想觉出了不对劲,小老板的眉头皱了起来,有些悲哀地说了一句:不知要死多少人。

小老板的话一出口,李想一时语塞,和小老板分手的时候,沉默的格局还是因了"九一一事件"的发生而打破。他们交流了对于这次事件的感慨,也共同骂了美国佬,也共同关心了大楼里有没有中国人,关心了这次事件中死亡的人的数字,然后道别,一切都显得有些陌生而漠然了。

李想回到家,问刘梅有没有看过凤凰台。

刘梅说,跟小老板说了没有?

李想说，说了。

刘梅说，小老板生气了吧。

李想说，倒也没有生气，不过他心里肯定不好受。在我们最难的时候，是小老板帮了我们，现在他有了难，我却要辞职，总觉得有点不厚道。

刘梅说，你不会对他说我要生了吗？再说了，这些年来，你为他打工，没有白天黑夜，也帮了他不少。算是报恩了。

李想说，话虽这么讲，可心里总是难受的。你没有看凤凰台吗？

刘梅说，看了，小老板没有说多久给你结工资吗？

李想说，没想到，美国的双子楼被炸了，他们炸我们的大使馆时，多么嚣张啊。那时我还在佛山打工呢，工厂里有几个工友请假去广州，到美国领事馆门口去示威，我也想去，可没有请到假。

刘梅说，炸了就炸了，关我们什么事。别在这里打马虎眼了，肯定是没有谈工资的事吧，你呀你，我就知道你这人，把面子看得比什么都重要，说几句话会死人？

李想就把头低了下去，像一个做错了事的孩子，说，我答应了，做到月底。

切！刘梅冷笑一声，月底，你们厂还能做到月底？

李想不再说话。本来他是想和刘梅谈一谈美国双子楼被炸的事，现在却一点儿谈兴都没有了。洗了正准备睡呢，周城的电话打来了，问李想和老板谈得怎么样了，什么时候辞了职跟他一起干。

李想说谈了,月底就离开小老板。李想问周城,看凤凰台了没有。周城说没有看,说他今天晚上和一个美国基金会的代表在谈判,合同都签好了。

咱们要发财了,周城说,晚上有活动吗?

李想说,都几点钟了,还活动?

周城说,嫂子怀了几个月,憋坏了吧。出来,我请客,帮你把那戒给破了。

李想还想说什么,周城已说了声西子足疗馆见,把电话挂了。

这么晚了还往外跑,刘梅自然是一脸的不高兴。何况是跟周城跑,刘梅更加不高兴。

刘梅一直觉得周城这人不踏实,虚头巴脑,咋咋呼呼的,又爱吹牛。担心李想跟他在一起学坏,还担心李想吃亏。刘梅说真想不通,周城怎么那么大的能耐,名利双收。可是想到老公将来跟了周城,赚的钱要比跟了小老板多,也就不怎么反对了。

到了足疗馆,周城一脸喜色,在那里和咨客聊天。见李想到了,便问李想,是按摩还是洗脚。李想说洗脚。周城说,那就洗脚吧,下次一定要帮你破戒。李想笑笑说他早就没有戒可破了。要了房间,咨客问周城有没有熟悉的技师,周城叫了38号,又指着李想说帮他叫个漂亮点的小妹。咨客笑盈盈地答应了,不一会儿回来,对周城说对不起老板,38号出钟了,您再叫一位吧。周城说那你随便安排吧。

等候技师时,周城神秘地对李想说,我那事成了。

李想问什么事。周城说就上次对你说的那事,从现在起,我免费为打工者打官司了,免费,你知道吗,一分钱也不收。老子再也不用担心那些打工仔赢了官司不给钱了。

说话间,技师来了。给李想洗脚的技师长得不错,而给周城洗脚的技师,却是一位大嫂。李想嘴角泛过一丝笑,望了周城一眼,周城皱了皱眉头,朝李想摇了摇头,长叹一声,哎呀,命苦呀。也不同技师说话,只是对李想说,我今天跟那假美国佬把合同签了,我只管打官司,所有的律师费都由老美出。接下来我这里肯定忙不过来,缺一个又能干又放心的帮手,你最好快点过来。

李想说没有办法,做人不能太绝情,当年我被治安抓,差点就送收容所了,是小老板帮了我。李想又不无担心地问周城,拿美国人的钱,会不会有什么问题。

周城笑了,说,你呀你,人家美国佬把人权看得比什么都重要,不单美国,香港也有一些基金会在做这样的事。这也是为打工者做一件大好事,名利双收,你就放心吧。接下来两人谈了一会儿双子楼被炸的事。

从洗脚城出来的时候,已是凌晨了。路过海华工业区前的十字路口时,就看见前面围了一圈人。李想一个激灵,说,妈的,又是查暂住证的。把手摸向了口袋,身份证暂住证都在。多年前,他刚来南方,工作没有找到,手中的钱又花光了,屋漏偏遭连阴雨,晚上又被治安队抓了。他就是那时认识小老板的。那时的小老板还没有当老板,还在工厂里打工。萍水相逢的小老板帮他出了一百五十块的罚款,让他免了收容之苦,还把他介绍进了他们厂做工。从此,开始了他们长达八年的友谊。小老板从厂里出来创业,李想也跟了出来。想到自己今天向小老板提出辞职,想到小老板的工厂已是风雨飘摇,想到当初自己被小老板帮助时说过的话:今后您要有用得着我李想的地方,我赴汤蹈火都在所不惜。李想禁不住一声长叹。南国的风,带着咸腥的海的气息扑面而来。街道两旁那高大的大王椰,在风中沙沙沙地响。李想突然觉得内心凄惶莫名。

一群治安员围着两个人,一会儿让他们蹲下,一会儿让他们把手举起来。他们现在对李想和周城不感兴趣。李想却差不多患了治安员综合征,见了治安腿就发软。现在他唯一想做的就是快点离开这是非之地。却发现不见了周城,回头望,见周城在看热闹。李想等了一会,见周城似乎没打算离开,想一想,把身份证、暂住证拿出来再确认了一遍,才走过去,说周城你干吗哩,你……呀!张怀恩?!李想看见,那被治安员折腾的居然是厂里的车衣工张怀恩。

张怀恩正举着双手,在同治安员辩解,说他手中的刀子,当真是削水果的,不是用来行凶的。说着就激动了起来,手开始比画着。

举起来,举好。一治安员指着他的手。张怀恩的手又老老实实举好。那治安员仍觉不解恨,在张怀恩的小腿上来了一脚。张怀恩痛得跳了起来。

丢雷个嗨。治安员骂。对张怀恩的辩解很是愤怒。一口认定张怀恩手里的刀子是用来行凶的。

张怀恩正是百口莫辩,突然听见有人叫他的名字,原来是厂里的经理李想,那兴奋无异于溺水的人抓住了一根浮木。喊了一声李经理,又喊一声李经理,又对治安员说,他是我们厂的经理,他可以证明我是好人的。

治安员把注意力转移到了李想和周城的身上。目光像锐利的刀子,把李想从头到脚刮了一遍,又把周城从头到脚刮了一遍。然后指着李想,说,暂住证、身份证。

李想迅速把证件递给了治安员。治安员看了一眼,还给了他。指着周城要看证件。周城却没有把证件交给他们看的意思,只是慢条斯理地说,你们是哪个派出所的,把你的证件给我看看。

这简直是在太岁头上动土。治安员天天查看别人的证件,大约从来没有被人查看过证件,一下子倒愣住了。又拿目光刮周城,就没有先前那么锐利了。心里有些虚,不知道周城是何方神圣。周城看出了治安员的心思,冷笑了一声,说,你们为什么要打他?谁给你们的权力?

治安员之一说,他带着刀子。

张怀恩说,是水果刀,用来削水果的。

治安员之二说,水果刀就不能行凶了?

周城说,真是好笑,带了水果刀就会行凶吗?那我说你是强奸犯。

我怎么是强奸犯?

你有强奸的工具呀。周城笑。

哗！周围的人都哄地笑了起来。

治安员闹了个大黑脸，被周城这么一唬，有点懵了。眼前这人，看穿着也不像是什么了不起的大人物。哪有大人物深更半夜在街上闲溜达的呢。慢慢有些回过神来了。首先回过神来的，大约是治安员头目，他指着周城，说，丢雷个嗨，你在这里装什么大头鸟，你干吗的，身份证、暂住证。

周城不慌不忙，从腰上取下手机，说，问我是谁？是让李世贤来告诉你们，还是让黄标告诉你们。

周城说的李世贤，是这城市的公安局局长。黄标，就是这片区的派出所所长。周城报出了这两个人的名字，治安头目再一次慌了。周城把手机递给那治安头目，说，要不要给李世贤打个电话让他为我证明身份？

治安头目慌忙地说，对不起对不起，您讲笑了。

周城见好就收，说，你们这么晚出来执法，也很辛苦，可是你们要文明执法，看见他手中有刀子，拦住盘问，都是对的，说明你们工作很认真。可你们怎么能动手打人呢，打人就是你们的不对了。治安队伍这么辛苦保一方平安，为什么老百姓还这样恨你们呢，还是你们的执法态度有问题啊。

治安头目低头垂手，像一个犯了错的小学生，连声说"是，是，是，下次注意。"挥手让手下的治安员放了张怀恩。张怀恩千恩万谢。李想说，这么晚了出来瞎转悠什么呢，你又不是刚出门打工的,出来就算了,还带一把刀子。快点回厂里去吧。张怀恩又谢了李想,说李经理,要不是您,我今晚就惨了。

车衣工张怀恩并不知道,刚才跟着李经理的,并不是什么大人物,不过是一个专帮打工者们打官司的律师罢了。他更不会想到,和李经理在一起的那个大人物,根本就不认识什么公安局局长和派出所所长。他不过是看准了治安员的心态,诈了他们一把。他张怀恩要是知道了,当时怕是吓得都走不动了。

这个晚上经历的一切,对车衣工张怀恩来说,是一个警示信号,他得认真想一想下面的路该如何走了。回到工厂,睡在铁架床上,张怀恩的手脚还在发软。如果不是李经理他们赶到,他坚持不了几分钟,就会如实招供了。

张怀恩想到了另外的一把刀子,还有和刀子放在一起的那一封信,刀子和信塞进了厂里的员工意见箱,现在应该在老板手中了。几个月没有发工资了,工友们陆续在离开,许多人都没有拿到工资。张怀恩不想找劳动站,他早就听说,老板被一个叫赖查理的香港佬骗了,几十万的货款都没有要到。就算到劳动站去告,老板也拿不出钱来发工资了。何况,天地良心,他张怀恩跟了小老板也有三年了,小老板待他们这些工人当真不错,张怀恩也不想把事情弄大。他只是想吓唬一下小老板,然后要到自己的工钱。

晚上,他去未婚妻打工的厂了,两人在厂外面的香蕉林里亲热了半天,打算十月一日国庆节就回家结婚。说到回家结婚之前,无论如何要把工资拿到手。未婚妻劝他,好好跟老板说,把要结婚的事说清楚,也许老板会把工资结了呢。再说了,你的身体一直不大好,要早点去医院检查检查。张怀恩摇摇头,苦笑,说,小老板人是不错的,他要拿得出钱来,也不会拖我们这么久的工资了。又说,我没什么病,不过就是有点贫血,结婚了你天天给我做好吃的就行了。未婚妻偎在张怀恩的怀里,无限幸福,说,结婚了我们在外面租个房子,我天天给你煲汤,把你养得胖胖的。

张怀恩并没有告诉未婚妻关于刀子的事。未婚妻抱着他时,碰到了那把水果刀,吓了一跳。张怀恩说,没什么,用来防身的。未婚妻就不说话。上个月,他们俩也是在这厂外的香蕉林里亲热,结果被几个烂仔抢了,抢了钱不说,那烂仔还摸了未婚妻的胸。当时的张怀恩,没有做出任何的反抗。未婚妻倒没有责怪张怀恩。张怀恩却感到极度的愧疚,说他不是男人。未婚妻说,我只要你好,平平安安。你要真和他们打起来了,有个三长两短,我也不想活了。话是这么说,张怀恩的心里却更加难受,总觉得自己不算个男人,连自己的女人都保护不了。当张怀恩说他的刀子是用来防身时,未婚妻沉默了一会,说,以后别带刀子了,带了刀子更危险。也是在那时,张怀恩听到了一个让他又喜又忧的事,未婚妻怀上了他的骨肉。当真让他又是欢喜又是惶恐。

张怀恩决定,用温和的方法去向小老板要工资。他要对小老板说他的未婚妻,说他未来的孩子,当然,还可以编造一下,比如说家里有一个八十岁,不,七十岁的老母,有一个正在读高中,明年就要考大学的妹妹,我张怀恩一家人的幸福,都寄托在小老板您的身上。实在不行了,就算给老板下下跪也是可以的。然而第二天,小老板并没有来工厂。张怀恩找到了老板娘,老板娘说要工资你去找老板。张怀恩说,那老板去哪儿了?老板娘说,我还在找他呢。看着老板娘火药一样,仿佛一触就要爆炸,张怀恩退出了办公室,见文员李兰朝他吐舌头做鬼脸,便凑过去,用嘴呶着老板娘的办公室,问怎么回事。李兰小声说,和老板吵架了,早上在办公室里哭呢。

这一天,厂子里的工人都显得有些兴奋。昨天晚上发生在大洋彼岸的悲剧,在这些打工者的眼里,并不是悲剧,他们谈论的话题,由如何从小老板那里讨到工资,变成了美国佬的双子大楼。事不关己,那是遥远的美国发生的事情,工人们没有理由为那些死难者悲伤,也没有理由去操乔治·布什应该操心的事。只是,张怀恩带来的消息,却像一股暗流,在工人中引起了不小的骚动。

老板不见了!

连老板娘都不知道老板去哪里了。

老板会不会跑掉了?要是跑掉了,我们这些人就惨了,四个月的工资呢。

工人去找经理李想,问经理,老板是不是跑了。李想安慰大家,说怎么可能呢,怎么会跑呢,老板不可能跑的,再说了,他还有这个厂在这里,还有这么多的设备,跑得了和尚跑得了庙?再说了,工厂不过暂时遇到了一些小困难,赖查理马上就要来了,赖查理一来,大家的工资都有得发了,一分钱都不会少你们的,再说了,我不也还欠着工资么,你们欠四个月,我还欠了六个月呢,张怀恩你说是不是这个理?

张怀恩昨晚才受了李想的恩惠,现在没有理由不站在李想的这一边帮他说说话,张怀恩于是对工人们说,李经理说得有道理。老板可能是帮我们弄钱去了哩,我打工十年,干过七八间厂,在这个厂干了三年,这个老板是最好的了。

工人们的从众心理是比较强的,有人说老板跑了,就人心惶惶,觉得老板真的跑了。有人说老板不可能跑,大家一听,又觉得他分析得在理,老板要跑早就跑了,还会等到今天?

小老板的确没有跑,跑到哪里去呢,这厂子是他的命,是他的心血,他怎么会抛下呢。只是他现在觉得很累,前所未有的累。昨天晚上,和妻子吵了一架,心情坏到了极点。他现在只想找一个安安静静的,没人知道的地方,好好地睡一觉,积蓄力量。和妻子吵架后,小老板离开了家,给阿蓝打了电话。问阿蓝晚上有空没有。阿蓝说有空。小老板就去了阿蓝那儿。阿蓝一见小老板,就偎在了他的怀里,紧紧抱着他。小老板轻抚着阿蓝的长发,说,我有点饿,给我做点吃的吧。

阿蓝烧得一手好菜。小老板每次来这儿,阿蓝都会下厨烧上几个小老板爱吃的菜。阿蓝烧出来的菜,要颜色有颜色,要味道有味道,不像小老板的妻子,一年难得下几次厨,做出来的菜不是咸得烧嘴,就是淡得像没放盐,形和色那就更不用提了。每当小老板遇到了不顺心的事,就爱到阿蓝这里来。有时他甚至觉得,阿蓝这儿才有家的感觉。

阿蓝说,看你的脸色很差,我给你放点热水,你泡个澡吧。

小老板说好,倒在阿蓝的床上休息,阿蓝的床上,有一股淡淡的馨香,仿佛催眠的良药。小老板每次一倒在阿蓝的床上,就觉得瞌睡,倒下就能睡着,而且还睡得格外的香。就像现在,他睡在了阿蓝的床上,就像到了一个温暖宁静的港湾,工厂里的烦心事,都仿佛与他无关了。他现在只想好好地享受这温馨的时刻。阿蓝在浴室里放好了水来叫小老板时,房间里已响起了轻微的鼾声。

阿蓝不忍心叫醒他,下厨房去做菜。烧了一个松籽鱼烩什锦,一个清炒篱蒿,一个野山椒牛肉,都是家常菜。也是小老板喜欢的口味。做好了菜,看小老板还在睡。阿蓝就坐在床边,看着小老板。

不知为何,阿蓝觉得自己是渐渐喜欢上这小老板了,这种喜欢是危险的,她知道这不同于一般的感情,也不同于她对其他客人的感情。这些年来,她就在这里安了个窝,接待一些熟悉的客人。遇上喜欢的男人还会为他们炒两个菜。也有客人提出过把她包起来,她只是笑。她似乎是喜欢上了现在的这种生活,为那些事业小有成就,却又心灵孤独的男人们,营造一个家的氛围,做他们临时的妻子。可是小老板出现后,阿蓝的心有些乱了,她开始很少和其他客人交往。小老板并没有给过她多少的钱,甚至根本就没有给过她钱,只是每次会送给她一些小礼物,这礼物有的比较值钱,比如玉镯手链什么的,有的不值钱,比如一个云南扎染的挎包。但这些对于阿蓝来说,似乎都是无价的。有时阿蓝也想,这个平时总显得心事重重的男人,到底有什么样的魅力,让她心乱如此。想来想去,阿蓝觉得,是小老板的真实。小老板在阿蓝面前,从来不掩饰自己的内心,也不掩饰他的困窘。不像有的男人,一来就对她吹嘘又赚了多少钱,说要和老婆离了婚娶她。小老板却总对她说,不能一个人一直这样下去,碰到合适的,就嫁了,他情愿那时和她做一个朋友。说他的生意遇到了困难,但一切都会过去的。说他喜欢到这里来,是喜欢这里有家的感觉,可以让他忘了那许多的烦恼。难道只是这些吗?阿蓝自己也不清楚,于是只能对自己说,人的感情,当真是很奇妙很复杂的。

小老板猛地醒了,看着阿蓝,笑,说,我又睡着了。每次来你这里,都有睡不完的瞌睡。

阿蓝说,你这样说,我很开心。饭好了,吃饭吧。

于是他们吃饭。吃完饭,小老板洗了个热水澡。抱着阿蓝。做爱。小老板做爱总是很小心,像在抚摸一尊绝品的瓷器。然而这一次,小老板终究有点一反常态了,风狂雨骤地。小老板喊,阿蓝啊阿蓝,阿蓝啊……小老板居然哭了。但小老板没有让眼泪泛滥,泪刚出来,便被他止住。小老板仔细地抚摸着阿蓝细瓷一样的肌肤,说,阿蓝,我恐怕是最后一次来你这里了。阿蓝抱着他,拿手指抚摸着他的胸肌,不问为什么。小老板说他的工厂这次真的坚持不下去了,他明天回去,就宣布破产。把厂里的东西卖了给工人发工资,欠供货商的钱,那就只有欠着了。小老板说他反正是死猪不怕开水烫,只是对不起阿蓝,有钱的时候,为什么没有想着多帮帮她。

这个晚上,小老板睡得格外的香,连梦都没有做一个。次日拥别阿蓝的时候,他把腕上那块戴了五年的手表脱下来,作为给阿蓝最后的留念。这时的小老板,何曾会想到,他和阿蓝的缘分,哪里就能这么说断就断呢。可谁又能未卜先知?若当真能未卜先知了,生活肯定索然无味。人能有滋有味地生活下去,也正是因了这未知的奇妙,将来的日子永远是新鲜的。有时是山重水复疑无路,柳暗花明又一村,有时呢,看似前程似锦了,偏又莫名其妙地弄出许多的跌宕起伏来。

小老板回到了工厂。现在他的内心很平静,他做好了坦然面对这一切的准备。工人见到老板回厂了,都长长地吁了一口气。老板果然没有跑。老板没有跑,大家的心也就安了。张怀恩的心却并没有安妥下来。小老板刚坐回办公室,张怀恩就去找他了。小老板很客气地让张怀恩坐下。张怀恩站着。小老板说,你坐吧,坐下说。张怀恩很拘束地坐下。小老板抽开了抽屉,里面静静地躺着一封信,还有一把闪亮的刀子。信上的每一个字,其实都像是一把刀子,一刀一刀,扎在小老板的心头。可是现在,爱也好恨也好,这一切似乎意义都不大了。小老板把抽屉合上,平静地盯着张怀恩。张怀恩被小老板盯得有点发毛了,惶恐地低下了头,恨不得把头都低到两条腿中间了。

怀恩,有什么事,你说。小老板说话和风细雨,但这和风细雨里,却透着疲惫与失望。

张怀恩想好了许多的话,可是一下子,居然一句都说不出来了。脸涨得通红,过了好一会儿,才说……老板,我要回家结婚了。

小老板笑了笑,露出一口好看的牙。这么多年来,小老板保持了许多美好的品德,不抽烟,不喝酒。三十有五了,身体一点也没有发福。

恭喜你。到时要给我派喜糖哦。我还得给你包个红包的。又说,日子定好了吗?

定好了,就在国庆节。张怀恩的眼四处游走,就是不敢看小老板的眼。

哦,我知道了。工资的事你放心,我会尽快发给你的。你看,我厂里还有那么多设备,那么多布料,怎么说也能卖点钱,发工人的工资还是够的。

张怀恩没有想到,事情会是如此的简单。他甚至还没有来得及说他未婚妻肚子里的孩子,没有说他那虚构的七十岁的老母亲,还有那凭空造出来的读高中的妹妹,更没来得及说他的贫血。这样一来,张怀恩反倒觉得有点空落落的感觉,仿佛攒足了劲,一拳打出去,却打在了棉花上。

还有事吗?小老板问。

张怀恩站了起来,突然说,我,要做爸爸了。说完脸更红了。

小老板笑得很开心,说,那是双喜临门了。我得包一个大点的红包。

张怀恩说,老板,那……我走了。

走到门口时,张怀恩又站住了。

小老板说,还有什么事吗?

我……张怀恩差一点就对老板说,对不起,那封信是我写的,还有那把刀。然而张怀恩没有说。只是突然冲小老板鞠了一个躬。

张怀恩离开后,小老板又拉开了抽屉,拿出那把锋利的刀子,眯着眼睛看着。电话响了起来,他不想去接。可是电话铃声响得很固执。小老板看着电话机,突然觉得这些年的创业生活,当真像是梦。他想起了多年前,他离开故乡的那个清晨。小老板拿起了电话,突然像被人在屁股上扎了一刀一样,蹦了起来。

赖查理! 小老板的声音很古怪,说不清是愤怒还是激动。

赖查理,你在哪里。你可把我害苦了。小老板的手都在发抖了。

赖查理没有说话,让小老板发脾气。等小老板的脾气发得差不多了,才说,骂够了吧,骂够了,给你个大单做。

大单?小老板苦笑了一下,真正的大单,赖查理是不会给他做的。给他做的,要么是工价很低,别的厂不愿接,要么是要货急,像催命一样,别的厂不想接。但就是这些鸡零狗碎的订单,让小老板一步步走到了如今。可以说是成也赖查理,败也赖查理。

赖查理不是老外,是个香港人,多年以前,他也只是一家港资制衣厂的高管。那时小老板打工的厂和他打工的港资厂有业务往来。两人打交道多了,赖查理就鼓动小老板投资办一个小厂子,他呢,也绕开了老板,把自己接到的一些小的订单下给小老板做。小老板的制衣厂壮大的同时,赖查理的贸易公司也做得好威水了。但有了制衣方面的单,他总还是想着小老板的。

小老板没有追问赖查理这几个月为何不见了,连公司的电话也打不通。赖查理也没有去解释。在这江湖上,各人有各人的混法,只要赖查理来了就好了。赖查理来了!这个消息像风一样,在小老板的制衣厂里吹遍了。每个员工的心都被吹皱了,九月的南方的酷热,也被这一阵风吹散了。赖查理果然是小老板的救星,小老板的救星就是百十号工人的救星。打工者和老板,看似对立的两个阶层,其实又是紧密的利益相关者,是拴在一条绳上的两个蚂蚱。用老祖宗的话说,这叫大河涨水小河满,大河落水小河干。当然,理是这个理,实际上却是,大河涨水了,小河会不会满倒是不一定的,大河落水了,首先干涸的却肯定是小河。

赖查理带来了欠小老板的部分货款,外加一个大订单。用赖查理的话说,这可不是一般的订单,这是国家订单,而且不是一般的国家订单,是美国的国家订单。你要感到荣幸哦。

赖查理说的所谓美国国家订单,是生产二十万面美国国旗。

赖查理实话实说,他接的订单是一百万面星条旗,这样的单,本来是不会给小老板分一杯羹的。一是看在小老板的忠厚本分,二来呢,这批货也实在要得太急了些。这才匀出了二十万面单给小老板。二十万面星条旗,五天交货。

小老板听说一百万面星条旗时,微微一笑。和赖查理打了这么多年交道,他太了解赖查理了,人不坏,也有信誉,就是爱吹点牛,用现在流行的话说,是喜欢忽悠。他说什么一百万面星条旗,估计也就是那二十万面。但小老板并不点破,顺着赖查理说,再给我一点吧,三十万面如何。他的理由也很充分,反正这单是要下给别人做的,我小老板的厂子质量有保障,这你是知道的,何况,你赖查理这次玩失踪差点要了我的命,你要晚来一天,我这小厂都宣布倒闭了,多给我一点单,算是给老朋友的心理补偿。小老板的话说得入情入理,可是赖查理并不理会小老板的请求。他关心的是交货期,说五天时间一定要交货,完不成,到时可别怪我不讲感情了。

不就是二十万面旗子吗?五天交货,一点问题都没有。小老板说得斩钉截铁。

赖查理狐疑地看着小老板,说,二十万面,你真能按期交货?

小老板说,我们也不是一年两年的朋友了,这么多年,我什么时候说过大话?只是,怕是要加班加点了。你这一消失就是两个月,弄得我的工人天天去劳动局告我的状。我的那些货款?

赖查理说,阎王少了小鬼的钱?

小老板笑,说那是那是。又说,工人不拿钱不肯开工,加班时间长一点,早把我告劳动站去了。

赖查理说,你还怕劳动站?你们中国老板,从来不都是和劳动站串通一气的么。

小老板说,我要有这样的关系,还怕工人告我?

赖查理说，这倒是实话。你放心让工人加班吧，劳动站那边小意思啦，我一个电话就摆平了。

赖查理来了。小老板头上的乌云一下子就散了。当天就把欠工人的工资给发了，厂里又加了菜。也对工人们放了话，离开了，又想回来的工人，随时欢迎。辞了工，还没有走的，最好留下来别走了。接下来的货工价那可是前所未有的高，保证大家一天能挣上六十块。车衣工张怀恩拿到四个月的工钱后，做出的第一个决定就是继续留在厂里。

小老板现在想的是李想的去留问题。突然之间，工厂又死里逃生了，而且眼看着有了大的发展机遇。这让小老板的内心起了波澜，表面上，似乎风平浪静，可内心的波澜，却可以说波涛汹涌了。这一次的困难，让小老板对世事看透了许多。比如他的妻子。小老板和她结婚这么多年来，妻子对他是百依百顺的，从未逆过他的意思。可这次，他差点翻船了，妻子呢，果真能够和他共患难吗？夫妻本是同林鸟，大难临头各自飞。这话说得还真有那么点意思。还比如李想，不就是半年的工资没有发吗？用得着这样？辞职？笑话！这就是把我当兄弟一样看的人么？小老板忽然冷笑了一声，觉得他真该感谢赖查理失踪了两个月，是这件事让他看清了许多。

人逢喜事精神爽，小老板突然有了点想唱几句的冲动。但他没有唱，只是闭着眼，吹了几声口哨。想到接下了这么大又这么急的订单，现在如何少得了李想，小老板决定和李想谈一谈，好好安抚他,挽留他,最起码也让他死心塌地把这批货赶完。小老板把李想叫到了办公室,给李想倒了茶。小老板的目光盯在了李想的脸上,他没有意识到自己目光中流露出的得意。而这得意,像一把锋利的刀,将他和李想之间的裂缝切得更大了。

李想说,老板,您找我什么事。

小老板把李想的辞职书拿了出来,推到李想的面前,说,这个,你拿回去。

又从抽屉里拿出一沓钱,一万元,轻轻地推到了李想的面前,说,这个,是你的奖金。

小老板说,我不怪你,一点也没有怪你的意思。我只是希望你不要再提什么辞职的事了。

李想把辞职书和钱推回给了小老板。说,你现在渡过难关了,我的心里也好受一些了,不然我会因为辞职感到良心不安的。只是,好马不吃回头草,决定的事,我不想再改了。你放心,我答应了做到月底,说话算数。在这里做一天,就会尽全力的。

李想这话说得很有分寸,这话一出口,就注定了两人之间,裂痕真的越来越大了。李想的话说得很有水平,意思是,你小老板的心思我懂,不就是担心这批货赶不出来吗,你是怕我李想在这里混日子哩,我李想可不是那种人!

小老板把那辞职书收起来,钱还是推给了李想,说,人各有志,我这里是太小了,你是个有能力的人,应该谋个更有发展前途的位置,我也不强留。这个你收下,刘梅不是马上要生孩子了吗?在这里生孩子,可得不少的钱花。我也不说是奖金了,算是我给未来侄子的见面礼。

李想咧开嘴,笑,有些苦涩。但他还是把钱收下了。小老板这样说,他没有理由拒绝。其实,从赖查理出现的那一刻起,李想就有点后悔了。他意识到,他的辞职是个错误的选择,倒不是因为他舍不得这个职业。他只是觉得,要是再坚持几天,等赖查理来了,等小老板过了这难关再辞职,那该是多么美好的一件事啊。那么,他们的友谊,就会持续下去。可是木已成舟。他本来是觉得有些内疚的。走进小老板的办公室时,他都还在内疚,可是当小老板用那种得意的目光看着他时,那种内疚感一下子就消失得无影无踪了。那一瞬间,李想的心情是复杂的,由内疚到失落,再到坦然。他突然觉得他再也不欠小老板什么了,之所以决定帮小老板把这批货赶完,一是自己承诺过做到月底,二是,要让小老板欠他一个情。

两人的心情变化,都是一瞬间的事。但两人都是聪明人,都感觉到了,他们的友谊已蒙上了尘。片刻的尴尬之后,小老板就开始谈工作了。问李想,二十万面旗,五天时间能不能赶出来。李想说,肯定不能,加点班,十万面没问题。

没有办法吗?马上招人呢。小老板问。

李想说,就算是满员,也不可能按时交货。

小老板说,你有办法的。

李想说,没有办法,能有什么办法呢,除非……

小老板眼睛一亮,问李想除非什么。李想摇了摇头,说不可能的。小老板说你还没有说呢,怎么知道可不可能呢?

李想说,我算了一下,如果满员,按我们的工人正常的进度,最少要十二天才能交货。现在只有五天的时间。除非外发一部分给别的厂加工。

外发?绝对不行。小老板说得很坚决。他好不容易才等到这么一个单,订货方要货急,才给出了这么高的价,做好这一单,他的工厂就真的可以起死回生了。

李想苦笑,摇了摇头。要是在过去,他肯定会说服小老板,告诉他人不可能一口吃成个胖子,有时不该是自己的财也别强求。要是在过去,他说了这样的话,小老板也多半会接受的。可这半年来,小老板被钱逼得快疯了,哪里还能把到嘴的肥肉拱手让给别人?现在的李想,要是再这样劝小老板,小老板还听得进去吗?李想认为小老板是听不进去的了,因此他也不再劝小老板了。只是说,那就只有加班,拼命地加班。反正只是五天时间,大不了大家五天不合眼。

李想这话说得还是带点刺的,他觉得他有义务提醒一下小老板。人哪里能五天不睡觉呢。可是小老板没有想到这一层,却兴奋了起来,说,对,做完这一单,给工人放几天假,让他们好好睡几天。你看电视里,抗洪抢险,官兵不也是几天几夜不睡觉吗,人的潜能是无限的。把工人的伙食搞好一点,李想你给工人打打气,鼓鼓劲。

抗洪抢险。李想的嘴咧了咧。他想说这怎么能和抗洪抢险相提并论?但又觉得这样的话还是不说为好,只是拿眼睛看着小老板,觉得小老板突然变得陌生了起来。

李想去安排生产了。小老板想了想,又让文员把张怀恩叫来了。张怀恩再一次紧张地站在了小老板面前。这一次,他看见了小老板桌子上放着的那封信,还有那把刀子。张怀恩的手脚一下子就软了。小老板拿起了那把刀子,盯着张怀恩。张怀恩的嘴张了张,感觉嗓子里发痒,额上有汗细密地沁出。小老板的嘴角抽动了一下,强笑着走到张怀恩的身边,拍了拍张怀恩的肩膀,将五百块钱塞进了张怀恩的口袋里。张怀恩说,老板,您这……?小老板说,你马上要结婚了,又要做爸爸,双喜临门,可你决定留在厂里,这让我很感动,这个,是我的一点心意。张怀恩又看了一眼桌子上的信和刀,手脚还是没有劲。小老板说,你的技术很好,我一直想着让你做个主管,协助李经理把生产抓上去,我看现在是时候了。你去吧,一会儿我让文员出一个通告,把你当主管的事在厂里宣布一下。对了,这批货很紧,五天要做出十天的货,厂里好多工人都是你的老乡,你帮我带好这个头。小老板说着,又在张怀恩的肩膀上拍了拍,说,你下去吧。

张怀恩满心欢喜,诚惶诚恐地下去了。主管这个位置张怀恩不是没有梦想过。不是有句俗话,叫不想当将军的士兵不是好士兵吗?在这家厂子里,论技术,张怀恩算不上是最好的,可是论人缘,他是最好的。厂里好多的工人,都是他的老乡。从老板的办公室出来,张怀恩再看这车间,看面临的工作时,心境一下子大不一样了。他觉得他对这厂子有了责任,他不再只是一个车衣工,把自己的货做好,尽可能多地车衣,多挣工钱。并不是每个打工者都有机会当主管的,现在机会来了,就看自己能不能把握住了。当了主管,从此就不用再天天坐在车位前,"日日日日"不要命地车衣了。当了主管,吃的住的还有工资都会不一样了。张怀恩突然觉得,这一切来得太突然了,来得那么不真实。他又想到了老板桌子上的那封信,还有那把刀。老板要是知道,这信是我张怀恩所写,这刀是我张怀恩放在老板信箱里的,会怎么想呢?这样一想,张怀恩就后悔得要死,觉得自己干了一件天大的蠢事。重要的是,这事他干得并不隐秘,他对另外的一个老乡讲过了,当时讲时,他是很得意的。现在,这老乡,成了一个危险的存在了。好在老乡关系和他不错,大不了当了主管,在工作上照顾他一点。

　　回到车位上时,张怀恩有一点心不在焉。老乡问他,怀恩,怎么啦?老板叫你去干吗了?张怀恩一惊,说,没干吗,没干吗,就是问我结婚的事。老板真是好呢,你看我一个打工仔,结个婚,他还那么关心。老乡说,我也觉得我们老板人不错。张怀恩说,前一段时间,老板遇到了困难,厂子差一点就倒闭了,你知道那天我去找老板辞职,老板怎么说吗?老乡问怎么说。张怀恩说,老板说,回去告诉大家,让大家放心,我厂子就算倒闭了,卖设备卖原料,也要把工人的工钱都发了。老板说他也是打过工的,知道打工人不容易呢,哪里就能差工人的钱呢。老乡说,也是。张怀恩又说,所以,这一次老板遇到了好机会,听说这批货很紧,五天一定要交货,老板对我们好,我们也要帮帮老板呢。说到这里,张怀恩觉得自己说得太多了一点,便不再说话,只是埋了头车衣。"日日日日",把电车踩得飞块。

中午快要下班时,车间里的喇叭响了起来,宣布了对张怀恩的任命。老乡们都向张怀恩表示了热烈的祝贺。吃饭的时候,张怀恩拿着饭碗去员工窗口打饭,工友们就笑,说张主管,你还在这里打饭呀,去那边,和老板一起吃小灶呀。张怀恩憨笑,还是挤在员工队伍里,眼却不时地望着干部吃饭的小房间。老乡们把他从队伍里挤了出来,说,别在这里装啦,快点过去吧。张怀恩被挤了出来,他便去队伍的后面排队。李想刚好从车间过来,说,张主管,你怎么在这里排队,去那边吃吧。

张怀恩跟着李想去了。小老板和干部们一起坐着,见张怀恩去了,其他的干部站了起来,给张怀恩挪椅子。小老板说,怀恩你现在是主管了,要负起主管的责任来。有李经理带着你。现在的工作,当务之急,是把工人的积极性调动起来,加班加点,把这批货赶出来。大家有困难没有?干部们都表了态,说没困难。小老板说,怀恩,你呢,有什么困难就说。张怀恩说,没有困难。小老板笑,说,困难是有的,但大家要想办法克服困难,战胜困难,再苦再难也就是五天时间,赶完这批货,我请全厂员工去大鹏湾海边玩一趟。游泳,晒太阳,吃烧烤,怎么样?干部们齐声叫好。

小老板去了员工的饭堂,中午的伙食,明显比平时要好了许多。小老板又把加完了班放三天假,带大家去海边玩,去游泳、烧烤的事说了。员工们的情绪,也都调动了起来。

张怀恩猛地做了主管,有点不知所措,跟在李想的后面转了两圈,不知道该做什么,就又坐回到自己的位置忙碌起来。小老板看在眼里,并没有说什么,嘴角泛起了微微的笑。

小老板把该安排的事都安排妥当了,突然发觉,做了这么多年的生意,这一次,他才真正像一个生意人了。他学会了驭人之术。他自己都觉得自己有些陌生,这陌生让他觉出了一点点的危险,但转念一想,又觉得这是一种进步。

生意人嘛!小老板坐在办公室里,听着车间里的电车在轰鸣,心里像六月天喝了冰水一样,舒畅极了。他想起了阿蓝。他想给阿蓝打个电话,想一想,还是没有打。现在不是儿女情长的时候。打开了电视机,看电视。电视里还在播着九月十一号晚上的那个恐怖的画面。那曾经雄视世界的双子塔倒塌了,消防队员还在紧张地进行全力搜救,希望能从废墟中找出生还者。小老板第一次发现,现在的世界,没有什么事件是孤立的,比如这次发生在大洋彼岸的恐怖袭击,几天前,他何曾想到这样的一次恐怖袭击,会改变他的命运呢。在国难面前,美国人的爱国热情,出现了前所未有的高涨。家家户户都在门口悬挂着国旗,表示他们对国家的热爱和对政府的信心,这时他们才发现,在美国国内,居然找不到生产国旗的工厂,突然涌现的对国旗的大量需求,这才有了他小老板的企业死而复生的机会。现在,小老板看着这电视画面时,心情就比往日复杂了许多。他走到窗口,盯着窗外,窗外是九月的南国,天空似乎有些异样,干涸了一个夏季的小镇,在骄阳的炙烤下,仿佛一揉就会散成粉末。小老板开始渴望一场雨的降临。

傍晚的时候,果真就下了一场久违的雨。这中国南方的小镇,在雨水的滋润下,顿时温和了起来。雨水洗尽了布满尘灰的小镇的天空,小镇一下子新了起来,连路边的树也鲜活了,香蕉叶绿得肥硕温润,高大的大王椰的叶子在风中摇摆,沙沙地响。小老板让工人们早早吃过饭睡了。现在,他的工厂是万事俱备,只欠东风。赖查理给的消息是,最迟今晚,东风就到。当然,这东风并不是从东边吹来的风,而是在另外的一家印染厂里,正在加班加点印出来的制作星条旗的布料。布料一到,小老板一声令下,他手下的这百十号工人,加上他小老板,加上他的妻子,所有能上的都要上,他小老板的翻身战,全在这五天了。只许成功,不许失败。

布料还没有到。天刚黑,工人们就奉命睡觉。睡不着也要睡,要抓紧时间睡。布料一到,再想睡也没得睡了。工厂里很安静,静得只有小老板不安的脚步声。布料迟到一分钟,就意味着他的工人要多加一分钟的班,意味着他多担一分钟的风险。小老板从未如此焦躁不安过,他是一个有着极好心理素质的人,从前,他自以为泰山崩于前也会面不改色,没想到,他的心理承受能力原来并没有想象中的好,二十万面星条旗,五天的时间,几乎就是他心理承受的极限了。谁说一口吃不成一个胖子,他咬着牙,恨不得一口把这世界咬住不放。

其实现在的小老板,完全也可以睡一会儿,闭目养神,或者好好欣赏一下这南方小镇的夜色。多美的南方小镇啊,多年前,他初到南方时,就惊异于这里的美丽,那么多新奇的植物,那么多漂亮的霓虹。现在的小镇依然是美的,这小镇的雨水,街灯,雨水中静立的厂房,荔枝树,香蕉林,吹过小镇的风。这一切,因了夜色和雨水而显得意象朦胧,像极了印象派的油画。就在一天前,他在决定了放弃这间厂,决定向命运投降的时候,他是有这样的心境去欣赏小镇的美丽的。真怪,那一刻,他是那么从容、安宁,居然有长长地松了一口气的感觉,有马拉松终于跑到了头的感觉。突然之间,命运来了一个急转弯,他反倒躁动不安了起来。夜终于是沉下去了。他站在雨水中,看着他打拼来的事业,过了眼前这一关,他将有能力把自己的事业做出声色来,他将不会满足于只是做一点来料加工,跟在别人屁股后面吃点儿残汤剩饭。迟早有一天,他会拥有自己的品牌,有自己的设计师,自己的专卖店,把他的品牌时装卖到北京,卖到上海,卖到美国,卖到巴黎。那时,当他回望自己的来处,回望那个清晨,回望那个背着蛇皮袋离开故乡的穷酸少年时,将会有着怎样的感慨?这样想时,小老板有了一些醉酒的感觉。

送布料的车,是在凌晨一点钟来到的。那时,许多的工人,刚刚进入梦中。在送货的人卸车的时候,工人们都从梦中被叫醒。顿时,厂里就闹哄哄地热闹了起来。几个月来,做货都是断断续续,工人们也有好久没有这样加过班了,大家都显得有些兴奋。裁剪,车工,尾段,整烫,包装。所有的工人都行动了起来。裁剪房里刚把一批布裁好,就被运到了制衣车间。工人们差不多是一哄而上,一车布料,转眼就被瓜分掉了。张怀恩还在叫"不要抢不要抢",可是工人们才不管这些,早一点抢到手,就意味着多车一些货,意味着多挣一些钱。这个时候,谁会把张怀恩的话当回事?张怀恩说,你们一下子车不了这么多,抢这么多干吗,分点别人做,分点别人做。笑话!抢到的货,就像到嘴的肉,哪里还会吐出来。这一点张怀恩比谁都清楚,他平时就是有名的抢货大王。现在他大声地叫着,其实也无非是在显示他的存在,好让老板听见,他张怀恩不是没有起作用的,他是在安排生产的。

第二批货裁出来的时候,制衣车间里,基本上就变得有序了起来,差不多的工人都领到了货,有限的几位没有抢到货的,在张怀恩的干涉下,也从别人那里匀来了一些。一面面的星条旗,随着电车的轰鸣,堆到了车位下面,每一个车位面前的塑料筐子里,很快就堆起了一个个红蓝相间的布堆,像一堆堆闪烁的星星。

小老板也没有闲着,充当起了搬运工,把车工车出来的星条旗记了数,送到尾段。尾段车间,说是车间,其实就是一间不到二十平米的小屋,七八个女工。她们平时主要的工作,就是剪剪线头,钉钉纽扣这一类最没有技术含量的工序,实在没事可做就去做卫生,帮一帮厨房。做工的,都是一些年近四十的阿姨,正规的工厂不好进,就只好进这种小厂混日子。平时她们的工作是最闲的,手上剪着线头嘴巴也不闲着,无非是家长里短儿女情长。说说笑笑就把时间打发过去了。当然,她们的工资也是最低的。不过这一次,情况完全不同了,老板娘坐进了尾段车间,和这些妇人们一起剪起了线头,于是空气就显得有些沉闷。老板娘是一个话少的人,这些平时爱说爱笑的妇人们,也一下子都哑了声。

其实生产上的事,根本用不着小老板去操心,有李想安排着,就连他火线提拔的主管张怀恩,现在也显得有些多余,在车间里转了两圈,见老板、老板娘都在带头干了,哪里还闲得住,赶紧坐回自己的车位前当起了车工。手上的动作,比起平时来,更加的轻快利索了。

在平时,车衣工们都是做完手上所有的货,才转到下一道工序。现在不一样了,每隔一段时间,小老板就从车间清点出一些货,送到下一道工序。尾段刚剪出来一点货,他又忙着送到了整烫车间。整烫房里,热气腾腾,两个小伙子,光着膀子,挥舞着蒸汽熨斗,干得热火朝天。

这一晚,相对闲一点的是李想,他没有像小老板那样去当搬运工,也没有像张怀恩一样去当车工。制衣厂里的活,从画版、裁剪、车衣直到包装,没有他干不来的。可是他不会去动手做这些。他的职责是负责全厂的生产,而不是一个车工或者包装工。在安排好了所有的工作之后,他发现了问题,车工、尾段、整烫和包装工的比例,是按生产服装搭配的。现在变成生产星条旗了,车工就显得多了,而整烫和尾段的工人,就显得人手不足了。这是一个不好办的问题,车衣工是技术工种,工资是这厂里最高的,现在要是把车衣工调过去剪线头、整烫,除非给他们加工价。可是给他们加了工价,原来做整烫做尾段的工人,当然有权要求同工同酬。涉及加工价,李想就没有权力了,去请示小老板,小老板很快地算了一下,随便加一点工价,这么多货算下来,也不是个小数目。说,这事你来想办法摆平。李想看着小老板,没有走。小老板说,还站在这里干吗,该干什么干什么去呀!李想不说话。小老板有些恼火,说,不会只给调岗的车工加工价?李想张了张嘴,想说什么。小老板说,不是你的钱,你不会心疼的。李想见小老板把话说到这份上了,便不再说什么,去叫了一些技术比较差的车工,说好了给他们每天多少钱的补贴,这才把他们调到了尾段、整烫和包装车间。又交代了,不要对其他工人说给他们补贴的事。安排好了这一切,现在生产次序基本上就顺了,李想就坐回了办公室,闭着眼睛养神。平时他是这样的,现在赶货了,他还是这样。这多少让小老板有一点点不高兴,他觉得李想这样做,还是因为他李想辞了工的缘故,是没有把工厂的事当成他李想的事一样看的缘故。小老板心里这样想,脸上却没有表现出来。他盘算着的是,在这一批货做完之后,到哪里请一个合适的人帮他管生产。张怀恩显然是不行的,张怀恩根本就不是一个当主管的料,就算他有这个能力,小老板也不会重用他的。那一封信,那一把刀,可是字字见血,刀刀入肉的,是小老板心头的痛。

第一个夜班时间过得格外得快,小老板一点也没有觉得困,吃早餐的时候,他走到了张怀恩的身边,拍了拍张怀恩的肩,说,你呀你,你晚上也在做车位呀。张怀恩咳了一下,又咳了一下,说,反正生产有李经理安排,货又要得这么急,我还是做车位得好。

小老板说,好好干,你做得好,我心里是有数的。你怎么啦,怎么咳嗽了?

张怀恩说,没事,可能昨晚分货的时候出了汗,回了汗,有点感冒。

小老板说,不要紧吧,吃药了没有?

张怀恩说,没事的,没事的。

早餐时间被控制在了十五分钟以内。突然加了一个通宵,工人们的干劲,较之刚坐在车位上的兴奋来,已大打折扣。吃早餐的时候,工人们的脸上已经显出了疲惫。老板娘做到四点钟的时候,实在撑不住,回到办公室去睡觉了,这让小老板多少有一些不满。他认为妻子无论如何也该把这第一个夜熬到天亮的。熬不到天亮也就罢了,偏偏在站起来的时候,还打了个长长的哈欠,拿手摇着腰,说了一声"实在受不了啦,困死了,我去眯一会儿"。她这一哈欠,带得那些妇人们都打起了哈欠。小老板本想去责怪一下她的,可是想一想,又觉得没有这个必要。他是一个关注细节的人,平时爱说的一句话是"细节决定成败",又常爱说,从一件事看一个人的品行。现在,他从这个细节上,对这个跟了他多年的女人产生了深深的失望。他想起了阿蓝,要是阿蓝,会不会坚持到天亮呢。

早餐伙食不错,这是小老板专门交代了厨房的,在平时早餐标准的基础上,每个人多加两个煎蛋。体力是加班的保障。他不能让工人从这样的细节上,对加班产生抵触的情绪。接下来的事情,似乎没有什么可交代的,一切都进行得很顺利。其间,赖查理来过厂里一次,在每个车间都看过了,又拆开了几箱已包装好的星条旗。小老板说,我办事你放心。赖查理走后,小老板又投入到了生产中。他知道,现在工人的身体还吃得消,随着时间的推移,会越来越难的。他现在要做的是给工人做一个表率。连老板都在加班,都没有睡觉,工人们也就无话可说了。其实这事说起来似乎很简单,可人毕竟是血肉之躯,不是铁打的。给他小老板加班,也不能等同于生死一线的抗洪抢险。这个白天还好,大家咬咬牙,也就坚持过去了。到了第二个晚上,小老板的本意,是要让工人再加一个通宵的。他一直在关注着出货的速度。现在生产理顺了,出货的速度却有了一些减缓。车衣工们的手脚,比起第一个晚上来,已慢下来了许多。车衣的工人个个瞪圆了眼睛,咬着嘴,一声不吭。手和脚的动作,显得有些机械。尾段车间那些话痨一样的妇人们,现在没有了老板娘的监管,一样地说不出话来了,每个人的嘴唇都变得焦枯,脸色蜡黄,眼圈发灰,只听得见嚓嚓嚓嚓剪线头的声音。小老板进去走了一圈,想说一些给大家打气的话,可是他发现,他的嗓子里仿佛塞满了鸡毛,说起话来丝丝啦啦的,只说了一声"大家辛苦了,坚持到底就是胜利",就什么也说不出来了。

到了晚上的十二点钟,李想终于是忍不住了,对小老板说,还是让工人休息一下吧。小老板望着李想,什么也没有说。吃夜宵的时候,工人们开始有些不满了,吃饭的速度明显变慢了。规定的十五分钟,结果吃了半个小时。有的工人先吃完了,回到车间,见其他工人还没有来,就趴到了车位上,抓紧时间眯一会儿。小老板吃得很快,十分钟就把饭吃完了。比小老板吃得还要快的,是张怀恩。小老板吃完饭回到车间时,张怀恩已经开始在那里车衣了。小老板以为张怀恩还没有去吃饭呢,说,怀恩,你怎么不去吃?张怀恩说,吃过了。小老板突然发觉,这两个夜班下来,张怀恩变了,变得苍老了,本来就巴掌宽的脸,更加的瘦了,头发乱七八糟地蓬着,眼里布满了血丝,还时不时地咳嗽几声。这让小老板生出了一些内疚,也真正从心底里原谅了张怀恩。

我不会亏待你的。小老板说。这一次,他说的是真心话。他真的想过了,把这批货赶完了,要给张怀恩放一个月的婚假,是带薪的。他这样想了,也这样对张怀恩说了。说了之后,又去办公室,给张怀恩找了一点止咳的药。忙完了这些,小老板发现,工人们还在吃饭,断断续续上来的几个,也趴着在睡觉,一看时间,半个小时都过去了。小老板说,怀恩,你去食堂催一下,让吃饭的快一点。又走到那些趴在车位上的车工面前,把他们一个个拍起来,说,别睡了别睡了,打起精神来。

张怀恩去到食堂。他觉得很为难,可是他必须完成任务。老板对他太好了,好得他把老板的事当成了自己的事,不,比自己的事还要重。张怀恩当然没有大声地对工人们说你们快点吃,他只是找了自己的老乡,一个一个地说,用的是几近哀求的口吻。他说没办法,老板让我来催你们,你们就算给我一个面子。老乡们还算给张怀恩面子。他们知道,就算不给张怀恩面子,胳膊拧不过大腿,他们还是得去加班的,顺水人情,不送白不送。老乡们一走,又带走了几个工人,其他在磨蹭的,见大势已去,就都慢慢腾腾地回到了车间。不一会儿,车间里又热闹了起来。空气中弥漫着一股焦煳的气味,那是机器长时间运转后发出的气味。空气明显地干燥了起来。天亮了,又是一个艳阳天。太阳从窗子里射进来,照着工人们一张张疲惫而苍白的脸。

周城打电话给李想的时候,李想连说话的力气都快没有了。他特别困,特别地想睡。恨不得找两根火柴棍把眼皮子撑起来。工人们手上有活在干,疲惫是疲惫,相对还没那么瞌睡。李想不一样,他不用做什么体力活,就是到处车间转转,只要屁股一挨着椅子,眼皮就一个劲地往下沉。几次就这样睡着了,又猛地惊醒了。他觉得他这样撑着是完全没有必要的,他这样做,只是不想给小老板一个口实,再难也就剩三天了,怎么样也要把这三天撑过去。周城给他电话时,他差不多是在梦游了。周城说,你小子干吗呢?李想说,上班,还能干吗。周城说,你是病了吗?怎么有气无力的。李想说,两个通宵没睡觉了,加班加得没有白天黑夜。周城说,咦,你们厂不是快倒闭了吗?李想说,倒不了啦,老板又接到了一个大单。加了两天两夜,还要加三天三夜。周城说,你开玩笑吧。李想说,没开玩笑,我哪儿还有心思跟你开玩笑。周城说,那就是你们老板在拿工人的性命开玩笑。李想说,他要这样开玩笑,我有什么办法。周城说,你去让工人休息,老板要是敢对你怎么样,我来帮你打官司。现在我拿着人家美国人的美元,正要办几件漂亮的、有影响的事呢。李想突然笑了起来,他想起工人们现在正在赶的货——那些星条旗,想起过不了多久,那些星条旗就要飘扬在美国人民的窗口和屋顶。周城说你笑什么。李想说没什么,我赶完这批货就来跟你干了。挂了电话,想到要给刘梅一个电话。电话打过去,刘梅过了好一会儿才接。李想问刘梅好不好,说又加了一个通宵的班。刘梅说,这是把人不当人,你不会找个地方睡一会儿,管他那么多,反正做完这几天就要走人了。李想说算了吧,好人做到底。

李想终于是没有把他的好人做到底。加班到第三天的晚上,别说工人,连小老板自己都撑不住了。他第十遍统计了装箱的数量,按这样的进度,按时交货是不成问题了,问题是,现在的进度是越来越慢了,小老板把能想到的办法都想到了。第三天的晚上,开始有工人不管不顾地睡觉了,在电车台上,在包装台上,或是趴在腿上,眯上眼打个盹,只要两眼一合,立马就能睡着。最先睡下的是尾段车间的几个年纪大点儿的妇人,毕竟年纪摆在那里,岁月不饶人。其实单是这一点,这些妇人们,还没有敢集体罢工睡觉的胆,问题是,她们得知了,那些从成衣车间调来的车工们,和她们一样做尾段,一样加班,可是一个班要比她们生生多出了十五块钱。给你老板卖命也就罢了,出来打工,总是要加班的,又不是天天加班。可是同工不同酬,这样太欺负人了,太不把人当人看了。大家正愁找不到一个罢工休息的借口呢,现在借口有了,借口有了,又是这样的特殊时刻,能拿老板一把,哪有不拿的道理。几个妇人开始叫了起来,也不知是谁先说的不干了,说不干就不干,倒在布堆上,也就是生产出来的星条旗上就睡,一个睡了,其他人也不甘落后,一分钟不到,就都睡得东倒西歪了。其时已是第三天晚上的凌晨。小老板当时实在困得不行,也就在办公室里打了个盹的工夫,猛地醒了,一看时间,已是凌晨一时,慌忙到各车间看了一遍,还好,工人们都在有气无力地工作,来到尾部车间时,小老板的鼻子差点气歪了。小老板气得大叫,叫李想,可是叫不出声音来,嗓子已被什么塞住了一样,嘴唇也干裂得生痛,小老板不见李想的影子,就把妇人们一个个摇醒,摇起了这个倒下了那个,小老板又去叫张怀恩,让张怀恩来叫醒这些妇人们。妇人们终于是被摇醒了,却提出了要加工价,说老板太不讲良心了,一样的工作,一样的加班,凭什么从成衣车间调来的人一个班要多十五块,一天下来多三十块呢。小老板一时语塞,也没有了退路,又说不出话来,只好说,你们先加班,工价的事好说。可是妇人们都在故意拖时间,说什么叫好说?到底一个班加多少钱。小老板实在没有精力和她们再浪费时间了,只好答应了她们的请求。把这事一处理完,已是一个小时过去了。小老板还是没有见到李想的影子,有人说看见李经理出去了。小老板打了李想的电话,通了,劈头盖脸一顿骂,哑着嗓子说你跑哪里去了,有你这样做事的吗?小老板骂得很难听,他实在是心急上火,被尾段的工人们这样一折腾,早就是火上浇油了。骂到后来,实在说不出话来了,只听李想在电话那端说,我是个人,我不是你的奴才,我老婆半夜突然肚子痛,要生了……你爱怎么样就怎么样,老子不伺候了。最后我给你个忠告,你这样不把工人当人,工人也不会把你当人的。说完把电话挂了。小老板愣了好几分钟,才回过神来,觉得自己是太过分了,人家老婆要生孩子了,那当真是天大的事,可是两人话赶话,都说到这份上了,什么情分也都被撕破了。头痛得要裂了一样,突然又听成衣车间里传来了吵闹声,接着闻到了一股焦煳味,小老板的背上,顿时出了一身的汗。跑到成衣车间时,就看见工人在乱哄哄地扑火。是机车太长时间的运转,发热了,都冒火了,火星点着了布料。工人们一通乱扑,幸好没有酿成大祸。

张怀恩的话提醒了小老板,人可以不休息,机器却不能不休息,再这样干下去,机器越来越热,保不定还会着火。小老板睁着血红的眼,看着那扑灭了的火点,终于说,大家就地休息。现在是两点,六点钟上班。小老板还想说什么,有一半的工人,就已趴在电车上睡着了。车间里顿时安静了下来。小老板回到办公室,给闹钟上了时间,抱着闹钟倒在了沙发上,还想想一点什么问题,脑子里却短了路,一分钟不到就睡过去了。

四个小时的睡眠,仿佛只是一眨眼的工夫。小老板连梦都没有做一个,突然听见了滴滴滴的声音,好半天才猛地醒过来,天亮了。小老板觉得浑身都没劲,可是不行,他必须要起来。清晨的小镇,是一天中最安静的时候。小老板胡乱洗了把脸,觉得脑子清醒了许多,便去车间,工人们睡意正酣。张怀恩也睡了,窝在一堆布里。张怀恩的头发更乱了,胡茬子青乎乎的一片。脸色像纸一样,没有了一丝血色。小老板拿手去摸张怀恩的手,张怀恩的手是冰凉的,小老板的手触电一样地弹了回来。再看张怀恩,嘴张得老大,小老板把手放到了张怀恩的鼻孔前,这才放下心来。他有些不忍心叫醒他们,可是他必须叫醒他们。他觉得自己这一次真是欠他们太多了,可是又有什么办法,大家都不容易,打工不容易,当他这样的小老板更不容易。他终于是叫醒了张怀恩。张怀恩又一个个去叫醒了工人们,推醒了张三,又去摇醒李四。李四才摇醒,张三又倒下了。差不多用了半个小时,张怀恩急出了一身汗,才把工人们都叫醒了,胡乱洗脸,吃完早餐,已是上午的七点半钟。工人们睡了一觉,精神好了许多。生产进度也有了明显的提高。紧赶慢赶,在交货的最后期限,终于是把这一批货赶出来了。用不着老板吩咐,工人们以最快的速度把自己放倒在床上。

　　人当真是奇怪的动物,连续几天没有好好睡觉,以为这下可以一口气睡上三五天才解恨,可当真让你睡,睡了一个白天,又睡了一个黑夜,工人们都睡不着了。半夜三更的,宿舍里就有了叽叽喳喳的声音,东扯西拉地,最后扯到了大海,他们在等着小老板兑现诺言,带他们去海边玩。好多的工人,来南方打工都有七八上十年了,却从来没有见过大海,没有去过海边。班终于加完了,加班的时候,在心里把小老板骂了何止一万遍,把他家所有的亲人都用最恶毒的言语问候过了,现在睡了一天一夜,大家精神了,把这加班的苦都忘了,觉得,小老板终究还是不错的,加了班还答应带大家去海边玩。何况这几天挣得的工资,相当于平时半个月的。出门打工,不就是为了挣钱吗。每个月来一次这样的加班才好呢。

小老板也决定实现他的诺言,带工人们去海边玩,还提议让工人们自己组织一下,到时候玩一些小游戏,把活动搞得丰富一点。至于李想,小老板觉得,现在他有必要给李想一个电话,当时大家都不冷静。现在想一想,李想这些年来,帮他的真不少,也不知他老婆生了没有,生男生女。可是李想的电话一直打不通,小老板也就没有继续打了。

工人们都休息得精气神十足了。去海边玩的事,就可以实施了。老板决定亲自带队。临到出发了,小老板突然发觉不对劲,觉得少了点什么东西,在办公室里走了两圈,又站在窗口,望着窗外一日日少去的香蕉林,一日日多起来的厂房,还是没有想起来差了点什么。等工人们都上了车,小老板才突然想起来,这两天没有看见张怀恩。小老板让文员去宿舍找,文员去了一会回来了,说没有看见,宿舍里没有人。问了他的同室,都说前天都只顾了睡觉,没有人注意他。昨天到今天,都没有看见他。说他女朋友也在这镇上打工,怕是去他女朋友那里了。小老板笑,说你们要像张怀恩学习,他当真是铁打的呢,加了这么多天班,还有精神去女朋友那里继续加班,哪里像你们,加两天班,一个个鸦片鬼一样没精打采的。工人们都哄地笑了起来。小老板说,这次去海边玩,他不去,实在是有点可惜了。

小老板带员工去的地方叫大鹏湾。这地方远离市区,游客稀少,不像深圳的大小梅沙,去了那儿哪里是看海?分明是看人。人挤人，活受罪。大部分的工人，这是生平第一次见到大海，兴奋地尖叫着，小老板还在叫着说大家相互照顾，注意安全……好多的工人都已扑进海里。有些女工倒是羞涩，从未在人前穿过游泳衣的，扭捏着不敢下去。小老板就鼓励男工们勇敢一点。羞涩的女工们终究是抵挡不了大海的诱惑，试探着把自己交给了海。小老板大声鼓励那些未婚的男工们抓住这机会。小老板说他当年打工的时候，做梦都想有这样的机会。有工人就问老板，当年追老板娘是不是在海边。小老板说，想得美呀，我们那时天天加班，生怕被老板炒掉了，哪像你们现在，动不动就炒老板。工人说，你还没有说你是怎么追老板娘的呢？小老板笑，说这个你们要问老板娘，当年可是她主动追我的。老板娘不苟言笑，工人不敢去和她玩笑，就都笑着，戏水。看员工们玩得开心，小老板心里美滋滋的，一种说不出的成就感在他心里油然升起，自己一个农民的孩子，从打工仔做起，到现在，有这么多的工人，他给了他们工作，还能让他们享受这样的休假，想想都觉得自豪，觉得自己了不起。小老板觉得他是一个给别人带来了欢乐与幸福的人。晚上，租了帐篷，在沙滩上围成了一个圈。很亮的月光，银子一样，照在沙滩上，照在海面上。海显得无限辽阔幽深。小老板带头唱了一首歌，又宣布了要给员工们发奖金。小老板多少有些豪情满怀了，他第一次对员工们说起了他的梦想，小老板说，咱们生产品牌时装了，大家的工价要提高很多，也没有这么累了，但是对工艺的要求会更高，这就要求大家苦练技术。小老板在为自己描绘未来的蓝图，也在为工人们描绘未来的蓝图。快乐的小老板,并没有忘记李想。李想没有能和他一起分享快乐,这多少让他觉得有些遗憾。

　　李想这两天的心情并不好。妻子那天晚上肚子痛,结果只是虚惊一场,送到医院住了一晚就出院了。休息了一个晚上,李想就睡不着了。睡在床上,细数了多年前小老板从治安员手中救出他到如今,天地良心,小老板待他不薄,如果说小老板这次对他言语上有些过分了,那么过去,小老板对他的好却是难以计数的。人总是这样的,别人对他九十九次的好,也抵不过一次的不好。李想把他的想法对刘梅说了。刘梅说,你呀你,终究不是个干大事的人。人不为己,天诛地灭,再说了,小老板对你的好,都是好在一些鸡毛蒜皮的小事上,好在嘴皮子上,真要对你好,这些年来,也没给你拿多高的工资,赚了大钱也没说给你分一点,那么一点小恩小惠,就把你收买了?李想看着刘梅,觉得刘梅说得也有道理。做出的事,泼出的水,也没有什么好后悔的了。现在跟着周城好好干吧。总不能一直窝在小老板那芝麻大的厂里。这些年来,周城在南方很是折腾出了一些名气,专门帮打工者打官司,和那些断胳膊断腿的打工者打交道,赢得了一个"打工律师"的称号。交了许多媒体的朋友,也得罪了不少的地方势力。打工者们把他传为救星,老板们视他为眼中钉肉中刺。

　　周城新搬了一处地方,办公室比之从前,要漂亮了许多。见到李想来了,周城迎到了门口。李想坐下就问有什么工作要他做的。周城笑笑,说,不忙不忙,饮杯茶先。我这里有上好的铁观音,你品品看。周城的办公室里,新添了一套茶具。周城不无得意地说,你看看这茶几,原木镂雕的,这壶,宜兴制壶名家的手笔。李想笑笑,说他不懂得茶道,喝茶只是牛饮,只是解渴。周城说,你过去在工厂里,一天到晚忙得尿湿鞋,现在到我这里,就用不着这样忙了。

李想也觉得,周城这里,和过去有了很大的区别。周城过去办公的地方,是巷子里的两套民房,一套用来办公,里面一张办公桌,几把椅子,实在有些寒酸。另一套是他的委托人住的,里面放了六七张高低床,一群因工伤致残的打工者,天天围在那里打纸牌。这些人可以说是周城的衣食父母。周城帮他们打官司,都是自己先垫付律师费,有时还要垫生活费。不过官司打赢之后,他收取的代理费用,也就相对高一些。

怎么样,我这里有点新气象了吧。周城说。

周城很熟练地煮着茶,两个小巧的紫砂茶杯,在他的手指间转动,煮茶点茶的动作,娴熟专业。

你尝尝这茶,嗯,先含一小口,噙在舌根下面,对,就这样,在舌尖上打三个转,再慢慢喝下去,是不是很香。

李想学着品茶,果然,这茶品出了特殊的滋味。

周城说,同样是茶,看你怎么喝,会品的人,能品出独特的味道,不会品的人,就是你说的牛饮。

见李想一脸疑惑的样子,周城又给李想续上了茶,说,你是想问,我这里的那些打工仔都住哪里去了吧,呵呵,现在我不会胡乱接官司了。那些没良心的打工仔,说句缺德的话,断手断脚那是活

047

该,我供他们吃供他们住,忙活了几个月,他们倒好,赢了官司拿了赔偿,立马人间蒸发。

李想说,这样的人毕竟是少数。

周城笑,说,那你就错了,这样的人是多数,这些年来,老老实实给赔偿的,只有三分之一,要么一分不给,要么打一些折扣。不过现在好了,现在,咱不跟那些穷打工仔玩了,咱们挣美元。咱现在也不用什么官司都打了,要打就打有影响的。听着周城在这里天花乱坠地吹,李想突然觉得,他怕是跟周城也干不长久的。在这之前,他对周城这人是很尊敬的,觉得周城的身上有点侠士的风范,以一己之力,在为打工者争取着权益。他也亲见过因周城的介入打赢了官司拿到了赔款的打工者,给周城下跪,感激涕零。

李想这微妙的心理活动,并未能逃脱周城的眼。周城说,律师这个行当,只对委托人负责,同样的一桩工伤案,我的委托人要是老板,那我就得为老板争取最大的利益。这里面无关道德,为委托人负责,就是律师的职业道德。两人闲聊了一上午。下午有了案子,周城带李想去见当事人,调查取证。案情很清楚,打工者在厂里断了四根手指,工伤认定也没有问题。周城说,按说现在我是不会接这样的小案子了,打出来也没有影响。但这个官司里有一个值得关注的地方,就是这个伤者是在我们B镇的XX厂受的伤,这个工厂,只是XX公司的一个部门,相当于一个车间。公司的总部在浙江,伤者也是和浙江的总部签下的劳务合同。如果按事发地的赔偿标准,也就是我们B镇的标准,四根手指,也就赔四万块钱。

李想说,一万块一根?

周城说,对,一万块一根。可是,这四根手指,到了浙江,就不是这个价了,一根手指,最少值这个数。周城伸出了五个手指,说,对,五万,四根手指,要赔二十万。我们现在要做的,就是争取帮委托人赔到二十万。有难度,而且是前所未有的。不过,周城说,正因为有难度,这个官司才有价值,才会成为社会的热点。

李想听周城这样一说,心里沉沉的,感觉周城说话看似有那么点玩世不恭,甚至他做事的出发点,也不那么纯洁,可对于当事人来说,却是一件功德无量的好事,因此增加了跟着周城干的决心。而小老板,已经成为他生命中的一个过客。

从海边回来之后,小老板去了一次阿蓝那里。小老板的到来,让阿蓝多少有些意外。那一天的温存与诀别,让阿蓝以为,小老板此去将不再回来。这些,她都习惯了。她只是有些恨自己,怎么就那么傻,怎么会对自己的客人动了真情。怎么在小老板走后,自己竟然有了一些被掏空的感觉。小老板那天的神态,让她深感不安,她越想越觉得不对劲,觉得小老板会走一条傻路。她是害怕小老板有个三长两短。也担心着小老板的企业破产。看到小老板笑盈盈的样子,阿蓝悬着的心一下子就放下了。她知道,小老板渡过了难关。果然,小老板对她说了他这几天命运发生的奇妙转变。小老板第一次像阿蓝其他的客人那样,在她的面前,描绘起了他未来事业的蓝图。阿蓝为小老板绝处逢生而高兴。阿蓝依然要去做小老板喜欢吃的菜,小老板却抓住了阿蓝的手,说我现在不想吃饭,我想吃你。小老板和阿蓝做爱。这一次,小老板不像数天前那样温存,他觉得体内有着无限的力量,看着阿蓝幸福尖叫的样子,他第一次有了长久地、独自拥有这美丽女人的冲动。他说,不许你再跟别人。阿蓝说,不跟。他说,你是我一个人的。阿蓝说,我早就是你一个人的了。

工人的电话,是在小老板快要入睡时打来的。工人在电话里说,老板,张怀恩死了。

什么?张怀恩,死了?小老板略显吃惊,不过他并没有多想,只是问怎么回事,是出车祸还是?

不清楚。他死在车间里。我们在打扫车间时发现的。都臭了……

小老板这才觉出了事态的严重。张怀恩死了,小老板也是关心的,毕竟他是自己厂里的工人。可是张怀恩死在了车间里,那事情的性质就不一样了。小老板问了一声,报警了没有?工人说没有,发现了就给老板打电话了。小老板说先不要报警,等我回来了再说。

小老板回到厂里时,厂里已炸了锅。工人们凭自己的判断,给张怀恩的死定了性,累死的。工人们都这样说。没有白天黑夜加班,张怀恩一定是加班加死的。小老板最害怕的,正是这一点。但这差不多就是事实,他无可否认。好在,张怀恩不是死在车位上的,而是死在堆着一些碎布料的墙角。那么说他是加班加死的,并没有直接的证据,谁能保证他不是突然发了什么病呢。想是这么想,小老板毕竟是心虚的。他一时也没有了对策。这事情来得太突然了,现在,他要做的,是处理张怀恩的后事。通知张怀恩的家人,火化,当然,少不了要付一些抚恤金的。小老板有些后悔了,早知会出这样的事,当初听了李想的话,把这货匀一部分出去做就好了。现在,他要果断处理好这件事,把大事化小,小事化了。不要把这事的影响扩大了。然而事情并没有往小老板设想的方向发展。一条人命,可不是儿戏。何况厂里有那么多张怀恩的老乡,老乡们首先发难了,这事不能这样草率处理。张怀恩的死因,也要弄个水落石出。警察很快就来到了厂里。随着警察而来的,是记者。第二天,小老板就上了报:黑工厂!不良老板!小老板从来没有想过,他的名字会和这样的词紧密相连。然而事实正是如此,五天五夜只休息了四个小时,这也是铁的事实。张怀恩因加班而累死,也是事实。

　　张怀恩的未婚妻来了。她并没有大声哭嚎。毕竟,她现在还没有和张怀恩结婚。张怀恩的父母,是在第二天赶到南方的。小老板亲自去火车站把张怀恩的父母接到了厂里。张怀恩的父母亲年纪不大,也就是五十来岁的样子,这让小老板多少又放心了一点。一路上,他都没有敢对张怀恩的父母说,他就是那个黑心烂肺不把工人当人的老板。而张怀恩父母的沉默,出乎小老板的意料之外。他们没有哭。不过从他们红肿的双眼,可以想见,他们的眼泪早已流干了。甚至,张怀恩的父亲,还对老板能派车派人来接他们,表示了感谢。这让小老板的心又放宽了许多。二位老人都是善良之人,想必不会漫天要价。小老板问张怀恩的父母,吃过午饭没有。张怀恩的父亲说,吃不下。

小老板说,勉强也得吃一点,人死不能复生,二老要节哀。

小老板说,怀恩是个好孩子,工作负责,厂里刚升了他当主管。

张怀恩的父母只是听着。不说话。沉默得像两块石头。

小老板问张怀恩的父母,家里还有一些什么人,一年能有多少收入。张怀恩的父亲倒是一一回答了。

小老板问这些话,一是真心觉得对不起张怀恩,同时也在想着后事该如何处理。得知张怀恩的父母都是地道的农民,也没有什么背景,经济收入也很少,小老板对于将要支付的抚恤金,心里大小也有了一个数。

小老板把张怀恩的父母接到了早已为他们订好的宾馆。两位老人急着去厂里看儿子。小老板说,怀恩现在已不在厂里了,在殡仪馆。殡仪馆离这里还远,二老先吃点东西,休息一会再去看不迟。张怀恩的父母,一切都听着小老板的指挥,中午饭很丰盛,小老板着陪。老人勉强吃了点,随小老板到殡仪馆,又看了张怀恩的遗体。老人还是没有哭,老人不哭,小老板的心里,反而更不好受。也更没有底。从殡仪馆回到宾馆,张怀恩的未婚妻在门口候着,上前拉着张怀恩的母亲,叫了一声"妈"。张怀恩的母亲抱着怀恩的未婚妻,叫了一声"我苦命的儿",就瘫软在地上,哭得背过去了几次。这样又折腾了差不多两个小时,两位老人终于是平静了下来。现在,小老板开始提抚恤金的事了。张怀恩的父母说,这事要和老板谈。小老板说他就是这厂里的老板。这让张怀恩的父母感到很意外,大约是小老板的样子,与他们想象中的老板相差甚远吧,他们想象中的老板,大约是大腹便便,穿西装打领带,一口港台腔的。哪里想得到,老板会穿得这样朴素,又这样年轻,又这样单薄,对他们说话有礼有节,一点架子都没有。小老板还说,怀恩去了,从今往后,我就是二老的亲儿子。这样的话,哪里是一个老板说得出口的?他们的意识里,儿子的死,固然与加班有关,但也不能全怪老板,全厂那么多的工人,为何偏偏就是他们的儿子张怀恩累死了呢,还是他们儿子的身体弱啊。于是二位老人提出了要求,一是帮忙把儿子火化了,他们在这城里人生地不熟的,二是请老板帮他们买回家的火车票,至于抚恤金的事,请老板自己说给多少。小老板说出了一个让二位老人不曾想到的抚恤金的数额——七万元。对这二位农村老人来说,也算是一个天文数字了。二位老人觉得,老板提出了这个数字,多少是可以往上加一点的,商量了一下,提出要十万,小老板还了一万的价,给八万。张怀恩的父母没有什么异议。这事就算是这样了结了。小老板为自己又躲过了一劫而多少有些庆幸。当然,也觉得这样做,有些对不起张怀恩。觉得自己当真像报纸上说的那样,是个黑心老板。

当然,价钱的事商量好了,小老板说还是要写个书面协议,白纸黑字写清楚才行。小老板让二位老人在宾馆里先住着,他回厂里去准备要签的合约。又问了二位老人,是要现金,还是帮他们办一张卡存着。小老板建议还是办一张卡,八万元的现金,不小的一堆,拿在手上不安全。两位老人觉得还是现金靠谱一点,小老板表示理解,答应拿现金来。

小老板前脚刚离开宾馆,李想和周城后脚就到,和他们一起进来的,还有张怀恩的老乡,也是小老板厂里的工人。还有某报的记者,这些天一直在跟踪着这个案子,写了不少的报道。听老乡介绍了李想,周城和记者,张怀恩的父母紧张了起来,说没有想到他儿子的事,还惊动了你们这么多的大人物,说你们这里的人可真好,都好,都是好人,刚走的那个老板,也是个好人,只怪咱儿子命不强,遇上了这样的好老板,又提他当了官,却没有命来享受。

老乡问,叔,老板答应赔多少钱?

张怀恩的父母不肯说。八万块,不是小数目,说出来了不安全。

老乡说,叔,你还不相信我?这个律师是来帮你的,还有这记者,你知道不,记者见官大一级,什么事都敢管。

张怀恩的父母看着老乡,又看了看李想、周城和那记者,这才说老板答应赔八万块。

周城和李想交换了一下眼神。那记者在不停地拍照。老乡说,叔,您是被骗了呢。怀恩是咋死的?是累死的。知道不,做事断了一只手,厂里都要赔八万块,一条命呢,八万块就打发了?

一只手就赔八万?怀恩的父母望着周城。周城点头。

那,要赔多少合适?李想的父亲问。

老乡抢着说,叔,你想想,一只手赔八万,一个身体当得多少只手?少说也要赔个一两百万。

李想的父母不敢相信这老乡的话,也无法想象两百万是多大的一堆,不知道要了两百万怎么花,转过头看着李想。问李想,真能赔这么多?

李想不说话。他根本不想来,怎么说小老板和他也是多年的朋友,他觉得自己来办这事,不厚道,有点落井下石,有点恩将仇报,总之是说什么都不为过。可是周城说这事一定要办,周城说当年还有人为江青当辩护律师呢,你说那律师就是坏人?这是职业道德。再说了,你们那老板,为富不仁,拿打工人的生命当儿戏,不该受到应有的惩罚?我们现在为弱势群体提供法律援助,只是希望还这社会一点公道,维护弱势者基本的人权,这又有什么不对?你在情和法这两个问题上拎不清,那就别指望吃律师这碗饭了。周城这样一说,李想无话可说。何况周城只是说去看看,看张怀恩的父母有没有需要帮忙的地方,也不一定就是要介入这场官司。没有想到,小老板会这样黑,拿区区八万块就想买张怀恩的一条命,就想把两位老人打发走,这让李想心里的不安减轻了许多。

周城接过了话,说,也不能这样来算,八万元肯定是个不人道的数字,他要付的抚恤金,肯定比这个数字多十倍。

八万的十倍是多少,那就是八十万。想到这个数字,张怀恩的父亲突然觉得无限悲伤,说了一声"可怜我们家怀恩"。眼泪就下来了,拿手背去揩,怎么也揩不尽。弄得大家都沉默了,李想的心情,也沉重了起来。觉得他是有义务为二位老人讨要这笔赔款的。

只是,小老板,能拿出这么多钱吗?只怕,到时他真的要倾家荡产了。一时间,心里是五味杂陈。

老乡说,叔,您也别哭了,再哭咱怀恩哥也不能活过来不是。咱们要多想想赔钱的事,不能让怀恩白死了。您看咱那老板,人家这是在骗你们呢,叔和婶来了,不让你们去厂里,也不让见别人,就是怕人多嘴杂。

听他们这样一说,张怀恩的父母就把见到小老板的前前后后都想了一遍,觉得这老乡说得在理,觉得这外面的世道,果然人心险恶,差一点就被这老板给蒙骗了。一时倒急了,害怕了起来,怕这老板说的八万块到时都不能到手。老乡说,叔,婶,你们不用怕,这不有他们吗?有律师,有记者帮你呢。周城也说,您二老只要委托我们来帮您打官司,余下的事,就由我们来办了。张怀恩的父母望着张怀恩的女朋友,问她这事怎么办。张怀恩的女朋友觉得周城他们说得有理。再说了,她现在还怀着张怀恩的孩子呢,她是很喜欢怀恩的,她甚至打算了,要把怀恩的孩子给生下来。那将来这孩子的成长,可得要花钱。她也问过了周律师,周律师说她肚子里的孩子是第一继承人呢。当然她现在还没有想太远,她还沉浸在悲伤之中,在犹豫之中。不过她是坚决赞成和小老板打官司的。有了怀恩女朋友这话,二位老人就听了周城的安排,当即搬出宾馆,换了个地方住下来。又立了委托书,余下的事,就由李想、周城经办了。

小老板这些天差不多是心憔力悴了。可是他不甘心就这样认输,命运在他快要崩溃的时候,突然给了他希望,他不相信,这希望破灭得这么快。他要做最后的努力。厂子被封了,他被人骂为黑心老板,甚至有人在厂门口候着,扬言要打死他,可是他不甘心就这样服输。如果五万块真的能把张怀恩的后事处理好,劳动局那里肯定是要罚一笔款的,但他还是有东山再起的希望。

小老板打印好了两份张怀恩后事处理的协议书,取了钱,匆匆赶到宾馆,却不见了张怀恩的父母。问服务员,说是被几个人接走了。一种不祥的预感顿时把他淹没。他转身往宾馆外跑,刚到大堂,撞见了候在门口的李想和周城。

你怎么在这里?小老板狐疑地盯着李想。

李想低下了头,不敢看小老板。

周城走了过来,说,我们在等您。受张秋山、李银芝,也就是你厂员工张怀恩的父母的委托,来全权处理张怀恩加班致死案的赔偿事宜。

周城把话说得简明扼要,并且一下子道出了厉害和关键,给张怀恩的死定了性:加班致死。小老板的脸色一下子煞白,手脚一点力气也没有了。周城指着大堂一边的茶座,说,我们去那儿坐坐吧。小老板屁股落在椅子上,浑身还是没有力,服务员端来了水,他居然没有力气把那杯水捧到嘴边。双手握着杯子,支撑着身体,过了一会,他看着李想,说,你,现在和他一伙?

李想低着头,无言以对。

周城说,您这样说就不对了,什么叫一伙?仿佛我们是打家劫舍的不法分子。李先生是我的助手,当然,我也知道,他过去是您厂里的经理,但这些纯属私人恩怨,与我们要谈的事无关。

小老板突然很冲动地站了起来,厉声说,说吧,你们想怎么样,要多少钱?把我这条命给你们总可以了吧。小老板的冲动,惹来了大堂里众多异样的目光。小老板也觉出了自己的失态,重又坐了下来,颓然道,说吧,你们想怎么样?周城说,不是我们想怎么样就怎么样的,也不是你想怎么样就怎么样的,一切按法律办事,你要了张怀恩的命,我们并不想要您的命。我们只是想为张怀恩讨个公道,为社会伸张正义。

小老板冷笑了一声,说,得了吧,说得那么冠冕堂皇,你不也是为了那些代理费么。

周城正色道,您又错了,我们是在为二位老人提供法律援助,分文不取,打官司期间,二位老人的食宿都由我们负责。周城说罢,把二位老人的委托书递给了小老板,上面果然写得清清楚楚,是义务提供法律援助。小老板长叹了一声,说,那,你们就去告吧。这官司,你们想怎么打,就怎么打。

周城说,我们还是希望这事能通过协商解决的,能不上法庭,最好别上法庭。

小老板慢慢站了起来,说,没有什么好协商的。小老板又盯了李想一眼,说,早知如此,何必当初。我他妈当真是瞎了狗眼。说完无限悲愤地离开了酒店。

李想低下了头。小老板的话让他无地自容。小老板走后,李想对周城说,索赔八十万,是不是太多了一点。

李想现在当真是很难了。他知道小老板一路走来的艰辛,真不想这样将他逼上绝路。觉得这样太残忍了。然而,如果不帮他打官司呢,对张怀恩的父母来说,对张怀恩的未婚妻来说,对他那还未出生的孩子来说,是不是又太残忍了。李想把他的想法对周城说了,希望周城手下留情,给小老板一条活路。

周城冷笑了一声,说,李想啊李想,没想到你这人是如此婆婆妈妈,你这叫什么,这叫妇人之仁,你这性格迟早会把你害了。我是不会给这样的黑心老板留后路的,要痛打落水狗,把他打死了再踏上一脚,要通过媒体,把这事做大,让全社会都知道,不顾工人死活,当黑心老板,下场就是这样的。

周城的话,让李想觉得背后直冒凉气。他真的在为小老板捏一把汗了。

小老板现在反而什么也不怕了。等着他的,无非是破产。他突然觉得,这老天爷真会捉弄人,觉得这命运就像是一只猫,而他不过是一只老鼠,命中注定了是要被弄死,却不让他一下子死得痛快,却把他折磨得死去活来。小老板回到厂里,坐回办公室,办公室的桌子上还放着一面星条旗,他本来打算把这一面旗挂在样板室里,作为他公司起死回生的见证,将来公司发展了,作为昔日的荣耀来激励员工的。现在,他拿起了这面星条旗,苦笑了一下。办公桌上,还放着劳动局开出的整改通知和罚单,上面的那个数字,让小老板突然觉出了饿,饿得心里发慌。他把那星条旗拿在了手上,苦笑了一下。觉得这星条旗里,浮出了上帝慈悲的笑,那笑是如此的宽广悲悯。

小老板有太多的后悔,其实命运是给了他机会的,可是他没有把握好。如果当时听了李想的话,略微把工人当人一点,拿出一部分星条旗外发加工,这一切,大约也就不会发生了。然而命运不可假设。小老板把自己关在了办公室里,坐了许久。他什么时候走出办公室的,也没有人知道。天快黑的时候,不知谁最先发现了,那高大的高压线铁架上,坐着一个人。大家以为,又是哪一家的老板黑心,拖欠了工人工资不给,于是工人要上演"跳楼秀",以死讨薪了。这年头,这样的事,大家见得多了。虽说是见得多了,但总还是有爱热闹的人,不一会,铁架下面就聚集了上百人。再过了一会,警察也来了。据说电力公司的人也来了,把这一片的电也切断了。警察拿着高音喇叭劝上面的人下来,说没有什么过不去的坎。上面的人却无动于衷。

高压线架上的人是小老板,小老板并不想死。他在办公室里坐到天快黑了,想在外面走一走,走到这大铁架下时,他突然产生了要爬上去的冲动。他真的只是想爬上去,爬得高高的,去俯瞰这个世界。他想知道,上帝在天上看人时,是一个什么样的视角。他希望能从另外的一个角度,把自己的命运看清,他就爬上去了,他果然从另外的一个视角看到了这个世界,突然觉出了人的渺小和可怜。下面聚集的人越来越多,他觉得这些人当真是很可笑。可是很快,他笑不出来了,他听到了他老婆的哭声,老婆在下面哭着喊着,劝他下来,说,大不了破产,破产了我们再去打工,有什么大不了的呢。小老板突然感觉一片温暖。他想到了阿蓝,阿蓝要是知道他现在这高高的铁架上面,不知会说些什么。他这样想,就拿出了手机,打了阿蓝的电话。阿蓝接了电话,小老板说,你知道我在哪里给你打电话吗?阿蓝说不知道,在哪里?不会在我的门外吧。小老板说,我在高压线铁架上面,很高很高,往下望一眼,头都发晕。阿蓝尖声叫了起来,说你要干吗,你千万别干傻事。小老板说,什么叫傻事。阿蓝说,你不为自己想,也要为我想。小老板又看了一眼在高压电架下面哭喊着的他的妻子。城市的夜色,就降临了。他看见,这小镇,灯火是那么灿烂,但是有一片地方却是黑暗的,那是因为他的缘故,那里便成了黑暗的角落。小老板想他不要再待在上面了,要给那一片地方光明。这时他的电话却响了起来。是赖查理。赖查理在电话里说,他还需要十万面星条旗,不过这一次的时间更紧,赖查理问小老板,两天时间能不能交货。赖查理再一次说到了,这可是国家订单……

去他妈的国家订单!小老板突然激动了起来,把手机扔得远远的,引得底下的人群一阵骚动和惊呼。小老板从口袋里摸出了那面星条旗的样版。国家订单!他苦笑了一下,把那星条旗用劲扔了出去。星条旗像一只巨大的黑鸟,在这南中国小镇的夜空中掠过。

二〇〇七年十一月二十八日

浮生记

第一章:话头

逃犯说

逃犯说:和尚,我知道你的耳聋,可是你的心不聋。都说你是瞎子,可你的心透亮。和尚,我不想再逃了,明天一早,我就去自首。我就算逃得过法律的审判,也逃不过内心的审判。何况天网恢恢,疏而不漏。

和尚,你听我说,我这次回家,一是迁户口,二是给吴伯伯下跪,三是还愿。和尚,我当时离开烟村的时候,在您的居云寺许过愿,我用十年的时间实现了自己的愿望,当然得来还愿。后来,事情闹成这样,我变成了杀人犯,这都是我没有想到的。村里人都说我心胸狭隘,都说我是眼红人家发了财,都说我是个疯子,都说我死有余辜,十年前,要是这样说,我认。可是今天,我不认。欠债还钱,杀人偿命,这也没有什么。小鬼们,你们别躲在阴暗的角落里狞笑,也别把那铁链弄得哗啦响。和尚要是念一遍《金刚经》,你们就得魂飞魄散,永世不得脱身。和尚,人们都说我是个疯子,你听我说话可曾有半点疯癫?你可愿听一个逃犯最后的倾诉?您是否可以告诉我,什么是善,什么是恶?

我虚构

我是一个写作者。年复一年用文字虚构故事。在这年的春天,我回了一趟烟村,听说了逃犯的故事。于是逃犯就占据了我内心的世界。在这年冬天来到的时候,我终于动笔开始写下逃犯的故事。我承认,对于逃犯的故事,有一部分,是我听说的,有一部分,是我想象的,还有一部分,是我自己的经历。于是,在这个故事里,逃犯和我,融为了一体,逃犯是我,我是逃犯,逃犯不是我,我也不是逃犯。

逃犯回到烟村那天,是小寒。冬雪雪冬小大寒。那天的天可真冷,寒流包裹了烟村。尖峭的风打在脸上,像一把把小刀在割,左一刀,右一刀,刀刀入肉。没一会儿,就把他的鼻尖吹得通红。调弦镇到烟村的那条水泥路,叫风刮得尖硬、清白。他低着头、顶风往家走,走了三四里地,也没遇见个人。

他的左手边是湖,湖面发着清亮的光,不见舟子和渔人。湖瘦了。他喃喃自语。湖边一溜儿,全是整齐的意大利杨。杨树上,一群寒鸦在聒噪。在他的右手边,是收割后的稻田、挖得坑坑洼洼的藕塘,塘边还有一些残荷,瑟瑟立在风中。一群麻鸭在稻田和藕塘里低着头,屁股朝天往水底觅食。不见了牧鸭的人,只有一根竹篙斜斜插在田埂上,乡村越发显得萧瘦、空寂。远远地,他看见了隐在树林里的家,离他家不远处是一幢颇为气派的洋楼。那楼与烟村别家的楼不同,别家的楼都是平顶,顶上可以晒粮食,那小楼是尖顶,覆了苍绿的琉璃瓦。盖这楼的,是他的义结金兰的兄弟吴一诺。

他有八年没有回家了。他这次是回来迁户口的。自从八年前,他父亲去世后,这烟村,就再也没有他的亲人了。其实说起来,他算得上是第一代的老打工了,还是在上世纪九十年代初,他就和吴一诺到南方打工,后来,他们之间发生了那件事,他回到了烟村。而吴一诺留在了南方,由打工仔混成了老板。

快到家门口时,他终于遇到了一位邻居。邻居看着他,半天才说,"我的天,这不是墨痕家的老二吗?长胖了,魁梧了,都认不出来了,绝对认不出来,还是城里的水土养人。"

"哪里呀,您老看我,还不满四十,头发就白了一半,哪像秋伯您,还是这么……先寝。"他停顿了一下,本来想说精神的,但还是很不自然地冒了句烟村最土的方言"先寝"。

秋伯对他还能说出"先寝"这样土得掉渣的词,表示了肯定和嘉许。

"与时俱进嘛。"他说。

"听说他在外面有名得很,村里都有人在电视里看到他了呢,都说他发了财,不会回来了呢。我说他的爷姆妈埋在烟村呢,哪能不回来?"

他抱着胳膊,说村里为么事见不到几个人呢。秋伯说都在馆子里打牌呢,那里人多,热闹。他说,"我刚从吴伯伯家门口过,他家门也锁着。"

秋伯说,"他家出事啦。"

"出事?"他紧了紧胸口的衣服,还是觉得冷。把两只胳膊绞着抱在胸前。

"他家吴一诺,前年回烟村,在湖中的岛上开了个厂,厂子里出事了,两个工人,一个没了手,一个没了脚。"又高声说,"这次回来有么子事呢?冻得死鬼的天,要不去伯伯家向火?"

他说不了。还要回家去看看。他去开自家的门。锁早锈死了,寻了块砖头砸开,屋里一股霉味扑面而来,蛛网网他一头。水泥的地板,被蹿进来的竹根顶得七拱八翘。堂屋里长了两根胳膊粗细的竹,顶破屋顶钻到外面,他的房间,傍着床也长了一根竹,足有大海碗粗。他放下包,打开门窗通风,又把床铺上的鼠窝捣了,弄得一头一脸的灰。找水洗手,压水井也锈死了,抱着膝盖坐在门槛上,望着眼前的湖,像一根木头。

和尚想

和尚想:阿弥陀佛,罪过、罪过!世人谁醉谁又醒,满眼都是忙碌人。

和尚想:什么是善,什么是恶。不可说,不可说,一说就破。恶人无善念,善人无恶心。善恶如浮云,俱无起灭处。

和尚想:说什么一辈子不爱,一辈子不恨,一辈子不理会,情深似海,海誓山盟,信誓旦旦,皆是虚妄……不若我和尚,空华无实,与世无争。

逃犯说

逃犯说:和尚,我是说过,一辈子都不会原谅吴一诺。一辈子。为自己这句古怪的誓言,我把自己的内心禁锢了差不多十年。现在想来,真是可笑,一辈子是多么漫长呀,漫长得时常会感觉到累,从骨头缝里丝丝缕缕漫出来的累。和尚,我常觉得生活是一种漫无边际的苦,望不到尽头,仿佛推着石头上山的西西弗斯;有时又觉得一辈子很短暂,我还有太多的计划,总觉得有时间,明天再去实现也不迟。可是转眼之间,我已从孩子变成了中年人。回望这半生,觉得来路如梦,已是漫不可寻。

和尚,不瞒您说,很长的一段时间,我不仅是恨吴一诺,我甚至对所有姓吴的都心怀厌恶。你说这人与人之间的感情,是否当真很奇怪。说起来,我家和吴家的交情有几十年了,算得上是世交,老一辈们,也是风里雨里滚过来的,可那又怎么样呢,照样可以在一瞬间土崩瓦解。

一辈子!绝不!和尚,那年的夏天,我不止一遍对自己这样说。我当然还记得我的誓言。要知道,正是那年夏天,改变了我的一生。那件事烂在我的心底,像一道无法痊愈的伤口,触动一下便隐隐作痛。那年我才二十岁啊,和尚!二十岁,多么美好的年龄!这么多年,我的心里压着一块巨石,我一直想努力搬开它。我真的搬得很累很累。

是的,和尚,二十岁前,我也有所谓的忧与愁,但那是少年不识愁滋味,为赋新诗强说愁。出门打工,我才知道,什么叫世道,什么叫人心。

和尚,近年来我迷上了霍金的著作。我发觉现代前沿物理对宇宙的描述,居然和古老的佛经对于宇宙的想象,有许多相通之处。对于人生的渺小和对于时间空间的无知,让我时常生出许多感慨。

我虚构

在我的虚构中,出现了一幅画面:逃犯坐在门口发呆,胡思乱想着一些问题。一只黄鼠狼悄悄扑向了在荒草中觅食的鸡群。鸡们顿时惊叫了起来,狗也跟着狂吠,鸡的女主人,从屋里跑出来,大声叫,"狗子哦,嗖!嗖!嗖!"是在唤狗去追那偷鸡的黄鼠狼。

寂静的村庄,顿时热闹起来,但这热闹并没持续多久,鸡很快从惊恐中平静了下来。狗没追到黄鼠狼,也跑回来蜷在了门口。主人见鸡并没有被偷走,骂了几句"天杀的黄狼子",又袖着手钻进了家,把寒冷和喧闹关在了门外。乡村又归于了宁静。

抽完一支烟。逃犯去到后山的坟场,他看见父母亲的坟头,居然是光秃秃的,还有烧过钱纸的灰迹。他以为,这么多年没有回家,父母的坟,怕早已长满了黄芦苦竹。在寒风中站了一会,逃犯决定先去村主任家开准迁证明。村主任不在家,他女人在。主任的女人在嗑瓜子,嗑得专心致志,嗑出了村主任夫人应有的派头。瓜子壳都堆在一个小盘子里,从那一大堆瓜子壳,看得出她已然嗑了多时。

逃犯问,主任在家吗?

她抬头翻了他一眼,慢条斯理地说,"不在,找主任搞么事?"

阎王好请,小鬼难缠。逃犯做好了充分的准备,从包里掏出一条"好日子",放在村主任家的桌子上,脸上努力堆出笑,"我想请主任盖个章。主任回来了麻烦您给说一声。我明天再来。"

主任的女人见到烟,脸上有了笑,说:"我给打个电话吧,可能在隔壁打牌呢。"

果然。不一会,听到摩托车响,主任回来了。主任对逃犯并不太熟,逃犯就说他是张墨痕的小儿子,主任这才惊了,说是你呀,变得不认得了,听说你现在出名了呢,经常上电视。主任很快给逃犯盖好章,又留他吃饭,说你太客气了,还拿什么烟呢?

逃犯说他还有事要办,辞别出来。天就黑了。经过吴家门口时,吴家屋里黑灯瞎火。他、逃犯回到家,房间的电灯居然还可以亮。打开柜子,翻出两床棉被,一股刺鼻的鼠臊味儿扑面而来,拍拍拍拍,铺了床,别别扭扭躺下了。却哪里睡得着。

逃犯说

逃犯说:和尚,回烟村的第一晚上,我睡在老屋。曾经,我的家是多么热闹,父母,兄长,还有十天有八天睡在这里的吴一诺。如今,父母、兄长都已不在这世上了,吴一诺,我也有好多年没有见过面了。几十年的光阴啊和尚,往事并不如烟。一群老鼠,平时是把床上当了窝的,现在它们的窝突然被我这不速之客占了,伏在房梁上,吱吱乱叫。我拿脚踢一下那株长在床前的竹,哗的一声响,伴着鼠辈的尖叫,屋顶就掉下蛛网、尘土和一只硕鼠。

和尚,我记得你的教诲,扫地不伤蝼蚁命,爱惜飞蛾纱罩灯。我并没有杀死那只老鼠。可是我越发睡不着,打开脚箱,里面装的全是书。您知道,那些年,在家苦闷的时光,是这些书,伴我度过人生中最难捱的岁月。得把这些书带走,当时我想。我开始整理那些书。《天龙八部》《七剑下天山》《云海玉弓缘》《台湾黑猫旅社》《海水底下是泥土》《中国古代文学史》《存在与虚无》《莱蒙托夫诗选》《吉檀迦利》……

和尚,每一本书,便是一段逝去的岁月。

每一本书,就是一桩幸福或悲伤的往事。

有些往事,当真如烟了。翻动那些书,我的记忆渐渐复苏。《金刚般若波罗蜜多心经》……翻到这本经书时,我的手抖了一下,停了足足有一分钟,翻开书页读,翻几页,再读几句。把书上的灰抹净,放好。和尚,那时我就想到了您,我想,明天一定要去看您。可是明天我又忙了别的事,我要是早去看您就好了。当然,和尚,那时我不知道,吴一诺占了您的云居寺,您已没有了自己安身的小庙。我又翻到一本线装书,那是我的父亲用小楷抄写的诗文。打头一首,便是文天祥的《正气歌》。

"余囚北庭,坐一土室,室广八尺,深可四寻,单扉低小,白间短窄,污下而幽暗……"他轻声地读。读完一页,轻轻揭开已发黄发脆的书纸,读第二页,"何哉?孟子曰:吾善养吾浩然之气。彼气有七,吾气有一,以一敌七,吾何患焉!况浩然者,乃天地之正气也,作正气歌一首。"

和尚想

和尚想:你还记得老僧,很让老僧感动。

和尚想:小庙没有了无所谓的。有了庙,我与佛之间,还隔了一个形式,没了庙,我倒真的觉悟多了。

和尚想:昔丹霞禅师取木佛烧火,我又何拘于一房一庙哉?

和尚想:世间几多名利客,一入红尘误终生。世间许多执迷者,镜花水月一场空。可怜!可惜!

第二章:缘起

我虚构

下面一段,不是出于虚构。是我在烟村听人说起的。烟村人都说他是个疯子。所谓眼见为实,耳听为虚。所列事实,虽云事实,未必没有被讲述者添油加醋,故依然说是我虚构。

在现实中,他并不是个疯子。到最后,我也不。最起码一开始,他不是疯子。当然,这是一句废话,没有人生来就是疯子。至于烟村人觉得他脑子出了毛病,那是后来的事。而烟村人把他定性为疯子,还是更后来的事。他的那些个事,用一句土话,那当真是"三岁没娘,说来话长啊",为了让读者更清楚在他的身上发生了一些什么,那也只好从头细数了。

他叫张一正。他有个打小一块儿长大的兄弟,叫吴一诺。这两个,是故事的主角。

他们的名字,都是张一正的父亲张墨痕取的。在张一正的少年时代,张墨痕隔段时间要做的一件事,就是给他和吴一诺讲他们的祖父张实甫和吴铁手的慷慨悲歌。那故事,在烟村,差不多是老少皆知的传奇。在张一正和吴一诺的少年时代,那传奇,让这两个孩子,生出过格外的自豪。讲完那段古,张墨痕都会高声吟诵《正气歌》,张墨痕读《正气歌》时,仿佛换了个人,声音时高时低,手舞足蹈。

简要介绍一下张墨痕其人。张墨痕就是个老学究,烟村小学的校长,村里公认第一的知识分子。他写得一手极好的毛笔字,有识者说他习的是米字。每年过年,请他写春联的人要排队,他呢,来者不拒。张墨痕写对联,不像其他的老先生,家家户户门口写上"神州九亿共尧舜",而是根据各家的情况,有针对性地写。对联的内容,既合了春节喜庆,也语含双关,如有夫妻不合、婆媳不睦的,他写上"家和万事兴"、有好吃懒做的,他写上"人勤春早"、家有读书郎的,他写上"万般皆下品,唯有读书高"、铺张浪费的,他写上

"遵祖宗二字真言曰勤曰俭,教儿孙两条正路惟读惟耕"。他的话里,难免有些迂腐之辞,但拳拳之心,总能让受者感怀。张墨痕长得清瘦,加之一条腿早年受过伤,走路一瘸一拐,因此在大家的心底,他就是个舞文弄墨的老先生。但烟村的娃娃们却传说,张墨痕还是个武林高手。因为张墨痕当过解放军,与美国佬打过仗,而且传说中,他当的是侦察兵。

却说张墨痕读完《正气歌》之后,还会开讲,讲"在齐太史简,在晋董狐笔。在秦张良椎,在汉苏武节……"。他讲得很细,每次,讲"在齐太史简",他就会讲到:春秋鲁襄公之二十五年,齐国有个叫崔杼的,杀死了他们的皇帝。负责记录历史的太史公于是记录,说崔杼弑君……云云。少年的张一正只是觉得,那些故事听起来很过瘾,那故事里的人物,都傻得不可理喻。他哪里知道,父亲张墨痕给他们讲的,不仅仅是一个个有着传奇色彩的故事,更是一种美德。父亲张墨痕是希望通过这样的言传身教,让这两个同年、同月、同日生的小兄弟,在未来的人生道路上,行得正,坐得稳。然而少年的他和吴一诺,对此却并不感兴趣。他们感兴趣的,是吴铁手的绝世武功。

其时正是上世纪的八十年代,《少林寺》《霍元甲》《射雕英雄传》等影视作品相继风行。于是,在烟村,那些如张一正般大小的乡村少年,大抵都有过当武林高手、一代大侠的梦想。在某一天的黄昏,两位少年在堤外的杨树林里,学着电视里的古人样,插草为香,结为兄弟,立下了"同年同月同日生,同年同月同日死"的誓言。

当然,少年时期的玩闹,谁也不会去当真。成年后,或许早就忘却,或许偶尔想起,也会以那是少年时期的玩笑为借口,没有谁真去实践自己的誓言了。但这结义金兰的举动,让张一正和吴一诺拥有了一个共同的秘密,于是关系更加亲密。在烟村的少年中,流传了一个说法,张墨痕也是武林高手,他继承了吴铁手的铁手功,至于那铁手功的威力,应该相当于梅超风的九阴白骨爪。张一正和吴一诺,梦想着能学到神奇的铁手功。

有一天,放学后,张一正和吴一诺商量好了,缠着父亲张墨痕教他们铁手功。张墨痕眯着眼,说,"铁手功?"随即哈哈大笑了起来。说你们两个想学武功呀。那我问你们一件事,你们为什么想学武功?吴一诺说学了武功打遍天下无敌手。张一正说学好了武功,就没人敢欺负他了。

"还有呢?"张墨痕收敛了笑。吴一诺说,"还有,还有就是,当大侠。""当大侠好。他也想当大侠么?"张墨痕问张一正。张一正咬着嘴唇,脸却红了,有点手足无措,不停拿手抓后脑壳。"当了大侠,然后去干吗。"张墨痕显然认为这是个很严肃的问题。

吴一诺和张墨痕都被问住了,这样的问题,他们真没有想过。

张墨痕说,"他们好好想,想出答案来了,我们再谈学武功的事。"

叙事者还写道:关于吴张二家的传奇,在烟村,是老少皆知。解放前,张家开了一家钱庄,吴家是钱庄的护院。东家张实甫是个儒商,对护院的武师吴铁手亲如兄弟。二人的儿子,张墨痕和吴长江,皆由张实甫亲自教授。后来,吴铁手的弟子勾结了洞庭湖的水匪,要打劫张家。弟子想拉师傅入伙,师傅怒斥了弟子。并放言,要想抢张家,你先从师傅的尸体上踩过去。弟子放话,老东西,不识好,敢挡爷们的财路,就别怪爷们心狠手毒。一场恶战,张家钱庄被抢,吴铁手忍着数处枪伤,硬是护着老东家、少东家和他的儿子吴长江逃出生天。吴铁手因伤势过重而不治。后来,老东家张实甫,带着两个孩子,漂萍江湖,教他们读书识字,直到解放……

和尚想

和尚想:天下最不靠谱的人恐怕就是作家。他们写起一些道听途说的事情来,像是亲眼所见一样。关于吴、张二家的传奇,谁也没有和尚我清楚。当然,和尚的身世,将永远成为谜了。

和尚想:人生本也如谜,谁又知明天会如何?就说这张一正,和尚我可是看着他长大的。当年他做下了错事,心里受着魔鬼的折磨,天天跑到居云寺来,跪在我的身边听我念经诵佛。这孩子有慧根的,也有佛心。他跪在佛前,要求同和尚一同出家。和尚于是引了四祖的语录来给他讲法。和尚说:百千法门,同归方寸,河沙妙德,总在心源。一切神通变化,无非出自内心。一切烦恼业障,也都在心。和尚说你有了向佛的心,与佛就没有二样,何必在乎这皮相,一定要在居云寺出家呢。这孩子就说,大师傅又为何要在庙里出家,要在乎这皮相呢。和尚我是被问得半晌无语呐,只要说,和尚住在庙里,不落皮相。你要住在庙里,便落了皮相。和尚也没有悟得什么高深的佛法,无非从历代高僧的语录中,寻出可以开导他的讲来。一月过后,他的心居然渐渐平静了。心魔也渐渐被降伏。说实话,看着那孩子从痛苦中渐渐解脱,和尚还以为做了一件功德无量的事,以为自己的修炼,从度己走向了度人呢。

和尚想:这孩子,走了千山万水,历了人世沧桑,最后却又回到了原路上来。阿弥陀佛,善哉善哉!

逃犯说

逃犯说:和尚,你听我说,如今我已人到中年,两鬓添霜。明天,一切将得以解脱。和尚,我并不畏死,我畏死得无人知我为何而死。你听,这窗外寒风呼啸,此时此刻,多少少年往事历历涌上心头。和尚,我是多么怀念那童年、少年的美好时光啊!

逃犯说:在烟村,谁不知道我们张家和吴家亲如一家?两家人,一家握有村干部大权,一家是村里最受人尊敬的知识分子。作为孩子,走在村里,我也觉得比别的孩子要优越。后来是因为什么原因,再没有纠缠着学铁手功了呢?哦,对了,那会儿,我和吴一诺离开了烟村,去到乡里的中学读书。接下来的,是初中三年,三年来,我和吴一诺睡一张床,一诺睡下铺,我睡上铺,两人无话不说。曾经,我们是比亲兄弟还要亲密的一对。我性格内向,话不多,吴一诺性格开朗,初中三年,我唯一的朋友就是吴一诺,而一诺呢,好像是个天生的外交家,不仅和同班同学关系处得很好,高年级的,低年级的,都认识。初中三年,我差不多成了吴一诺的跟班。我实话实说,和尚,我的心里,那时是有自卑的,走在哪里,吴一诺总是人们的焦点,我并不甘心做吴一诺的影子。初中三年级时,吴一诺的学习成绩开始下降,一诺说他爱上了莫慧兰。和尚,不怕您笑话,听到了这话,我的心像被针刺了一下。莫慧兰是三年级的班花,喜欢她的又何止吴一诺?我的心里,不也是偷偷爱慕着么。

我还记得,那天放学时,吴一诺拿了块砖放进了我的书包,说,走。我说你要干吗?吴一诺拍拍自己的书包说我这里也有一块,别问那么多了,跟我走就是。

我说咱们是去打架么?吴一诺翻了我一眼,说怕啦?你要怕就别去,我一个人单刀赴会。我说是和李飞他们么?我听吴一诺说过,三二班的李飞喜欢莫慧兰。吴一诺说不是我要找他们打,是他们找我打。到了约定的地点,学校后面的树林里,一看对方那三个人高马大的同学,我就知道,不用打,胜负已分了。然而吴一诺说先下手为强。掏出砖就往前冲,手中的砖还没有拍到对方,就被李飞一脚踢飞。从开始决斗,到战斗结束,我都像被人点了穴一样,呆在那里一动也没有动,书包中的那块砖,终究是没敢掏出来。吴一诺被三个人摁在地上。问:还敢喜欢莫慧兰不?吴一诺说就喜欢。给我打,李飞说。于是三个人噼哩啪啦一顿拳脚。吴一诺咬着牙,不吱声。他们问:还喜欢莫慧兰不?吴一诺还是说喜欢,说有种打死我。三个人又是一顿狂揍。

吴一诺没有责怪我,但我感觉到,吴一诺对我冷淡了。后来,吴一诺还是报了仇,他没有再叫我,而是找了一个李飞落单的空,和李飞单挑。他胜了。他又可以去喜欢莫慧兰了,有一段时间,我经常看到吴一诺和莫慧兰坐在学校后面的山坡上。

和尚,您睡着了吗?你在听我说吗?和尚,我怎么想到和您说这些呢。我是对生还有什么留念么?

逃犯说:中学的时光过得真快啊,转眼要中考了。同学们都骑自行车到二十里外的镇上去参加中考,那天吴一诺骑了一辆崭新的永久牌自行车,自行车后面驮着莫慧兰。很多年后,每当想起几十个同学骑着自行车去赴考的情景,我就会生出许多的感慨。我是多么留恋那段做学生的时光啊。人为何要长大,人一长大,就像是出山的泉水,污浊了,失去自然的本色了。外出打工时,我对那些上过大学的人,都心怀敬意。我一直梦想着,能有一天进大学学习。我听那些读过大学的工友们,谈自己的大学生活,幽静的校园、同学的情谊、毕业前的难分难舍,这一切,都是那样让我怦然心动。我甚至梦想着,有一天能和我的大学同学们一起,坐在同一节火车里,火车在黑夜中行驶,一路上过黄河、跨长江。同学们在车厢里高唱着《让我们荡起双桨》,唱着《年轻的朋友来相会》……

和尚,我真是没用,我居然流泪了。那些美好的时光啊。

我和吴一诺都没能考上高中。而莫慧兰,却考上了中专,那时初中成绩最好的学生才能考中专,考上中专,就直接跳出农门成为城里人了。莫慧兰考上中专后,就和吴一诺分了手。失恋的打击,加之两人都落榜同病相怜的缘故,我和吴一诺,又渐渐走在了一起。一切都已过去了,包括兄弟之间那小小的不快……

我虚构

我还是称他为张一正吧,称他为逃犯,太不妥当。和烟村人一样叫他疯子,更不妥。其实疯了的不是他,是那些说他是疯子的人。

那一年,张一正和吴一诺刚满二十岁。古人把二十称为弱冠,要行加冠之礼,这就意味着,过了二十岁的男子,就是成年人了。

初中毕业后,在家里瞎折腾了四年,那是怎样的四年,在中国农村生活过的人,大抵不难想象。他们觉得乡村世界像个大牢笼,把满腔的热情与抱负都禁锢着。铁屋子里的呐喊,也不过是那样的情形吧。当打工潮开始风起并吹到调弦镇的时候,他们成为烟村第一个吃螃蟹的人。

他们没有忘记父母的嘱托,也不敢忘。对于两个从未出过门,连火车都没有见过的乡下少年来说,从挤上到岳阳的长途汽车那一瞬,两人就有了相依为命的感觉,说得俗一点,从那时开始,他们俩就是拴在一根线上的蚂蚱。对于未知的生活,他们好奇,却也怀着警惕与不安。父母给他们的钱,被分别装在了内衣口袋、袜子等不同的地方。从现在开始,他们的眼睛没有错过任何在他们看来都颇为新奇的事物,比如在路边上出现的那个劳改农场,他们看见许多剃着光头的牢改犯在田里干活,他们还看见了武警,武警背着枪;他们还见到了洞庭湖,这就是八百里洞庭湖呀?关于洞庭湖的传说,七十二仙螺,钟相与杨幺,柳毅传书,鲤鱼成精……这些故事,滋养了他们的童年,可是,这是他们第一次见到真正的洞庭湖,那么宽,一眼望不到边。他们的家乡还有一句谚语,叫"洞庭湖的麻雀——见过大风大浪"。

张一正惊呼了起来,"一诺,快看,洞庭湖。"

对于他的惊呼,吴一诺多少表示了一点不以为然,他觉得他这样大呼小叫,显得很没见识,让人一眼就容易看出是从未出过远门的乡巴佬。而现在,他们俩要装得老成持重,让人一看就觉得他们是老江湖,是洞庭湖的麻雀。

吴一诺说,"吓!你看到洞庭湖就这样激动,那看见大海呢?"

吴一诺说得很是平静,仿佛他是见过大海的。那样子,似乎在向车上的人说,这小子是初次出门的愣头青,而我,吴一诺,是洞庭湖的麻雀,见过世面的老江湖。

"大海!"张一正望着烟波浩渺的洞庭湖,想到了他要去的地方——深圳。张一正在心里都盘算好了,先找工作,找到工作,等到星期天,就穿着工衣,那灰色的工衣,他是熟悉的,在电视剧里的打工者穿的就是工衣,还要戴工卡。然后他要去海边看大海。张一正哪里知道,等他真正见到大海,将是十多年后的事。而现在,生活给他们的,不是精彩,而是无奈。

相比他而言,吴一诺要成熟许多。吴一诺的行为处事,还真有点"洞庭湖麻雀——见过大风大浪"的意思。置身陌生的城市,和对未来将要遇到的挫折,吴一诺的准备比他要充分。到南方打工,他没有太明确的理想,现在的人羞于谈"理想"这个词,那么,就叫目标吧。他没有明确的目标,他只是觉得,不甘心在烟村那样平庸生活一辈子,在南方,也许,可以改变他的生活。吴一诺的目标却是明确的,找一份工,稳住脚,然后发展。吴一诺的目标是发财,发大财。吴一诺的一个小小举动,让他觉出了两人之间的差距。在火车站广场边的小店,他掏钱买了一张广东地图,而吴一诺却花十块钱,买了一本《教他学粤语》的小册子。小册子上列举的,都是一些粤语的日常用语,有粤语和普通话的对照。比如"我",下面便注了一个"鹅"。"干什么",下面注"搞乜也","他是谁",下面注"雷海宾个"等等。后来的找工途中,他更是惊讶于吴一诺的语言天分,短短半个月下来,吴一诺已能用粤语同人交流,"唔乖""靓女""老塞"这些脱口而出的粤语词汇。

找工并没有想象中的顺利。还是吴一诺,果断做出了两个决定:第一,到关外的宝安找工作。关内物价高,工厂少,以他俩的学历,在关内要找工不容易;第二,马上找一处建筑工地安身,做好打持久战的决备。

在吴一诺的努力下,他们顺利找到了一幢修了半拉子就停在那里的建筑工地。工地里居然住着十多个和他们一样的打工者。每天,他们早早起床,开始一个工业区、一个工业区地找工作。那时的工业区还不像如今这样到处都是,许多的工厂都处在偏僻的山边,从一个工业区到另一个工业区,有时需要走上半个小时。早出晚归,结果却并不理想。每天回到工地,他都累得瘫了一样,倒在地上就睡。而吴一诺却不知哪里来的精神头,不累,找那些同样寄身在此的打工者聊天,交换找工的经验。几天下来,吴一诺和那些人混得烂熟,仿佛多年的老友。每天见面老乡、老乡叫得亲热。

这么多天的漂泊、找工。他觉得前所未有的累。其实在这之前,他们也有一次进厂的机会,那是一间厂子招搬运工。他想进,吴一诺说,要进他进,我是不进的。吴一诺说咱们想找的厂,工资高低在其次,关键要有发展前途,最起码能学到一技之长。他觉得吴一诺的话有理,便没再坚持。没想到,过了这村,就没有这店了,接下来面临的,竟是如此漫长的找工苦旅,而他们手中的钱,也所剩无几了。

如今,他对性格即命运这句话,有了深刻的认识。每当他想起吴一诺时,便会想起他们一起找工的那段时光。而当时的痛苦,在他的回忆中,都开始变得美好了起来。他也开始审视自己,为他当时的行为脸红。当时的他,面对漫长的找工,开始抱怨起了吴一诺:

"我说进厂你不听,要是听我的,现在我都在工厂上班了,穿工衣、戴厂牌,下了班可以逛公园、看书,再过几天,说不定就可以拿第一个月的工资了。"

"你就那么想穿工衣戴厂牌?"吴一诺盯着他,眉头皱了皱,对于这些天来他的唠叨,吴一诺已有些厌烦,因此说这话时,语气明显不屑。

"我是喜欢穿工衣戴厂牌。我不像你那么大野心,总想着当大老板。"

"没出息。"吴一诺说。

"是,你有出息!你总是不切实际,想一口吃成个胖子。不当搬运工,好啊,咱们都要饿死在广东了。"

"饿死?笑话!"吴一诺说。

"笑话?再过几天你就不会再说是笑话了。"

"车到山前必有路。真到了那一步,老子不会去偷?去抢?"

"老子?你称谁的老子?你是谁的老子?"

两人差一点不欢而散。吴一诺说,"那好,咱们俩分头找工作,谁也不拖谁的后腿"。

"分头找就分头找。"

话是这么说,他还是跟着吴一诺一起走了。这一次,命运给了他机会,一家电子厂招工,生熟手都可,但要考一下。结果,吴一诺没考上,他却考上了。难题再一次摆在了兄弟二人的面前。

吴一诺说,"你先进厂。"

他想了想,说,"我们说好了的,要进厂一起进。"

吴一诺说,"是你自己不进厂,别到时又说是为了我,你丢了进厂的机会。"

后来他想,吴一诺当真是有先见之明。为了吴一诺,为了兄弟俩出门时立下的一起进厂的誓言,他,张一正,放弃了进厂的机会。这件事,让他的心理起了微妙的变化,他觉得他是有恩于吴一诺的,这让他和吴一诺两人说话的方式发生了改变。出门这么久,一直是他听吴一诺的,所有的主意,都是吴一诺拿。包括在关外找工,包括住在建筑工地。而现在,张一正觉得他的底气足了,为了吴一诺,他做出了牺牲。他嘴上没有这么说,可是他的脸上,还是把心思表露无遗。

接下来的几天,兄弟两人还是一起出门找工作,一起回来。可是两人之间的话明显少了。晚上,他靠在墙角,闭上眼,轻声地哼歌,哼那首最感动他的《外来妹》主题曲。哼着哼着,泪水就从眼里漫出。

吴一诺摇头。吴一诺见不得他动不动就流泪。

"男子汉,哪里那么多眼泪。"吴一诺甚至都有些鄙视他了。

"我想流泪,我高兴流泪,不行么?"他说。

吴一诺不理他,去和老乡们闲聊。

逃犯说

逃犯说:和尚,我不是在为自己犯下的罪行开脱,我只是想告诉你,我都经历过一些什么。和尚,我还想对你说,我所经历的,并不是我的特殊经历,而是差不多一代人的经历。和尚你也许知道现在我们的国家被称为世界工厂,但你一定不知道,这世界工厂,是靠什么打造出来的。历史可以记住那些英雄人物,绝对不会记得我们这样的微不足道的小人物。可是,历史有多种写法,有伟人写作的历史,也有小人物写就的历史。

逃犯说:和尚,你别对我说四大皆空,一切如梦幻泡影。是的,我的声音微不足道,只有你这个聋子在听,可我依然要说两声,要叫两嗓子,我要有自己的声音。

和尚想

和尚想:这孩子,我执太甚,有多少执着,就有多少束缚。

逃犯说

和尚,我是有些偏执,有些认死理。

和尚,还想听我说我出门打工的故事吗?你听了,也许会明白,我为什么这么偏执,这么认死理。

和尚,许多年后,我还记得第一次出门打工时,在岳阳火车站排队买票的那一幕。挤进了人潮里,我就不再属于我自己,我无法指挥自己的双腿。眼看着买票的窗口就在前面大概十米的距离,却是我一生中走得最艰难的十米。抓到两张硬硬的火车票,我的嗓子发痒,鼻子发酸,想哭。火车票上印着"岳阳—广州",还有"衡阳以远"字样,我还想问售票员什么叫"衡阳以远",却被后面的人潮拱到了一边。从那一刻起,我的脑子,就没有再清醒过,除了闹哄哄的声音,还是闹哄哄的声音。那声音,一直持续了许多年。后来,我成为了记者,不止一次地写下各种各样的声音,我真正的人生,正是从这些杂乱的声音开始。从此,我只能听任命运的安排。

火车上的拥挤,超出了我的预期。我的脑子基本处于停止状态,如果说还有念头,那就是:小心扒手!如果一定还要再找出一个念头,那就是,还有多久到广州?

多年以后,火车站的人流,哭声与骂声,那混杂的气味,火车上人与人之间的倾轧,还有差不多是公然从旅客口袋里搜钱的扒手,周围人麻木漠然的眼神,丢钱人痛苦绝望的哭泣,这一切的一切,还在刺痛着我的回忆。

和尚,你听我说,在当时,我顾不得去想。那时的火车慢得急人,我甚至都不清楚自己最终是怎么被挤出车站的。到站时,天还未亮,迎接我的,是岭南的风。

广州。这就是广州。我第一次开始想家,想烟村。

和尚想

和尚想:这孩子还是没有开悟,他的心中有太多的不平。不平则鸣,那就让他鸣吧。人之将死,其言也善,鸟之将亡,其鸣也哀。

和尚想:佛将涅槃时,魔王对佛说,在末法时代,我的魔子魔孙将穿上你的袈裟,进入你的庙堂,但不说你的法。

和尚想:执着也是一种心魔。

和尚想:人或为佛,或为魔。佛是我,魔也是我。我是佛,我也是魔。

和尚想:佛和魔合二为一,就是我,就是你,就是他,就是人。

第三章:缘衰

我虚构

兄弟间的裂痕,已日渐明显。

所幸的是,好运终于在他们快山穷水尽的时候姗姗来迟。一家刚刚开张的玩具厂招工。虽说只招普通工人,老板、经理、厂长都在。张一正不爱说话,这样的人,到哪里都不容易引人注目。在回答了厂长的一些基本问题之后,他被分配到彩绘部当普工。接下来是吴一诺,厂长看了一眼吴一诺填的表,然后问了几个基本的问题,诸如对厂里有什么要求,出门打工有什么目标。这次,吴一诺临时学到的粤语起到了作用。吴一诺用半生不熟的粤语回答了厂长的问题,回答倒也未见得有多精彩,跟着书学那几句蹩脚的粤语,把厂长和老板们都逗得笑了起来。厂长说他这粤语说得太差劲。

吴一诺说,"我知道我的粤语说得不好,可是我来广东还不到一个月,粤语全是看书学的。"

这时坐在一边的老板发话了,说他真是刚来广东?

吴一诺说,"不瞒您说,我还没进过厂呢。"

老板笑了笑,问多大了。吴一诺说二十岁。老板说来广东有什么梦想。吴一诺抓了抓脑壳,只是笑。老板说他大胆地说嘛。

吴一诺说,"先找个好厂,学一门技术,然后争取,争取当个主管。"

老板这次笑得更开心了,说他应该说将来有一天当老板。不想当将军的兵不是好兵,不想当老板的打工仔也不是好打工仔。

吴一诺说,"是,当老板。"

老板对厂长说小伙子看上去蛮机灵的,把他分到彩绘部当QC吧。

又对吴一诺说,"好好干,干得好,将来升你当主管。"

进厂后的第一个晚上,吴一诺和张一正到厂外的士多店买了一些生活必需品。

吴一诺说,"一正,想喝酒吗?喝瓶啤酒庆贺一下怎么样。"

张一正说,"手上就这几块钱了,还要三个月才发工资呢。"

吴一诺说,"反正厂里包吃包住,怕什么。"

吴一诺要了两瓶啤酒,称了一斤黄泥花生,两人坐在士多店门口,喝了起来。

吴一诺剥一颗花生,扔进嘴里,举起酒瓶和张一正碰了一下,说,"咱们来南方的第一步算是成功迈出了。先稳住脚,再谋发展。听我的,没得错。当初听你的,进厂当搬运,那就只有卖苦力的命了。"

张一正说,"还是你运气好。一进厂就当了 QC,我们十二个人一间宿舍,你们才四个人。"

吴一诺说,"我相信,用不了多久,我就能当上主管。我们是兄弟,我当上了主管,你也能跟着沾光的。喝。"

看着吴一诺得意扬扬的样子,张一正的心里,升起了一丝淡淡的失落。吴一诺看在了眼里,说他咋啦,进厂了还不高兴。张一正说,"听说当彩绘工,一个月加班加点,才能拿三百块。你一个月能拿四百呢。"

吴一诺说,"你不是一直梦想穿工衣吗?现在刚穿上工衣,又不满足啦?你放心,我们在一个部门上班,我是 QC,你做的东西,由我来评级呢。今天下午主管讲了,一级和二级的工价,差别好大的。我们是兄弟,我在评级时照顾一点,你不就可以多拿点了。"

听吴一诺这样一说,张一正也高兴了起来。

一连几天,吴一诺给张一正生产的产品一大半都评了一级。这天快下班时,QA抽检吴一诺品检过的产品,就发现了问题。对了,没有在南方的工厂里打过工的,可能会对QC、QA这样的词比较陌生,需要说明一下。QC是英语Quality Control的缩写,负责生产一线的品检,QA是Quality Assessment的缩写,意为质量评价,相当于品质稽查。QA抽检检出了问题,吴一诺被狠批了一顿,好在吴一诺才上班没几天,认错态度好,又借口对工作不太熟悉,主管只是口头警告了吴一诺。还是主管的一句话,点醒了吴一诺。主管说其实评级很简单,少评一级,多评二级,次品坚决返工。

张一正记得,那天下班后,吴一诺对他说,往后只能公事公办了。张一正不是小肚鸡肠的人,能理解吴一诺的难处。后来,张一正生产的产品,就再难得到一级的评价了,而次品的数量却渐渐多了起来。下班后,张一正留下来返工。吴一诺也帮他一起返工。张一正说自己的责任自己会承担,犯不着让吴一诺跟着他受罪。

兄弟二人,表面上,还是亲热,每天还是会说上几句话,但两人心里都明白,他们现在的身份不一样了,心也越来越远了。张一正在厂里朋友很少,同宿舍里,有一个四川仔同他关系还不错,有时不加班,他会和四川仔一块儿去厂外的公园坐坐,或是一起去逛街。遇到了一次治安队查暂住证,后来连逛街也不敢了。

吴一诺在厂里有了很多的朋友。和拉长、主管、QA们混得很熟。张一正是从来不会去吴一诺的宿舍的,有时吴一诺会来张一正的宿舍找他,坐半天,却不知聊些什么是好了。

工厂的发展突飞猛进,他们进厂三个月后,工厂又扩了两条生产线。吴一诺如愿以偿地当上了主管。当上主管那天,吴一诺还专门请了厂长、经理吃饭。张一正知道了,心里很失落。那天,张一正一个人坐在厂门外的士多店,喝了两瓶啤酒。第二天,吴一诺说要单独请他吃饭。他说没时间。吴一诺说,"你是生我气了吧,昨天我请厂长、经理们吃饭,没有请你。"张一正说:我哪里敢生气,你请的都是领导,我去了不是给你丢人么?吴一诺说,"一正,你这说的什么话。我是想,我们俩是兄弟,我要单独请你。我升主管了,你不为我高兴么?"张一正说:高兴是高兴,只是他高攀不起。

吴一诺当上了主管,张一正在吴一诺的手下做普工。虽说兄弟二人之间出现了裂痕,吴一诺对张一正还是很照顾的。这个照顾,从平时工作的安排上就可以看出。张一正做的货,都是一些工价比高的,其他员工,做到一批工价比高的货,就会再做一份工价比低的货。只有张一正,永远做的都是工价比高的货,这一点,张一正心里清楚,对吴一诺的感情,却是很复杂的,有感谢,也有……反正是复杂得很,说不清道不明。张一正想不到,有一天,吴一诺会为了自己的前途,而冤枉他。

逃犯说

逃犯说:我这一辈子,最恨被人冤枉。记得在小的时候,有一次,哥哥把家里的一杆秤弄断了。哥哥是个诚实人,母亲拿着断了的秤,问我是不是我弄断的。我说不是的。母亲说,肯定是你弄断的。家里除了你毛手毛脚之外,不会有别人这样了。我当时就气哭了。还有一次,我们几个小伙伴去湖边上玩,有一个不小心掉水里了,我大声喊救命,终于有人来把落水者救了起来,我以为大人会表扬我的。我那时才七岁,我们一起玩的有五个小伙伴,其他四个都吓傻了,只有我大声喊救命。可是大人来了之后,一口咬定肯定是我把落水者推到水里的。他们说要打死我,我吓得躲在了一窝刺中间,躲了整整一晚上。许多年以后,我和落水者都长大成人了,落水者还说当时是我推他下水的。有时,当你被人冤枉,当你百口莫辩时,你会觉得这个世界充满了虚伪。我没有想到,吴一诺,居然会冤枉我。

逃犯说:和尚,多年前,我就对你说过这段往事。我知道,烟村人都记吴一诺的好。他成功了,他是老板,他把烟村的人带到了南方,他又在烟村开起了化工厂,现在的人,看见有钱财,有权的,骨头就轻,其实人家的权并不会为你带来福利,人家的钱也不会分你一份,可是人们对有权有钱的人,总是愿意赔着笑脸点头哈腰。不仅是我们烟村人如此,外面的人也是如此。

逃犯说:和尚,那次退货真的与我无关。那批货是我和四川仔生产的没错,那批货用错了油漆,很多公仔的头部脱漆也没有错。可身为主管,吴一诺没有交代,我又是一个新手,哪里知道什么样的产品用什么样的油漆画?产品退回来之后,老板大发雷霆,虽说那批货的数量不大,经济损失未必有多严重,但对于刚起步没多久的工厂来说,产品的质量,直接影响到客户对工厂的信任。老板把厂长叫到办公室,大骂了一通,扔下一句话:这事要查到底。查到哪个头上就炒掉哪个。可是我做梦都没有想到,吴一诺,居然做出那样的事来。

逃犯说:和尚,不是我这人气量小,我当时真的恨死他了。

我虚构

关于吴一诺和张一正之间的恩怨的缘起,多年以后,他们两人都没有什么异议。我们可以很轻松地还原当时的情形:

厂长被老板责骂之后,把吴一诺叫到办公室。厂长阴沉着脸,把一堆退货的公仔推到满脸堆笑的吴一诺面前,"你看看,你看看,这就是你们做出来的产品。"

吴一诺听厂长骂完,小心翼翼地拿过一个公仔,额头上的汗就下来了,不仅额头,背也一下子湿了。

"老板说了,这事要追查到底,责任到人,谁出错就炒掉谁。作为主管,这事你要负责。"厂长说,"吴主管,虽说我们关系好,可是老板发了话,要追查到底,我也没办法了。你说句老实话,是你安排生产时疏忽了,还是工人自己用错了油漆。"

吴一诺看到公仔时,心里就明镜一样了。当时可能是忘了交代张一正,这批货要换不同型号的油漆了。

厂长说,"这批货是谁做的?"

吴一诺说,"是我的老乡和那个四川仔。"

厂长在屋里转了两圈,说,"这就不好办了。要是别的工人,炒掉就是了。可是你的老乡,炒了他,将来你不好面对。"又说,"不过一诺,你能做到主管这位置,也不容易。老乡会理解你的。大不了,想办法帮他在别的厂找份工作。当然啦,这事你自己拿主意。走,咱们去车间。"

吴一诺捧着那些退货的公仔,和厂长一起,心事重重回到车间。让工人都停下手中的活,说厂里退货了,老板要追究责任。然后把那几个公仔丢在工作台上,"这批货,是哪个员工生产的。"

张一正和四川仔站了起来。

吴一诺说,"你们看看你们做的货。"

张一正和四川仔拿过两个公仔,公仔脸上的油漆不少地方已经脱落。

四川仔小声地说,"主管,是油漆用错了。"

吴一诺说,"怎么会用错油漆呢,不是交代过你们的么?"

张一正激动了起来,说,"谁交代过我们了?你交代了吗?"

吴一诺没有想到他的反应会这样激烈,心想他太不给我面子了。既然如此,我也不跟你讲什么兄弟情面了。

吴一诺对四川仔说,"你说说,我当时是不是还专门交代了你们用什么油漆。"

四川仔看看吴一诺,又看看张一正,再看看厂长,低着头说,"我不记得了,好像交代过的,好像……我不记得了。一个月前的事了,我哪里还记得。"

吴一诺说,"你不记得了,我可记得清清楚楚。"

张一正说,"我也记得清清楚楚。"

厂长说,"张一正,你说你记得清清楚楚,谁可以为你作证。"

张一正指着四川仔说,"他和我一起去领的货。"

吴一诺盯着四川仔,说,"你想清楚了,可不能信口开河。"

四川仔说,"我真的记不清了。"

厂长说,"吴主管,怎么处理,你看着办,老板等着我们的处理结果呢。"

吴一诺不停地去揭粘在背上的衣服,说,"我很快会处理好的。"

吴一诺很快就给了厂长处理结果。退货的原因是因为彩绘部员工张一正没有按要求使用油漆,用错了油漆的型号。QC、QA 在质检时也粗心大意,没有把好质量关,当然啦,身为主管,也有责任。处理结果如下:炒掉张一正;扣责任 QC、QA 一百元;扣主管吴一诺一个月的工资。当天晚饭时,处分通告就贴在了饭堂。而张一正,背着行李,在保安的监督下,走出了工厂。

逃犯说

逃犯说:那天,吴一诺送我到厂门口,拿出两百块钱,说,一正你要原谅我,我做到主管不容易,我也是迫不得已。这两百块钱你先拿着,找个地方住下来,我会托人帮你尽快找份工作。我挡住了吴一诺拿着钱的手,我说:吴一诺,我最恨别人冤枉我。吴一诺说一正你怎么就不理解我的难处呢。

逃犯说,和尚,您说可笑不可笑,他冤枉了我,居然还一肚子的委屈。还说要我理解他。当然啦,您也知道的,我后来是理解他了。我谅解了他,却没有想到,他一直不肯谅解我。和尚,我已放下了,他放不下。我有什么办法。

逃犯说,和尚,你知道吗,我出厂后,继续栖身在建筑工地,三天后的一个深夜,被治安队抓了,送进了收容所……和尚,我好端端的一个人……出来时,一条腿就瘸了。可最后,我还是谅解他了。

和尚想

和尚想:云空不是空。你说谅解了,其实是没有真谅解。你说你放下了,其实还是没放下。你若真放下了,就别去管他吴一诺放不放下。

和尚想:世间事,最难处,莫过于"放下"二字。

第三章:缘尽

我虚构

我想象着他拖着残腿,一路历了何种艰辛才回到家。我想象着,他回到家时,像一个叫花子,连他的父亲都认不出他来了。我这想象不是凭空,当年我做记者时,曾采访过这样一位打工仔,他就是这样千里万里回到家的。

他拖着一条残腿回到了烟村,整日沉默。一条腿跛了,也做不了什么重的农活。

不难想象,他的父亲,为他操碎了心。

其时,张墨痕在烟村小学任校长。当年,他从朝鲜战场回到烟村,政府安排他到县里上班,他拒绝了,说想当老师。于是,就一直在村小学教书。现在,儿子出门打工不成,反坏了一条腿,做不成农活。

张墨痕去找村支书吴长江,对吴长江说了他想退下来,想让张一正替他的位置。

吴长江说,"你当你的校长,让一正也来教书。运气好还能考上民转公。"

张墨痕说,"村里人都晓得我们两家的关系,再说了,我又在学校当着校长,让人说闲话。"

吴长江说,"只怕老师们也舍不得你这个校长。"

张墨痕笑,"总是要吐故纳新的。"

吴长江想了想,说,"那就这样吧。"

张墨痕回去,对张一正说了这事。张一正把头垂在两腿间,一言不发。张墨痕不禁气了,敲着桌子,说我总还是个人在同你说话,你去不去当老师你倒是给个话。

张一正还是不说话。

"你呀,你要愁死我。叫你读书吧,你不用心读。出门打工吧,人家都打得好好的,你呢,弄跛一条腿跑回来。天天在家里就是看书、看书,我倒不是反对你看书,人从书里乖,可你总得做点事吧。人说养儿防老,我也不指望你养我的老,可你总得自食其力,不能让我养你一辈子吧。"

张一正突然吼了一声,"谁让你养了!"把自己关在房里,埋着头默默流泪。那些屈辱的日子,在他脑子里赶也赶不走。那时的他,把自己受这些苦难的根源,统统归结为吴一诺对他的冤枉,如果不是吴一诺。如果……那时的他,总是假想这个如果。

儿子的举动把张墨痕惊呆了。他是了解儿子的,在他的记忆中,儿子还从来没有这样忤逆过。

"一正,正儿,你开门,有什么委屈,你对爸说呀。"张墨痕去敲他的房门。他哭得更厉害了。

张墨痕长叹一声,回到自己的房间,拿过抽屉上老伴的照片,呆呆地看,又拿过大儿的照片,轻轻地擦拭。照片是大儿刚当兵那会儿照的,草绿军装,鲜红领章,英姿勃发。张墨痕禁不住老泪纵横。大儿死在边疆,噩耗是县武装部的干部亲自传达的。当人武部的同志把儿子光荣牺牲的消息亲口告诉他时,他居然没有流泪,"青山处处埋忠骨,何需马革裹尸还。"他学着伟人的话。儿子永远留在了彩云之南。老伴本来就有肺病,受了刺激,一病不起……

张墨痕终于是没能拧过儿子。每天吃饭,父子俩坐一张桌子,却一句话也没有。有时张墨痕想没话找话,张一正却是金口难开,偶尔开口说句话,却像枪子一样打得死人。两个人的家,终日里听不到人声,只有下了蛋的鸡"咯咯嗒"地叫,吃饱了的猪在栏里哼。张一正的话少了,却比以前变得勤快,一天到晚闲不住,抓了两头猪仔,侍弄了一百多只小鸡,门前的菜园里也种上了瓜果蔬菜。张墨痕看儿子这样,心里越发难受。村里总有人当着张墨痕的面夸他,说"你们家正儿,当真是勤快能干呢,全村数你们家菜园整得最好。"听了这样的话,张墨痕一点儿也高兴不起来,相反,像有刺扎在他的心尖上。在烟村,这些活计都是女人家干的呀。然而张一正是迷上了种菜。他把菜园打点得没有一株杂草,瓜棚豆架搭得周正结实,没事的时候,他就蹲在菜园里看着他的菜发呆,有时一蹲一两个钟头。每天早晨,他很早就起床了,去菜园里摘菜,做早饭。吃完早饭,张墨痕夹着包,骑自行车去学校,晚上放学回到家,儿子已做好晚饭在等着他。依然是没有一句话,两人沉默着吃完晚饭,张一正收拾好碗筷,给父亲打洗脚水,待张墨痕洗完脚,张一正又是一言不发,把洗脚水泼在门外,然后自己打水洗脚、刷牙,然后把自己关在房里。张一正像个哑巴一样地生活着。在张墨痕的心里,儿子不是哑巴,而是一个影子,一团阴云。

　　后来,烟村的人都说张一正是疯子,只有疯子才能干出那样的事来,那也是有由头的。因为多年之前的张一正,就有点要疯了的迹象。当然,张一正当时的情况,就是典型的抑郁症、自闭症。

　　"要不给一正说个对象吧。"吴一诺的母亲说。

　　张家在烟村算得上是名门,家境殷实,口碑又好,加之他虽说坏了条腿,可小伙子长得不坏。没几天,吴家伯妈就给相中了一个姑娘。张墨痕就催让他去相亲。正在看书的他缓缓抬起头,瞄了张墨痕一眼,说,"那女的真那么好?"

张墨痕差不多是受宠若惊欣喜若狂了,儿子终于是说话了。张墨痕说,"真好,真好,长得漂亮,又贤惠。"

"要是真好,那你娶回来给我当后妈。"

一句话,差点没把张墨痕气死。

逃犯说

逃犯说:不堪回首啊,那些往事。和尚,您知道的,那些年,我是怎么过来的。我不想和这世界说话,我不想和任何人交往,我对这世界充满了恐惧和不信任。人心是这世上最难捉摸的东西,人是这世上最可怕的动物。我渐渐习惯了那样的生活,我生活在我自己的世界里。别人看我是神经,我看别人是痴人。

逃犯说:和尚,记得我第一次去您的云居寺,我跪在佛的前面,突然有了想说话的愿望。我对您说了这些。您说我的话暗合了佛理,说我是有慧根的。

逃犯说:和尚,可是尘世的恩怨,我不找它、它找我,扰得我心不得安宁。我回烟村后的第二年冬天,吴一诺回家了。听说吴一诺是坐飞机回的。和吴一诺一起回家的还有个外省女娃,是吴一诺的对象。我才刚平静下来的心,又被刺痛了。那天我跑到湖边,冬天的湖是灰的,消瘦清冷,一只高脚杆的孤鸟缩着脖子,单脚立在湖边的浅滩,远处的柳梢上,落满了寒鸦,风不时发出呜呜的叫声,弄得我的心境越发落寞,在寒风中坐到半夜,我的头痛得要裂,当天晚上我就病倒了。第二天,吴一诺来看我。我躺在床上,不理他。我用嘴角泛起不屑与讥讽来迎接他。

吴一诺说他昨天晚上就来我家了,他问我怎么啦,是病了么?我从心里冷笑一声,我说放心,我死不了。吴一诺说他听我爸说了我的事,他说他也没想到事情会弄成这样,他说早知我出厂后会弄成这样,别说为了一个主管的位置,就是一个厂长的位置他也不会那样做。他说我出厂后他心里真的很不安,想去找我又不知从哪里找起。他说一正你别这样,你说句话,或者你骂我,打我一顿也好。

逃犯说:和尚,我还是不理他。我转过身,把背对着吴一诺。吴一诺坐了一会,说他早离开那家玩具厂了,现在宝安打工,也是玩具厂,跑采购。他让我过完年跟着一起去宝安,他介绍我进厂当仓管。我还是没有吱声。我不想出门了,外面的人太多。我不喜欢人多的地方。吴一诺坐了一会儿就走了。我突然获得了一种报复的喜悦。大年初三,吴一诺就带着女友回南方了。走的那天,再次来劝我去南方。我冷笑一声,我说要打工我自己会去,用不着你假惺惺来充好人,我没有把你整我的事对村里人说,没对任何人说,我给你留了面子。第二年年底,吴一诺又带着女友回来了,这次回来是结婚的。吴一诺接我去参加他的婚宴,我没有去。吴一诺结婚那天,我跑到湖边,又待了一晚。正月初四,吴一诺和他的新婚妻子又去了南方。这一次,吴一诺没有再来和我辞行。

逃犯说:和尚,说起这些往事,我就为当初器量窄小而惭愧。那时当真是不懂事啊。其时那会儿,我心中的恨已开始渐渐地淡去了。但是和尚,你要知道,对一个人的感情,不一定是爱和恨这两个极致的。说实话,我对他们,无爱也无恨,我想把他们从我的心里清除。用和尚你的话来说,就是放下。就像你说的,世上事,最易者,是放下,最难者,也是放下。那些年,我把自己的心关了起来,开始我是不想说话,到后来,习惯成自然,我差不多都忘记怎么说话了。村子一日日的寂寞起来,而我的心却无法真正平静。我是有理想的人,是有抱负的人,我不甘心这样平庸过一生。我的心事找不到人倾诉,夜深人静时,我就把心事写在纸上。我写乡村的一草一木,写我的南瓜和青椒,写门前那浩渺的湖,写竹林里的鸟,有时,也写父亲张墨痕。我怜惜父亲,心痛父亲。然而,却无法开口把心中的话对父亲说。

逃犯说:每年的腊月,烟村又年轻了起来,外出打工的人回家了,带回了男友,带回了女友,带回了钞票,带回了笑声和外面世界的精彩。腊月是烟村父母们最开心的日子。许多的消息,我不想打听,那消息却直往我的耳朵里灌。

吴一诺当经理了。

吴一诺不给人打工了,自己开了一家玩具厂。

吴一诺的玩具厂在烟村招工呢。

吴一诺有儿子了,儿子叫吴乐乐……

好消息装点着烟村,好消息,也击打着我脆弱的神经。都说光阴似箭,日月如梭。可是那几年的时光,对于我来说,是千年万年一样漫长。和尚,你还在听我说吗?

和尚想

和尚想:贪嗔痴,这孩子陷在一个"嗔"字里,如何解得。佛说以无所受受诸受。

和尚想:孩子,若错在你,何来嗔恨的理由?若错在别人,更没有嗔恨的道理。

和尚想:嗔恨是折磨人心的大痛,是上天对人施以的惩处。哪有因别人的错而折磨自己的痴人?

和尚想:缘起缘兴,缘尽缘灭,不可解,不可解,一解便落入了皮相,阿弥陀佛!

我虚构

公元一九九八年夏。大洪水。烟村庄稼绝收。本来就没有什么经济来源的张家,就更加拮据了。张墨痕年初退了休。教了一辈子的书,突然闲了下来,总觉得心里没着没落。张墨痕父子当真成了一对沉默寡言人,就像一首歌中唱的那样,"闲来可曾愁沽酒,偶尔相对饮几盅。"

吴一诺的父亲吴长江也从村干部的位置上退了下来。闲得发慌,就和老伴一起去了宝安,在吴一诺那里住了一段时间,又说不习惯,比在家里更闷,吵着说要回家,可又舍不得孙子,好说歹说,儿媳才勉强答应他们带着孙子回烟村住上一段日子。此时的乐乐,已经五岁,长得虎头虎脑,说一口普通话,还会不少英语单词,差不多就是吴长江老两口的掌上明珠,当真是含在嘴里怕化了,捧在手里怕摔了。乐乐走到哪里都能赢来村人的夸奖和羡慕。

张墨痕也喜欢吴乐乐。没事了就去吴家坐坐,逗乐乐玩。吴乐乐也喜欢张墨痕,爷爷、爷爷叫得亲。吴长江说你看你看,乐乐跟你比跟我还要亲。张墨痕笑,说乐乐,爷爷教你背古诗好啵。乐乐说,爷爷,我会背好多古诗呢,于是吴乐乐就背"白日依山尽",背"春眠不觉晓"……张墨痕说,乐乐真厉害。张墨痕说,爷爷背一首长诗你听好么,乐乐拍着手,说爷爷你快点背。

张墨痕就背,"天地有正气,杂然赋流形。下则为河岳,上则为日星……"背完了,张墨痕的泪却出来了。

乐乐说,"爷爷你怎么哭了?"

张墨痕说,"爷爷啊,是想起了你爸爸和你一正叔叔小时候的事啦。"

张墨痕何止是想起了儿子和一诺,他也想起了自己小的时候,父亲张实甫带着他和吴长江在外逃难的日子,当真是饥寒交迫,好多个夜晚,三个人挤在一间破窑里,外面刮着尖厉的枯北风,父亲给他和吴长江讲解文天祥的《正气歌》,讲历史上那些让人激越的人物,讲"在齐太史简,在晋董狐笔。在秦张良椎,在汉苏武节……"张实甫讲得悲怆慷慨。张实甫总是说,"墨痕,你的铁手叔叔,就是个一身正气的人,可惜了,他死得惨啊。你要记住,我们的命,是吴铁手救的,我们张家人要世世代代铭记这份恩情,你和长江,将来要像亲兄弟一样,你们的后人,也要像兄弟一样相处。"

"墨痕啊,你在想什么呢。"吴长江看着发呆的张墨痕,问。

"啊,啊,想起了一些旧事。想起我们小的时候,我父亲带着咱们逃难时,在寒窑里教我们背《正气歌》的事来了。"

吴长江抱过了吴乐乐,摸着吴乐乐的头,说,"真是快啊,转眼我们都是黄土埋到脖子的人了。"

张墨痕就说,"咱们两家的这份情,不容易啊。要不是你父亲,我们张家早就不存在了。"

吴长江说,"老哥你可别这么说,我是张伯伯带大的。且不说那些年他带着咱俩东奔西跑受了多少罪,三年自然灾害那会儿,饿死了多少人哪!伯伯呢,自己吃观音土,却把一点点口粮留给我娃吃。伯伯后来是活活饿死的呀。"

张墨痕说,"可是,你的娃,也没有活成。"

两位老人说着这些往事,不禁长叹不已。又说回到了吴一诺和张一正,都是忧心忡忡的,不知这两个孩子间,到底发生了什么事,弄得这么多年都不相往来的。也感叹着世风日下,人心不古,一些传统的美德,在年轻娃们身上,是越来越稀见了。

吴乐乐说,"两个爷爷,你们在说什么呢,我怎么听不懂。"

张墨痕说,"听不懂吧,听不懂好啊。"

回到家里,张墨痕的心情还是沉重的。看到乐乐,他也想抱自己的亲孙子呵。可是张一正转眼就是奔三十的人了，人说三十而立，张一正呢，现在是要什么没什么。退休后，国家是补了一些钱的，张墨痕就想着，等雨季过了，得把新房子盖起来，然后也要为儿子张罗一门亲了。然而，一件意外的事情，却在这时发生了。

逃犯说

逃犯说：和尚，如果说我的这一生，还有过真正的忏悔，那也是从一九九八年开始。也正是那一年，我犯下的罪，一生也无法赎清。和尚，许多年来，我都不能想起那一天的经历，想起来，我的心就像虫子一样噬咬。和尚，多年以后，直到多年以后，风烛残年的吴长江原谅了我，而我依然无法谅解自己。我这一辈子，心里都要背负着这份沉重了。

逃犯说：和尚，我如何能忘了那年的大洪水，如何能原谅自己的冷酷和无情？那一天，我坐在山坡上，望着那一湖浑浊的水发呆，我分明是听见了呼救声的，我甚至还听见了孩子们的叫喊"乐乐掉水里啦——"我当时是像弹簧一样地弹了起来的。我甚至跑了两步，可是我那条残腿，让我在那一瞬间，想起了许多不堪回首的往事，想起了多年前吴一诺把我炒掉的一幕，想起了那不堪回首的收容生活。当真是电光石火之间，仇恨在那一刻战胜了良知，我居然停止了奔跑，我站在那里，呆呆的，像一截木头。我听见孩子们惊慌失措的哭叫声，我也想跑过去救人的，可我的腿，在那一刻不听我的指挥了。我也不知站在那里木了多久，直到有人从我的身边跑过,许多的人跑向湖边,我才如梦初醒……然而一切都迟了。村里的人知道我当时就在吴乐乐落水的地方不远,居然见死不救。那一次,我父亲是气坏了,抓起椅子往我的身上砸,骂我是畜生,猪狗不如。我站在那里,任父亲砸。我也恨自己,我恨不得死了,我想,打吧打吧,打死了,也就一了百了。然而我不能死,父亲气得中风了,从此瘫痪在床。一直到死,都没能站起来。

逃犯说:和尚,在烟村,有太多的家庭受过吴一诺的恩惠,我见死不救犯了众怒,可以说是群情激愤,他们抓起了锄头铁锹,说要打死那猪狗不如的张一正,被吴伯伯止住了,从此之后,张、吴两家,是鸡犬之声相闻,老死不相往来了。有时,我家的鸡呀猪呀,不小心跑到了吴家的房前屋后,吴家伯母都会拿了火叉追打,边打边骂,骂完了,就坐在乐乐的坟头撕心裂肺地哭。

和尚想

和尚想:苦海无边,回头是岸。放下屠刀,立地成佛。

和尚想:有几人懂得回头?有几个放得下心中的屠刀?

和尚想:是了是了,当初正是因了这事,他心里受着极大的折磨,误打误撞,跑到老僧的庙子里,说是要皈依佛三宝的。人遇到过不去的坎了,就想到皈依我佛,那不是放下,是回避,是懦弱。殊不知,连生活中的坎都过不去,如何过得了向佛的大坎。连生活中的烦恼都放不下,何如做得到放下,做得到空。

和尚想:向佛实是向人。做好了人,自然就成了佛。

第四章：证我心

我虚构

张墨痕说，"正儿，去把你吴伯伯请来，我有话跟他说。"

张一正说，"……"

张墨痕 说，"你这不孝的，你想让我死了也闭不上眼？"

张一正说，"……"

张墨痕说，"人要敢为自己的错负责。"

张一正说，"……"

张墨痕说，"我不晓得你和一诺出门打工时，遇到了么事，也不清楚你们兄弟俩为么事反目成仇，你是我儿，俗话说，知儿莫如父，可是儿子，你心中有太多的恨，你要学会谅解。"

张一正无言。

张墨痕说，"什么样的仇恨，让你耿耿于怀这么多年？你知道的，儿子，你爷爷和一诺的爷爷，那是过命的交情，要是没有一诺的爷爷，我和你爷爷早就死了。我和你吴伯伯，这几十年来，比亲兄弟还要亲。都因为你，我们两家闹到现在这个样子。爸不把这事弄明白，不看着你和吴家和好，死了也闭不上眼。"

张一正本来不想说起那些往事的，这么多年来。他一直在努力遗忘。张一正终于是对父亲说起了打工时所经历的一切，还有被收容后的那一段不堪回首的日子。张一正讲述这些往事时，张墨痕闭着眼,躺在床上,似乎在听,又似乎陷于深深的沉思中。张一正哪里知道,他的话,像一根根刺,扎在张墨痕苍老不堪的心上。

"怎么会这样?这是什么世道!"

听完儿子的讲述,张墨痕许久都没有说话。

张墨痕的这一生经历过太多磨难!童年时,家道突变,吴铁手用自己的命救下他们父子,张实甫带着年幼的张墨痕和吴长江奔波于江湖之间,直到解放后,才在烟村有了安身之所。他也曾年轻过、激动过,雄赳赳,气昂昂,跨过鸭绿江!再后来呢?他把长子送上了前线,长子长眠在一个叫麻粟坡的地方,换来家门上那方鲜红的光荣烈属牌。苦难动荡的岁月终于是过去了。现在的年轻人,差不多都出门打工了,一到年底都带着大包小包的回来了,带回了在外面挣来的钱,也带回了他们这些老人闻所未闻的奇闻怪事。张墨痕有时会感慨自己没逢上好时代,要是再年轻二十岁,他也恨不得出门打工呢。张墨痕从电视和报纸中知道,现在是赶上好的时代了。唯一遗憾的,就是生了个不争气的儿子,一正是负了他的良苦用心啊。张墨痕记得,他屋里的和吴长江屋里的,几乎是前搭后的大起了肚子。张墨痕对吴长江说,要是一男一女,就让他们结为夫妻,要是生下俩小子,就是兄弟,俩闺女就是姊妹。也真是缘分,俩小子居然同年、同月、同日出生,吴家早生一个时辰。孩子们的名字是张墨痕给取的,自己的儿子取名一正,是希望他一生能守住正气。而给吴家的孩子取名一诺,也是取一诺千金之意。这些往事,如今还历历在目。现在听儿子讲了他出门的经历,张墨痕才醒悟过来,这些年儿子过得不容易,他的心里苦。

张墨痕说,"你说的,外面的世界,和在报纸、电视里的,咋是两个样呢?"伸手去摸张一正的手,父子两人的手就握在了一起。

"这些年,爸错怪你了,别恨爸。"

"爸,您别说了,乐乐的事,我是有责任的。可我当时真的像傻了、魔怔了、被魇住了,就是动不了腿。"

张墨痕长叹一声。他累了,他要闭上眼休息一会儿,他看到老伴站在门口在向他招手。这段时间他经常想老伴,想战死沙场埋骨边疆的大儿,想乐乐清脆的笑,想他的父亲带着他和吴长江在烽火连天的岁月四处奔波活命的日子。一生的时光啊,就这样总是在他的脑子里漂浮着,来来去去,来来去去,他觉得,他的这一生,活得是太漫长了。

"一正,我的儿,爸呀,想问你一件事。"

张一正说,"爸,我听着呢。"

张墨痕说,"你,和一诺换个个儿,你会像一诺那么做吗?"

张一正说,"不会。"

"你别答得那么肯定,你好好想想,想想,想好了,再说。"

"不知道,也许会,也许,不会吧。"

张墨痕说,"这就对了。找机会,给你吴伯伯认个错。一正啊,相比一诺,你后来做下的事就太过分了,畜生都不会那样做,别说吴伯伯寒心,我都觉得寒心。我总在想,我造了么事孽,要生出这样一个儿来。现在,爸原谅你了,记得,给吴伯伯下跪,当年的事,你不能怪一诺,要怪,就怪这世道吧。"

张一正说,"我听爸的。"

张墨痕停了一会儿,又说,"也不要怪这世道……爸累了,想睡一会。"

张墨痕这一睡,就再也没有醒来。

逃犯说

逃犯说:和尚,我明天就要死了,再翻这些陈年旧账,还有什么意义?这些年来,我努力把自己活得像个人样,我是在用行动,赎我的罪过。我的心里压着一块巨石,我要搬开它。每做一点好事,心中的那石头,会感觉减轻了一丁点。而每当心中生起恶念时,那石头会变得更沉更重。

逃犯说:和尚,还有一件事,我没有对您说。当年我去岛上找您,其实,是自从乐乐死了之后,我就开始出现幻觉。我经常听见乐乐的声音,还能看见乐乐的影子,乐乐一直跟着我,看着我,注视着我的一言一行。我开始很害怕,我想是乐乐的鬼魂缠上我了,我想请一本《金刚经》把他驱走。

逃犯说:和尚,我真正告别过去那个张一正,是在父亲死后。我一遍一遍问自己,把我和吴一诺换个位置,我会那样做吗?和尚,我居然得不到一个肯定的答案。我父亲出殡,吴长江没有来送葬。父亲去世后的好长一段时间,我都无法面对这一事实,常常一个人坐在家后面的山包上,望着湖,望着父亲的坟,发呆。离父亲的坟不远,有个小土包,那里埋着的,是乐乐。之前,我一直在逃避,平时走路都会绕开那里。我不停地为自己开脱,这事与我有啥关系?又不是我把他推到水里的。可我这样的辩解是多么苍白无力。为父亲选墓地时,我想过要离乐乐的坟远一点儿,然而那一片山冈,是村里的集体墓地。

"救命,救命啊……"和尚,我又听见了那童音,时远时近,缥缥缈缈。举目四望,并无人影。但觉山冈凉风习习,湖面烟波浩渺。乐乐夭折后不久,我就开始出现这样的幻觉。只要夜深人静,我就能听见孩子的哭声,声音由远而近,然后突然又变成"救命,救命啊"的呼喊。第一次出现幻听,我浑身起了一层鸡皮,寒毛根根竖起,感觉像有电流传遍全身。吓得将头蒙在被子里,那声音还是听得见。我从小就听过不少关于鬼魂的传说。和尚你知道的,有一个说法叫人小鬼大,寿终正寝之人,死后做鬼并不害人,未成年的人死后,都会化成厉鬼。一天夜晚,我出门撒完尿,感觉身后有个什么东西跟着,一回头,却是个孩子,无声地立在那里。吓得我尖叫了一声,我的叫声凄厉,划破了夜空。

逃犯说:和尚,我病倒了,在床上睡了半个月,人瘦得皮包骨了。小镇的医生,对我的病也说不出个子丑寅卯来。病是渐渐好了起来,然而,那声音,还有那人影,却一直跟随着我。习惯成自然,慢慢地,我反倒不那么害怕了。

逃犯说:和尚,就是在那时,我从您那里请来了《金刚经》,一开始,是想镇住乐乐的鬼魂,后来,我开始读,每读一次,心就能静一些。和尚,那一段时间,我从病中渐渐恢复。村里的人,都把我当着禽兽,人看见我像见到鬼一样。本来好好聊着的俩人,见我去了,都不说话。等我走过去了,就朝我吐口水。我菜园里的菜,一夜之间被人拔光,我家的鸡鸭,总是莫名其妙地中毒而死。和尚,烟村人用他们的行动,在惩罚着我。我想到过死,可又觉得我这一生,有太多的梦想还没有实现,我舍不得死。于是,我就想逃到湖中的小岛上去。我那时只知道那是个麻风岛。在我很小的时候,就听说过一些关于麻风病人的故事。那岛上,有一个麻风病医院。没想到我逃到岛上,并没有见到满岛的麻风病人,却闻到了香火的味道。三间小屋隐在桃林中,门楣上刻着"居云寺"三个大字。一位没有耳朵的僧人,坐在一尊小木佛前,敲打着木鱼。和尚,这也是我们俩的缘分么?

和尚想

和尚想:佛度有缘人。

和尚想:朝闻道,夕死可矣!

和尚想:这孩子,是真心悔悟了。

和尚想:如今大约就是佛经上说的末法时代吧。人们都被无穷的欲望左右着。就说那个吴一诺吧,两年前,他回到烟村,看中了老僧的小岛,说是要开化工厂。他也是在佛前烧了香的,也是求了佛的。可惜了,佛岂是可求的,求佛,不过是求得自己的修为的圆满,求出自己被日日蒙蔽的赤子之心。佛说,人人皆可成佛。

和尚想：现在的人，少了是非之心了。化工厂把一湖碧水都弄成了污水，水里连鱼虾都不能生长了。阿弥陀佛，万物有灵，草木有情，可惜了，他吴一诺不懂，烟村的村民也不懂。人都只看到眼前的利，吴一诺看到的是他的企业，村民们看重的是一份做工挣钱的机会，镇里的官员看到的是什么呢？老僧一个庙子何足惜，可惜的是，如今的人，遇难逢灾的时候，都想到到佛前要这要那，却在心里容不下一个庙子。

和尚想：这孩子，一半是佛，一半是魔。

我虚构

张一正决定再次离开烟村，出门打工。他去杂货铺买了几大捆冥币，按荆南人的习俗，将冥币分成了好多份，用白纸一一包好，用端正的小楷在包上写下：

  故
  显考张公讳墨痕　老大人
  显妣张刘氏讳梅香老儒人　收
  孝子张一正敬焚

张一正一笔一画抄写着父母大人的姓名，泪湿冥纸。写到半夜，又听见那时远时近的童声，抬头一看，吴乐乐就站在他的面前，专注地看他一笔一画写字。他心里一动，在余下的冥币包封上落笔写下了"吴乐乐收",想想,又在吴乐乐的上面加上了"爱侄"二字。写完这些,已是东方鱼肚白,他将冥币在父母亲和吴乐乐的坟前焚了,再次出门打工。

还是在清晨,还是离家打工,物是人非。张一正回望家门,冲着家的方向,跪下。却感觉到有人站在他的面前,抬起头,看见一个瘦高的老人,牵着个五六岁左右的孩子。老人的面目是模糊的,孩子的面目也是模糊的。然而他一眼就看出了,那是父亲和乐乐。张一正说,父亲,您来了。乐乐,你也来了。父亲和乐乐没有说话,只是看着他。他看见了父亲眼里的泪光。他说,给您烧的钱纸,您收到了吗?父亲还是没有说话。他站起身,伸出手,小心翼翼地,想去触摸一下父亲,却摸到一阵冰凉的风,风吹过他的脊背,他打了一个寒颤,再去看时,眼前哪里有父亲和乐乐的影子。

第五章:赤子

逃犯说

逃犯说:和尚,我很感激你。是你,让我战胜了心魔。第二次出门打工,我把目的地选在宝安,到今天,我也说不清楚,为何选择到宝安。我知道吴一诺就在宝安。我是想和他和解呢,还是要和他争胜负?我承认,这两种心思我都有。到宝安不久,我就找到了一份工作,还是在一家玩具厂的彩绘部工作,活儿倒是不累,每天坐在流水线上,给那些玩具彩绘上所需的色彩。

和尚,我离开烟村时,曾对您说过,我要洗心革面,重新做人。我当真是这样想,也是这样做的。当然,这样做有内在的原因,那就是我内心的魔鬼在折磨着我,而外在的原因,是吴乐乐的声音和影子,一直跟随着我,纠缠着我。我想摆脱他。和尚,你说过,吴乐乐不过是我的心相,你说我的内心有一个佛,有一个魔,他们在不停地斗争,一会儿是佛占了上风,一会儿是魔占了上风。和尚,真的像你说的那样。第二次出门打工,我努力让心中的佛占胜心中的魔。我工作很努力,很快获得了老板的信任,我对工友很友爱,也获得了工友的尊敬。他们不知道我的过去,不知道我有过见死不救的人生污点。在七八百号人的玩具厂里,我很快成了众人称颂的好人。但夜深人静的时候,当我睡在铁架床上,看着坐在我的床边的吴乐乐的影子,我就会问自己,我真是一个人了吗?进厂后的半年,我做了主管。我拼命地工作,生怕自己松懈下来。

逃犯说:和尚,第二次出门打工,发生的两件小事,对我的触动很大,第一件事是在我当上主管没多久,新进来两个女工,十七八岁的样子。其中一个在进厂的第二天就病了,当时我没在意。第三天,她还没来上班,一问,是没钱去看病。我去宿舍看她。见她脸色蜡黄,说话的气力都没有了。我于是请厂长安排了车,又向工友借了点钱,把她送到了医院。没想到那几天出现了几例霍乱病人,而她的病情又很像霍乱,医院很重视,要先交三千元的住院押金,然后把病人隔离观察。我带的钱不够,回到厂里问财务部借了三千块钱交了住院费。在等着化验结果的那些天,厂里弄得很紧张,人心惶惶,还进行了全面的消毒。我每天会去看望那个女工两次,隔着隔离间透明的玻璃,我只是想让她知道,她不是孤立无助的,希望她多一些信心。一个星期过去了,化验结果出来了,感谢上苍,她只是患上了急性肠胃炎。厂里开车去接她回来,压抑在工厂里的阴影终于散去。女孩出院后做的第一件事,就是跑到我的宿舍,把我脏得散发着臭气的被子、床单和一堆脏衣服抱到洗衣间,洗得干干净净。就这样,一个烟村人心目中的罪人,几乎成为了厂里的英雄。我的形象在女孩充满感激的讲述中变得无限高大了起来。她不再叫我主管,改口叫我大哥。在她的带动下,我手下的工人们都开始叫我大哥。

第二件事,是厂里一位工友大姐的死,那位大姐患了风湿性心脏病。死在了医院。我和工友们是看着大姐死去的。大姐临死之前,一直在流泪。说她不想死,说她舍不得爱她的老公和孩子,说她想回家。最后,她就开始唱歌,很小声地唱,唱的是在打工者中很流行的那首《流浪歌》:流浪的人在外想念他/亲爱的妈妈/流浪的脚步走遍天涯/没有一个家/冬天的风啊夹着雪花/把我的泪吹下……她越唱声音越小,后来就没有声音了,留下了病房里哭成一团的工友。

人的生命是如此的脆弱,相比生命而言,生活中许多的事情,都显得太渺小了。正是基于对生命的思考,对往事的忏悔,我觉得有太多的话想要说。这次出门打工,和上一次是完全不一样的。我体会到了打工的艰辛,也体会到了人与人之间的温暖,心中的那块阴霾渐渐散去,我看到了许多人性中光辉的一面。

和尚想

和尚想:这孩子,你终于开始参悟"生"与"死"这两个字了。

和尚想:生死轮回,人生如梦,梦时非无,及至于醒,了无所得……

和尚想:参悟生死,知人生如弹指一刹那,如何活,才不枉此生?

我虚构

两个月后,张一正伏在宿舍的铁架床上,写下了他的第一篇小说。

工友们说,"张一正,你趴床上写什么呢,给笔友写信么?"

那时在珠三角的打工人中,流行交笔友。一些打工刊物的页脚,登的全是交笔友的通联。厂子里好多人都交了笔友,他们用这样一种特殊的方式,对抗着异乡生活的孤寂。

"嗯。给笔友写信。"张一正说。

那一晚,当张一正写到他小说中的主人公在临死前唱起《流浪歌》的那一段时,泪水汹涌而出,最后干脆趴在床上嚎啕大哭了一场。张一正在写小说的消息,很快就在这间小小的玩具厂传开了。工人们开始对他刮目相看,见到他,都叫他张作家,或者干脆就叫作家。而他写下的每一篇小说,都在工友们中间传看。等那份手抄稿重新回到他手中时,已被翻得卷了起来。工友们都给了相同的评价:"写得太感人了。""看到唱流浪歌那一段时,我哭了。"

半年后,张一正的第一篇小说,在刊物上发表了出来。而在仇恨的阴影中生活了许多年的他,终于是看到了自己生命的方向,一种全新的生活,在向他招手。他用一支笔,感动着无数的工友,感动着许多和他一样的打工者。他的生活依然贫寒,但他的内心,却不再寒冷。他用文字,进行了自我救赎。

虚构到这里,有些读者可能发现问题了,这一节的虚构,基本上是虚构者人生经历的写实。这就对了,在虚构的过程中,我把自己和张一正混合在一起了,我已然分不清,我是张一正,还是虚构者。张一正后来多年的生活,似乎没有什么太多重要的可以书写了,他从打工仔,做到了流浪记者,然后进了南方一家很有影响的报纸,专门跑打工一线的新闻,他做出了许多深度报道,赢得了广泛的声誉,当然也有诋毁,但那时的他,已经脱胎换骨了。他甚至被评为所在城市的道德模范。

逃犯说

逃犯说:和尚,我的命运发生了转变。一切都来得太顺利了。顺利得我都不敢相信。我和吴一诺的命运,像两条平行的铁轨,在各自的轨道上奔驰。我们之间,有过一次交合。我接到了爆料,有一家工厂因为欠薪,发不出工资。工人于是跑到国道上,把路给堵住了。我到了现场才知道,欠薪的居然是吴一诺的厂。

工人听说来了记者,一下子把我包围了起来。从他们七嘴八舌的控诉中,我知道,他们厂已有四个月没有发工资了。听说老板准备把工厂迁到外省去。老板说,愿意跟着去的,到了新厂那边再发工资,不愿意跟着去的,到搬厂的时候再给。工人大多数都不愿意跟着去。这一段时间,老板已经开始搬厂了,眼看着一间工厂就要搬空了,工人害怕老板到时溜之大吉,于是把还没有搬走的设备堵在了厂里。

　　和尚,您知道,我是打过多年工的,虽说我当了记者,我的心还是跟打工者相通的。再说了,跑这样的新闻,也是我的工作。只是出现了一个新的问题,这间欠薪的厂,居然是吴一诺开的。说实话,我当时是为难了。我没有马上跟工人去厂里,而是给我们记者站的领导打电话,我也把情况如实汇报了,希望领导能换一个人。然而领导下了命令,说没有人可换,让我马上去采访,而且明天就要见报。

　　没办法,我只好硬着头皮,跟着工人代表去了那间工厂。谢天谢地,吴一诺不在厂里,只有一个厂长接受了我的采访,厂长说肯定是不会跑的,那么大的工厂,哪能说跑就跑呢。回到记者站,我把稿子赶了出来。第二天,这则新闻就见报了。领导指示我,要做深度报道,其实,刚刚发生总理为农民工讨工资事件不久,所有的媒体,都把年关欠薪当着重头报道来抓。我是被逼上了梁山了。虽说道义告诉我,在这时,我是不能去讲情面的,我要面对一个记者的良知,可是对于吴一诺,我是有罪的,我真的无法去面对他。

可是如果我不去,我将失去这份工作,这也是我不愿意接受的。

和尚,你知道吗?接到继续做跟踪报道的任务后,我是一夜未眠。到了凌晨三点多钟的时候,我又看到了吴乐乐,这一次,他没有喊救命,只是无声无息地站在我的面前,望着我。我仿佛看见了他的眼里在闪烁着泪花。

我说,乐乐,对不起。这一次,我要和你爸爸作对了。

我说,乐乐,不是我要和他作对,是他为富不仁,我要对得起我的职业道德。

乐乐还是那样无声地看着我,足足有几分钟,乐乐突然消失了。我决定了,不管如何,明天我要去面对吴一诺了。我想好了,我要好言相劝,我要劝他把工资赶快发出来。

我虚构

记者张一正来到吴一诺的玩具厂。

"你?张一正?"吴一诺看见张一正,愣了一下。

"一诺……吴老板。"张一正说,"我是南国都市报的记者,这是我的名片。"张一正双手递上一张名片。

吴一诺一只手接过名片,看了一眼,丢在桌子上,拿起一份南国都市报,说,"这是你的大手笔?"

张一正说,"这是我的工作。希望你理解。"

吴一诺说,"理解,理解,坐,咱们坐下说。我早就听说你到这里了,也听说你在报社做记者。没想到,哈哈……"吴一诺说。

张一正说,"一诺,对不起。乐乐的事,我太不应该了。"

吴一诺说,"都过去那么多年了……不提啦。"

张一正说,"一诺,你也是打工出身的,不该这样对你的工人。"

吴一诺说,"你以为我想这样?现在这里在搞产业转型,对我们这样的劳动密集型的加工企业,管得死死的。在这里办厂成本太高,只有把工厂迁走,可是工人不想跟我去,我就出此下策了。"

张一正说,"工人想去想留,是他们的自由,你不能这样。"

吴一诺说,"再说了,这些年,我开了这么大个厂,看起来很风光,其实是个空架子。我的资金周转,也确实遇到了困难。你们做记者的,为什么不为我们也说说话,不能总是向着打工仔们吧。你看,你一篇报道出来,今天劳动局的人就进厂了。你这大记者,下一篇报道,也为我说说话吧。好啦,这么多年没有见面,想当初,咱们兄弟二人一起出门打工,风风雨雨十几年过去了,中午我做东,咱们一起叙叙旧。"

张一正自然不敢接受吴一诺的请。他说要请往后找机会吧。

第二天,张一正的报道还是做出来了。不过,他的报道这一次站在了一个中间的立场上,没有任何评述性的文字,只是把劳资双方的情况都如实报道了出来。后来的处理结果,是吴一诺如数付清了工人的工资。他的厂子也搬走了,全厂三百多员工,跟着他去新厂的,不到二十人。从那之后,张一正和吴一诺又断了联系。吴一诺的新厂开得如何,他也不得而知。他没有想到的是,那一次搬厂之后,吴一诺本来就紧张的资金,更加周转不灵了。加上一时间招不到工人,生产也跟不上,接到的订单,只好外发。没有支撑两个月,就把厂子关张了。后来他接手了一家被当时政府勒令迁走的化工厂,把厂子办到了烟村湖中间的那个岛上。

第六章:破碎

逃犯说

逃犯说:做了那期的稿子后,我突然觉得很累,累到骨子里。我突然觉得,我所追求的东西,原来是那么难。我的新闻,开始变得不痛不痒起来。我知道,作为一名记者,我已失去了锐气,已明显落伍了。领导在批评了我数次之后,找我谈话了,领导说,张一正,你不适合再跑这条线了,你去跑文化线吧。于是,我由社会版的记者,变成了文化版的记者。开始出入于各种文化活动的场所,许多的新闻都不用我写,我只需要拿一份通稿去发一发就行了。我也学会了拿辛苦费。三年时间下来,我就成了现在的我。有时我自己都会恨我,只有在夜深人静的时候,我会摸着当年跑社会新闻时获得的一个又一个的奖章证书,回想起自己那短暂但仍然激动我心的岁月。那是我一生中,最上进的时光。后来的我,是一个没有追求的人。

和尚想

和尚想:每个人都有过上好生活的权利。我佛度人,无非也是希望,所有人都能过上好的生活。不过我佛求的是人内心的好生活。

和尚想:只要你追求的好生活,不是建立在别人的痛苦上的,你没有错。

和尚想:能这样自省自己的灵魂,他已经做得不错了。

和尚想:我面对的是一颗痛苦的心,一个破碎的灵魂。

我虚构

让我们回到张一正再次回到烟村的时间。他去村部盖好了公章,晚上,他睡在自己那破败的屋里。他翻动着那些尘封的书,也是在翻动着尘封的往事。他把书上的灰拍打干净,重新装好。他想,明天去镇上办理户口迁移手续时,顺便寄回广州。正在思想着,又听见了吴乐乐的声音,"救命,救命啊。"吴乐乐的声音还是那样时远时近。那声音,成为了他人生的背景。他抬头望向窗外,窗外黑咕隆咚,只有风声和谁家的犬吠。他隐约听见了有人说话,走出家门,声音是从吴家传来的。接着听见了开门声,吴家亮起了灯。这么晚了才回来,他们是去哪里了呢?太晚了,也不方便去打扰了,还是明天再去看望他们吧。打在吴、张两家的那个死结,也该解开了。秋伯说的,吴一诺在烟村开了化工厂,厂里有工人失去了手脚,看来,是工伤吗?

鸡叫第二遍时,张一正在迷迷糊糊地睡着。一觉醒来,已快中午。外面的风还在没完没了地刮。张一正把带回的两件夹衣都穿上了,还是冻得上下牙齿直打架。这么多年都生活在温暖的南方,他已经不起这烟村的严寒了。在屋里跳了几下,暖了暖身子,张一正把给吴长江买的烟和酒拎在了手中,就去到吴家。

刚到家门口,一只高大的狼狗冲他狂叫,竖起身子朝他扑,把那拴着的铁链挣得哗啦直响。吴伯妈正在厨房做午饭,听见狗叫,骂狗,"黄毛,别咬了。"在围裙上擦着手,走了出来。

狗见主人发话了,摇着尾巴躲到了一边。吴伯妈的眼睛不太好使了,盯着张一正,半天没认出来。张一正打着躬,说,"伯妈,是我,一正。"

"一正?"吴伯妈脸上表情木然。

"是我,是一正。我昨晚就想来看您和伯伯,你们很晚才回来,就没有来打扰。"他低声说。

这时就听屋里传来吴伯伯的咳嗽声,说,"是一正么?是一正回来了么?我上午就听说了。让他进来吧。"

"进去吧。"吴伯妈说。转身回了厨房,坐在灶门口,眼泪就不住地流,擦也擦不尽。

吴长江半躺在床上,胡子拉茬,脸色蜡黄。他走进房间,放下东西,扑通一声,就跪在了吴长江的床前。这么多年来,他在心里早就跪下过多少次了。

吴长江说,"起来起来,你这伢,你这是干吗呢?"

他继续跪着,说,"伯伯,我不是人,我是猪狗不如的畜生。这么多年来,我一闭上眼,就听见乐乐喊救命的声音。我一睁开眼,就看见乐乐站在我的面前。"他这样说时,看见乐乐的剪影,坐在吴长江的床上。

吴长江说,"人的一生,谁能不犯个错呢。再说,那都是哪年哪月的事了。起来,快起来,地下凉。"

张一正说,"伯伯您这是怎么啦,病了么?"

吴长江说,"老啦,要去见阎五爹去了。死了也好,死了一了百了,眼不见心不烦,还可和我那墨痕老哥说说心里话。"

张一正说,"我昨天听秋伯说,一诺回烟村开厂了。"

吴长江的脸色一下子涨得通红,"那个畜生,你不提他还好,一提他我就有气。"吴长江说着剧烈地咳嗽了起来。张一正慌忙找了毛巾,给吴长江擦嘴。吴长江咳了一阵,终于渐渐平息了下来。

"他那哪里是个厂,简直是个祸害。"吴长江说,"你看这才两年时间,把多好的一个湖都给毁了。赚几个黑心钱。"

"您不说说他?"张一正问。

"现在他有钱了,有钱就是爷,我吃他的,住他的,还敢说他?唉,现在这人心,都变黑了。你看他那个鬼样子,在村里镇里,呼风唤雨,村里人看见他,哪个不是点头哈腰地叫他吴老板?还不是指望到他的厂里打一份工挣点钱。"

从吴长江的家里出来,张一正的心里堵得慌。他现在,对烟村,当真是一点也不留恋了。他只想快点把迁户口的手续办完了,离开这个鬼地方。于是他去到村部,想找一辆摩托车去镇上办手续,刚到村部,就遇见了吴一诺。

吴一诺远远地朝他走来,伸手同他握手,说,"张一正,大记者。我早晨就听主任说你回来了,正寻思着找时间去看你呢。怎么,这次把户口都迁走了,再不回烟村了。"

张一正现在有点不想同吴一诺多说话了,他应付着说,"吴老板,我一个穷记者,哪里敢和你比,你现在是咱们镇的首富啊。"

吴一诺掏出烟,问张一正抽不。张一正摇手。吴一诺从盒子里耸出一支烟,身边就有马仔给他点上了火。吴一诺吸一口烟,说,"还是记者厉害了,我们老百姓不是有句话么,记者见官大一级。想当初,你张大记者,一篇报道,就把我的计划都打乱了,把我好端端的一个厂给弄倒了。"

张一正感到了一丝丝紧张。眼前这个吴一诺,让他感到了压力。他说话的样子,他那派头,全然不是他记忆中的吴一诺,也不是他两年前采访时见到的那个吴一诺。两年前,吴一诺的身上多少还有一些生意人的文气,现在,他眼前的这个吴一诺,话里透出的狠劲和嚣张,全然是一副天上地下唯我独大的派头。

"不过我还要感谢张大记者啊,不是你把我逼到那绝路上,我还一直在外面开厂呢,他妈的在深圳,我那个小厂狗屁都不算一个,到处看人脸色,随便一个派出所所长,一个街道办的主任,都敢对老子指手画脚的。你看我回烟村了,好威水啊。"吴一诺说了一句广东话。又哈哈哈地笑了起来,说,咱兄弟俩别站在这枯北风里说话,走,我们找个地方喝一杯。张一正说,不了不了,我还要去镇上办事呢。吴一诺说,办什么事,在这镇上办事,还用得着你亲自去办,我叫个马仔帮你搞定就是了。张一正说,不用了,不麻烦你了。吴一诺"嗯"了一声,板起了脸,说,张一正,别给脸不要脸。

张一正说,话不是这样说。我是有事,我要去镇派出所办迁户口的手续呢。有日期限制的。过期了就不好办了。吴一诺说,"好,张一正,你去办吧。你会来找我,来求我和你一起吃饭的。"

张一正到了镇派出所,派出所的人看了他的材料,说,不行,得回村里再去盖治保会的章。张一正又坐了辆摩托车回到村里,去找治保主任盖章,治保主任说,不好意思,章刚才被吴老板派人拿去了。张一正知道,这是吴一诺在使坏了。想到罢了罢了,不就是一个城里户口么,为了这一纸户口,去求他,犯不着。回到家,坐在家门口生闷气呢,吴长江过来了,问张一正,事办得怎么样了。张一正不想惹吴长江生气,说再盖一个章,明天就办好了。吴长江说,那就好,说晚上就在他那里吃饭,他让他屋里的炒了几个小菜。他想和张一正说说话。晚饭时,张一正就在吴长江家里吃。吴长江说,一正,办完了事,你早点回广东去吧。张一正说,伯伯,您是有什么话要说么。吴长江说,我是担心那黄毛畜生,他现在是六亲不认。老早就放出过话的,说只要你回烟村,他不会放过你的。说他的厂,就是被你弄垮的。张一正就把当时的情况对吴长江说了。吴长江长叹了一声,说,想当年,你爷爷他们那一辈,那真的是肝胆相照,死生相托。我和你爸爸,虽说后来因乐乐的事,闹了几年别扭,可之前那几十年,也是比亲兄弟还要亲的。这些年来,我就悔呀,你爸爸死,我也没去看他最后一眼,送葬的时候,也没有去看他一眼。这些年,我倒是每年清明,都会给你爸你妈的坟上挂清明,腊月了,也会陪上一锹土。

逃犯说

逃犯说:和尚,你看,外面下雪了。好大的雪,这是今年冬天的第一场雪吧。我有好多年没有见过下雪了。下雪真好,白茫茫大地真干净,和尚。

逃犯说:和尚,我没有想到,我会拿镪水去泼他。

本来想,算了,不办那个户口了,他不是拿了公章吗,我不办户口了还不行?我真的打算就这样离开烟村的。可是他吴一诺逼得我无处可逃了,他的马仔找到我屋里,说是他们吴老板要在他的厂里请我喝酒。我说我不去,我要回广东了。马仔说,你这是让我为难了,吴老板说了,请不到你,让我也滚出烟村。我知道,是福不是祸,是祸躲不过。我就去了,我要看看他吴一诺能把我怎么样,难道还能吃了我不成。我跟着去了岛上。和尚,我没有想到,好好的一座岛,被他弄成那个样子的。离岛还很远,我就闻到了一股刺鼻的气味。

吴一诺在等着我。吴一诺说,张大记者真的是架子大啊。我说哪里有你吴老板威风,我不来是不成了。吴一诺让人给我倒茶。他指着茶几上的两个盒子,说,知道这里装的是什么吗?不等我回答,他拿起了一个,打开,说,这是公章。一会儿吃完饭,我就帮你盖章。又打开另外一盒,是一个玻璃瓶子,里面装着液体。知道这是什么吗？吴一诺说，告诉你，这是我这个厂生产的产品，镪水。他小心地揭开瓶盖，拿过一根枯树枝，伸进了瓶子，然后拿出来，树枝被烧成了黑炭。吴一诺说，我们厂里每年要生产好几吨这样的东西。石头丢在这里都会烧化。你说，把一个大活人丢进我的镪水池里会怎么样？我说吴一诺，你想干吗？吴一诺说，我只是想让我的张大记者，见识见识我的产品，回去之后，帮我写一篇报道，鼓吹一下我这个乡村企业家。怎么，你怕我把你丢进镪水池里？那是谋杀，我是个遵纪守法的公民，违法犯罪的事，我不会干。

我说，那是那是。吴一诺就带着我参观他的化工厂。我不知道他的葫芦里卖的是什么药，但我知道，他请我来，绝不是为了喝酒叙旧的。在岛上转了一圈，他说，我们去吃饭吧，边吃边聊。今天我们不醉不归。

和尚，我当时真的很紧张。我不会喝酒，喝一两瓶啤酒还差不多。可是桌子上放了一堆白酒。吴一诺说，你看了我这厂子，是不是在想，我这厂子破坏了环境，是不是想着，离开烟村之后，再写一篇报道把我的厂子搞垮？

我说吴老板，你说哪里的话。

哪里话？！吴一诺说，这样的事，你又不是没干过。是的，当年是我对不起你，把你炒掉了。可是你一个普工，炒掉有什么了不起呢。大不了再找一份工。可是你呢？我的儿子掉到水里了，才五岁，你狠得下心，见死不救。你有什么事做不出来。我的工厂遇到困难了，你不说帮帮我，为了你的所谓的工作，你落井下石，害得我十几年的心血差点全打了水漂。现在好了,你出去就写一篇报道,你又可以获得奖赏了。

我说一诺,你想哪里去了。乐乐的死,我是有责任,我对不起你。可是,那篇报道……

吴一诺倒了满满一杯酒,命令我喝下去。我喝了。吴一诺也喝了一杯。他说,你知道我这厂里有一条厂规是什么吗?防火,防盗,防记者。咱们隔壁村,有一个不知天高地厚的小子,大学毕业后在省里当记者,回家来休假,你说他妈的休假就休假,偏偏要发贱,来偷拍我厂子的照片,又采访说我这里破坏了环境。他妈的真是想死。老子警告他,敢写,老子一瓶镪水就把他吓得尿裤子。张一正,张大记者,你敢写吗?

我说,不敢,我现在是文化记者,这样的新闻,我不过问。吴一诺说,不敢就好。喝酒。我说我不会喝,再喝就醉了。吴一诺说,不喝,不喝酒,那喝镪水如何。说着让马仔拿一瓶子镪水来。没办法,我就喝酒。反正喝了许多酒。吴一诺也喝,喝得东倒西歪了。吴一诺说,咱们俩的恩怨,也该做一个了断了。我当初炒了你,是我不对,我拿镪水在腿上烧一个洞,你说,乐乐的事,还有报道我厂子的事,要在你腿上烧几个洞。

和尚,我当时真的害怕极了。我们就去抢那镪水,我先抢到镪水,然后我就把镪水泼到了他的身上。我听见他惨叫了起来。没想到,我亲手杀死了吴一诺,杀死了和我自小一块儿长大的好兄弟。我知道我难逃一死,可是出于求生的本能,我成了逃犯。我逃到了这深山老林里,我几天没吃了,我饿倒了,没想到和尚把我救活了。您不该救我的。和尚。我想通了,我不想再逃了。明天天一亮,我就去自首。和尚,我活够了,活着太累了。我本就是一个有罪的人,十几年前,在乐乐落水的那一天起,我就不该再活在这世上。和尚,您参禅悟道几十年,您说,为什么我们一生要活得这样苦。这是为什么。

我虚构

和尚跪在蒲团上。逃犯跪在他的身后。和尚听逃犯一直在说,和尚一言不发。逃犯说,和尚,你看,下雪了。好大的雪。你说,明年是个丰收年。

雪真的下来了,纷纷扬扬。一会儿工夫,天地间就是一片白茫茫。而这时,一直沉默的和尚,终于开口说话了。

和尚说

和尚说:昔者香山居士作一谒子,问鸟窠禅师浮生事。谒子云——

特入空门问苦空,敢将禅事问禅翁。
为当梦是浮生事,为复浮生是梦中?

鸟窠禅师作一谒子答——

来时无迹去无踪,去与来时事一同。

何须更问浮生事,只此浮生是梦中。

和尚说:孩子,你今以浮生事问我,老僧也试作一谒子答你:

莫向空门问苦空,从来死生事一同。

逃犯说罢浮生事,和尚依然是梦中。

完于二〇〇八年冬至之日

变形记

就像有的人对花粉过敏,有人对酒精过敏一样,格里高尔对紧张过敏。偏偏他又胆小,特别爱紧张,一紧张浑身就痒得难受。抓。浑身上下抓得满目疮痍、惨不忍睹。因了这第二个毛病,这么多年来他一直没能结婚。格里高尔是个打工仔,在楚州关外的工厂里打工差不多十年了。他为人朴实,小伙子长相也精神,倒是得到过一些女孩子的欢心,问题是,他不敢对心仪的女孩表达自己的喜欢,因此也就错过了良缘。都说湘女多情,格里高尔发现厂里有个湖南妹子,经常用异样的目光看他,妹子的目光中水波荡漾,情意绵绵。这给了格里高尔以勇气,他终于鼓起勇气,蹭到了女孩面前,想对湘妹子表达自己的爱慕之情。女孩呢,对他也是有意的,看见他红着脸,像有话说,她大约是知道格里高尔想说什么的,甚至有可能,她早就在等待着这一刻的到来了,然而到了关键的时候,格里高尔又紧张了,嘴张了几次,脸由红变黑又由黑变紫了,却一句话也没有说出口。后来的结果可想而知,他当着女孩的面,开始在身上上下左右胡乱地抓,把女孩吓得尖叫了起来。这样说罢,他有几次完成第一个梦想的机会,都因了过敏的毛病泡了汤。渐渐地,他对完成第一个梦想就不抱什么希望了。那就打单身吧,有时,睡在铁架床上的他,会这样恨恨地想。光棍有什么了不起的呢,不是有一首歌里唱着的么,"光棍有酒喝,光棍有烟抽,光棍的好处说也说不完。"可是他终究是不甘心的,何况,父母亲年纪也大了,总是操心着他的婚事,两位老人最大的心愿就是抱一抱孙子然后再去阎王爷那儿报到,抱不到孙子,二老死也不甘心。

格里高尔这过敏的毛病,是来楚州打工后才患上的。说起来,也有十多年的历史了。揪住历史不放,似乎并不应该,电视里不是常说,要放眼未来么。不过有些的历史,是不能忘却的。那么,就交代一下格里高尔的得病史吧:其时格里高尔刚从乡下来到城里,和所有进城务工的民工一样,格里高尔把这次进城的意义看得相当重大,他认为,只要离开了乡村,他就会有一个广阔的天地,就会做出一番惊天动地的事业来,事实上,情况却并非如此,他进了工厂之后,差不多就变成了流水线上的一个机器零部件,每天的生活是极为单调的,上班下班。格里高尔坐了一段时间的流水线之后,发现这样下去不是办法,他想改变这种现状,于是就辞了工,他希望找到更好的工作,于是他不可避免地遇上了治安队……看看,这里又说到治安队了,对楚州生活比较理解的人一定会批评我,说你干吗抓住治安队这个问题不放呢,这都是陈年老皇历了,现在的楚州,警察执法是极为文明的,而且,现在也不再有收容遣送的问题了。问题是,这是造成格里高尔过敏症的直接病因,或者说,是诱发格里高尔过敏症的直接病因,因此在这里,就显得较为重要,少不得要交代清楚了。长话短说,格里高尔在一次逛街时,遇上了治安队,要查暂住证。格里高尔是有暂住证的,因此他并不害怕治安队,他也没怎么把那些治安员放在眼里,这就太不应该了,为此,他付出了应有的代价。格里高尔说他有证件,这样说时,他是有点嚣张的,简直就是有恃无恐,一个治安员接过了格里高尔递过去的暂住证,冷笑了一声,随手就撕成了碎片,一扬手,手中就飞起了一群蝴蝶。治安员问格里高尔,暂住证呢?格里高尔就急了,这一急,就感觉到背上出了一层细细的汗,有些痒痒的。不过格里高尔没有注意到这一细微的生理变化,他急于证明的,是这个治安员把他的证件给撕碎了。治安员笑嘻嘻地问格里高尔谁可以作证。格里高尔找不到证人,和他一起逛街的工友,在治安员指着鼻子时,都摇了摇头,说没有看见谁撕了他的证件。治安员冷笑了一声,用楚州的州骂骂了格里高尔,给格里高尔安了一个罪名,叫污蔑治安员罪,把他关进了收容所。在收容所里的经历倒没有什么出奇之处,和所有经历过收容的人的经历大同小异。只是他出来的方式不一样,别人出来都是要交钱的,他没有交钱。他进收容所的第二天,皮肤开始过敏,先是在背后起了一些小红疹,痒,他拿手去抓,谁知越抓越痒,抓到哪里痒到哪里,不一会儿,他就把全身的皮肤都抓破了,他的样子吓坏了收容所的人,他也因此获得了自由,他以为自己捡了个便宜,不想却落下了过敏这个病根,开始时,他是只要看见治安员就过敏,他就尽量少上街,甚至不上街,可是他的病情却在一日日加重,只要略微一紧张,就会过敏。偏偏他又是一个胆小如鼠的人,生活中有一点风吹草动,都会让他莫名其妙的紧张,比如说吧,走在工业区,见到一个留着大胡子的,或者剃着光头的人,他就会赶紧躲开了走,倘或那个大胡子或者光头朝他多看了一眼,他就会过敏。主管或者老板在他的工位前多站一会,他也会紧张。为此,格里高尔也没少去看医生,中医西医,药没少吃,屁股都被扎成筛子眼了,病丝毫不见好转。这些年来,格里高尔就一直都生活在"打工→挣钱→看病",再"打工→挣钱→看病"的反复中,后来,格里高尔通过收音机里的广告,找到了一位心理医生,这位医生在听完了格里高尔的述说之后,认为他这病是心病,心病还得心药医。医生建议格里高尔去找个治安员,然后拿大嘴巴子抽他一顿,这样他的病就会好了。医生的这个建议,是有理论根据的。当然,这里略过根据不表,具体到这一治疗方案,要实施起来却有一定的技术难度,一是现在楚州城基本上没有治安员了,自从那年,收容所里出了人命案之后,治安员就光荣地退出了他们的历史舞台,其二呢,就算能找到治安员,也没有谁会具有这样的奉献精神,心甘情愿拿自己的脸来给格里高尔抽。医生说他倒是可以联系到一个为了钱,愿意拿自己的脸不当脸的,但是收费比较高,抽一嘴巴要收费一千块。格里高尔问医生,大约要抽多少嘴巴才能治好他的病,医生说这个没准,也许抽一嘴巴就成,也许要抽十多二十嘴巴才能见效。这个谁敢保证呢?医生摊开了双手,耸了耸肩。格里高尔问医生还有没有更好的主意。医生想了想,说要不你回到乡下老家,这样也许病会慢慢好起来。医生说你可能是对城里的空气过敏,回到家乡,生活压力没有这样大,病大约就会好起来的。格里高尔觉得这个主意不错。不过医生说的话太模棱两可了,他用的都是一些不确定的词,要不、也许、可能、大约。也就是说回到老家,也不一定就能慢慢好起来。不管结果怎么样,格里高尔想试一试。经过了激烈的思想斗争,格里高尔终于说服了自己,并做好了年底回家的打算。

这位读者说了,为什么做回家的打算,要经过激烈的思想斗争呢?别说你感到奇怪,连格里高尔自己也觉得奇怪,出外打工一晃都十几年了,格里高尔早就感到很累了,这么多年来,他在城里并没有过上一天的舒心日子,也未成为一个城里人,还落下了这个怪毛病,钱也没有挣到,然而一想到要离开这里时,却又变得恋恋不舍了起来,觉得还是城里的日子好,因此他下不了决心。格里高尔知道,他这次回到乡下之后,只怕就要永远告别打工的生活了。这样一想,格里高尔就觉得有些感伤。自己生命中最美好的青春年华,是在这个城市关外的流水线上流走的,现在,他将要两手空空,带着自己的病痛回家了,心里一下子就觉得空落落的。这时候,格里高尔的第二个梦想,就变得迫切了起来。

格里高尔的第二个梦想是去楚州城里看看。来楚州打工十多年,还从来没有进入过那高高的城墙内去看过。格里高尔觉得,只有去楚州城内看过了,才不枉自己来城里打工这么多年。他没有心思打工了,上班时总是走神,琢磨着怎样进关。这样的结果,是经他手下流出来的产品,次品一下子多了起来,主管走到了格里高尔的跟前,抓起了一把产品,左看看右看看,然后就盯着格里高尔冷笑。要是放在以往,格里高尔就会吓得出一身冷汗,弄不好又会过敏,可是现在,格里高尔已经没有再把这份工作放在心上了,他甚至根本就没有注意到主管的冷笑,也没有意识到自己的工作出了差错。这样,格里高尔的表现,就有点超乎寻常了,这让主管相当不满,他用手指敲了敲格里高尔面前的工作台,说格里高尔呀格里高尔,你看看,这是你做出来的货么？这些,这些,还有这些,都必须返工！为什么返工？你还问为什么返工？你今天是怎么啦格里高尔,你平时不是挺胆小的么？今天吃了熊心豹子胆,学会了顶嘴啦？主管这样说时,期待着格里高尔开始出现那惯常的一幕,把自己的浑身上下抓一遍,这样,主管一天的心情就会变得莫名地愉悦起来。可是现在,格里高尔明显是让主管失望了。主管于是说,那好,你现在不用做事了,你被炒鱿鱼了。

格里高尔来到了楚州的城门口。他抬头望了望高高的城墙,又看了看城门口验证进关的人排起的长龙,长龙从城门口一直排过了护城河。格里高尔知道,想要蒙混进关,几乎是没有可能的。可是格里高尔没有楚州城的居民证,也没有出入楚州城的通行证,这正是他十多年来一直未能进入楚州城的原因。格里高尔开始在楚州城门外徘徊。这一来,格里高尔有了新的发现,和他一样在城门外徘徊着,想趁着守城的士兵换岗,或是上下班人流高峰时守城士兵的大意蒙混过关的人为数不少。这一发现,让格里高尔感受到了莫大的鼓舞。要是在平时,格里高尔是很警惕这些徘徊在关口的流民的,他总是觉得,这些人并非善类,可是现在,格里高尔觉得,这些人都是他的同志,是同道。于是他有了吾道不孤的感觉,看着这些人就觉得亲切。这时,过来了一个士兵,士兵手里拿着高音喇叭,呜里哇啦地驱散着聚集在关口的流民,士兵一过来,流民们就开始朝后撤退,退过了有二十多米宽的护城河,聚集在河边的榕树下。格里高尔听清楚了,士兵在提醒大家,说是近来有一些不法之徒,利用带人进关为掩护进行抢劫,提醒大家不要上当。士兵叫了一阵子之后,看见人都被驱退到了护城河边,就拿着喇叭转了回去。他的身上仿佛牵了一根线似的,他往回走,后面的流民就潮水一样跟着他往城门口涌。士兵转过声,叫喊一嗓子,后面的人都像中了魔法,停了下来,士兵像赶小鸡一样,朝流民们挥着手。嘴里发出"雀雀雀"的声音。于是,一场你退我进,你进我退的人民战争在城门前上演。这是格里高尔从来没有见过也没有想到过的事。刚开始,他被赶过了护城河,并不敢加入流民的队伍,只是远远地看着流民和士兵之间的游戏,可是后来,格里高尔渐渐发现,这样的游戏并不危险,首先是士兵手中并没有武器,只是拿了一只喇叭,其次,士兵并没有对流民发起攻击性的举动,他只是一遍又一遍苦口婆心地劝大家散去,不要聚集在城门口,这样堵塞了交通,而且,他提醒大家,不要对蒙混进关心怀侥幸,这是不可能的。格里高尔站在一棵大叶榕树下,眯着眼欣赏着这场游戏,直到天渐渐黑了下来,他依旧没有勇气加入到游戏之中。第一天很快就这样过去了,格里高尔没能进关,却也觉得这一天过得相当满意,格里高尔想,要是能加入到游戏之中,那肯定很有意思。格里高尔就恨起了自己的无用,也恨起了自己这过敏的毛病。天黑了,楚州城上亮起了辉煌的灯火,远远望去,像一条灯的长龙盘旋在楚州的周围。流民们在渐渐散去,一些穿着灰色工衣的打工妹们,开始往护城河边的草地上聚集,他们三五成群,脸上荡漾着欢乐,这让格里高尔一下子觉出了深深的失落。他摸了摸胸前,胸前空荡荡的,平时这里是挂着厂牌的。这时格里高尔就觉得,这个城市是真的美,他有些恋恋不舍了。然而,格里高尔发现了不对劲,一个留着长发的家伙,似乎在跟踪他。这一发现,让格里高尔吃了一惊,他快步离开,靠近了一群打工妹,想让那个长发家伙觉出,他格里高尔是有同伙的,他是和那些女工们一起的。果然,那长发转身离去了。不过刚才这一惊吓,还是给格里高尔造成了麻烦。痒,先是从背后开始,像有一只蚂蚁在那里爬,格里高尔抱住了路边的灯柱,咬着牙,想把这一阵捱过去,这些年来,他一直在和这该死的过敏做斗争,他也总结出了一些经验,痒的时候,千万不能去抓,只要一抓,痒就会迅速扩散,一发不可收拾,如果捱过了最初的痒也就好了。然而,这最初的痒,往往是最难捱的。格里高尔抱着灯柱,牙咬得咯吱咯吱响,身子在古怪地扭动着,他的动作,吸引了一些人好奇的目光,于是,有人开始在离他不远处站了下来,打量着他。另外的人发现了格里高尔的古怪姿势,也停下了脚步。不到一会儿工夫,在格里高尔的周围,就围起了一圈人,他们吱吱喳喳指指点点,格里高尔再也忍不住了,拿手去抓背,去抓脸,抓胳膊,开始张牙舞爪浑身乱抓。格里高尔这一抓,围观的人就忽地一下散开了,他们中有的人,也感觉到身上开始发痒。一个人不由自主地跟着在背上抓,接着,几乎所有的人都不由自主地往身上抓。还好,他们只是抓了两下,就不痒了。

格里高尔狼狈地逃离。第二天,他起了个大早,以为早晨是可以蒙混进关的,没想到,早上进关的大都是车辆,人却更少,几个士兵守在关口,他只是远远地看了一眼,就知道今天又进不了关了。上午十点钟的时候,昨天上演过的流民与士兵周旋的游戏又开始进行了,这一次,格里高尔对自己说,不要怕,有什么好怕的呢,不就是玩一个游戏么,没什么大不了的。他鼓起了勇气想汇入人群,可是两条腿没来由的软。这样说罢,一晃,格里高尔在楚州城的城门口游荡了四天,他对自己说,再试一天,实在不行,就回老家算了。不就是一个楚州城么,进去看一眼又能怎么样呢?听说楚州大道是全国最美丽的大道,那又怎么样呢?听说里面有狂欢谷,有万国园,那都是紧好玩的地方,可是到那些地方去玩,是要花很多钱的,听说光万国园的门票就要二三百呢。格里高尔这样想时,心里依旧是不甘的。第五天,格里高尔终于鼓起了勇气,加入到了与士兵游戏的队伍中。然而,格里高尔没有想到的事发生了。就在他们和士兵们玩着你进我退的游戏时,从城门里跑出了一队士兵,他们都执着枪,在迅速朝流民靠拢。有些机灵的,见势不妙,早就溜了。格里高尔发现身边的人突然在往后跑,还没有明白过来哩,一愣神的工夫,就落在后头了。格里高尔也不清楚那些人跑什么,反正他也跟着跑。然而从护城河的外面,也包抄过来一队穿黑衣的警察。警察边包围过来边高声喊着"站住,不许跑"。大多数的人都站住了,然而那些警察和士兵们并没有理会这些流民。倒是有几个沿着护城河没命地跑的人,看来才是士兵和警察围捕的对象。格里高尔当时是吓慌神了,一乱就出错,他没有停下来,跟着那几个人,也没命地跑。接着,他听见身后有人在喊,站住,不站住就开枪了。接着他听见了"呼"的一声枪响。子弹从耳朵边尖叫着划过。格里高尔吓出了一身汗,感觉有一些东西从身体里往外挤,要穿破皮肤往外冲。格里高尔也顾不了这么多,他完全被吓昏头了。前面说过,格里高尔是个胆小如鼠的人,胆小的人遇到事就会惊惶失措,他失去了冷静判断的能力。他要是略微冷静想一想,就不会跑了,他又没有做什么坏事,士兵和警察们干吗要抓他呢?可是现在格里高尔没有这样想,他来不及想,只是拼命地往前跑。迎头也冲来了一队警察,前后夹击,他想往左跑,左边响着警笛,而右边,是宽阔的护城河。格里高尔就朝护城河跑去,他管不了那么多了,他从小就是一个游泳高手,家乡那烟波浩淼的上津湖,他都能游过去,何况这区区二十来米宽的护城河呢?他加快了脚步,很快就冲到了河边,护城河岸离水面有十来米高,格里高尔望着深不可测的河水,吸了一口气,纵身就往河里跳。就在他纵身一跳的时候,格里高尔感觉到身体里那些涌动的东西一下子喷了出来,那是一些轻柔的东西,它们像是降落伞一样,把格里高尔托了起来,格里高尔投向护城河的身影,像一片枯叶,在空中飘飘悠悠往下坠。格里高尔不由自主地挥动着胳膊,他感觉到了一股气流在身体下面涌动,他的身体随着胳膊的挥动,居然停止了下坠。格里高尔也来不及细想为什么会出现这样的现象,他又用力挥动了几下胳膊,他感觉心脏急速下沉,身体却开始像风筝一样往上升。格里高尔的胳膊停止挥动,身体又开始像枯叶一样往下降。我飞起来了?!格里高尔想。他又开始挥动着胳膊,并且不是简单地上下挥动,而是将胳膊略略斜着前方挥动,这样,他的身体不仅仅是上升了,还开始向前移动。格里高尔的飞行动作还相当笨拙。他飞得很慢,飞了一会,就感到胳膊很累,酸痛酸痛的,挥动的速度就变慢了,这一慢,他的身体就开始往下沉,现在,他的飞行高度只有两米多了。在身后围追他的士兵和警察们,还有那些围在护城河边看热闹的闲人们,猛地看见一个人飞了起来,都愣在了那里。现在,他们看见那个飞人开始往下降,立刻从发呆中回过神来,像潮水一样跟在格里高尔的身后疯跑,也分不清是士兵还是流民,是警察还是楚州的居民了。进城的关口一下子乱了起来,所有的车辆都停了下来。所有的人都跟在格里高尔的身后尖叫着,疯跑着。格里高尔越飞越低,终于,他落在了地上,大口大口地喘着气。身后追他的人,猛地也停下了脚步,可是后面的人并不知道前面发生了什么,还在往前涌,前面的人站立不稳,被后面冲上来的人压倒在地上,于是,在格里高尔的身后,叠起了一个巨大的人堆。压在底下的人发出了凄厉的尖叫,后面的人还在不停往前面的人身上压。格里高尔回过身来,冷漠地看了一眼他身后的人堆,不知道他们这是在做什么。他跑了几步,挥动着胳膊,又飞了起来。这一次,格里高尔觉得他渐渐有点适应了飞行,而且学会了掌握方向,他的身体飞到了比护城河边的树还要高的高度,他在空中盘旋了一圈,然后,飞向了城墙,飞进了楚州城内。

突然飞起来了的格里高尔,觉得生活对他展开了全新的一页,现在,再也不会有什么鸿沟和城墙阻挡他进入楚州城了,他想进来随时就可以进来,就像进入自家的菜园子一样。想到菜园时,格里高尔的心里依稀掠过了一片绿意,那是远离楚州城的乡村,那里有他的父母、亲人。不过,那片绿意只是一闪而过。现在,格里高尔打消了回家的念头了。他想在这楚州城里好好地看看,他现在还没有降落下来的打算,他时而高飞,时而低飞,他是个聪明人,几乎没有费多大的劲,就熟练掌握了飞翔的技巧,现在,他知道怎样借着气流飞行,这样,他的胳膊——现在再称之为胳膊似乎不太准确了,因为上面长满了羽毛,称之为翅膀似乎更为准确——他的翅膀不会感觉到累了,他甚至掌握了张开翅膀,让身子在空中缓缓盘旋的技巧,像一只鹰一样。他觉得,他就是一只雄鹰。他飞过了楚州最高的楼——天王大厦——这幢他无数次听人说起过的楚州第一高楼,但是他现在并未觉出这楼的高来。想到从来没有一个楚州人从他这样的角度来审视过天王大厦,格里高尔会心地笑了,他笑出了声,可是他的笑声把自己吓了一跳。他刚才听见了一声古怪的鸟叫。这叫声似乎是从他的嘴里发出来的,他不敢相信这是真实的事情,于是又试着小声地叫了一声妈妈,这一次,是他的声音,可是这声音明显带了鸟腔。格里高尔这时才意识到,自己变成了一个长满了羽毛的怪物。格里高尔感觉到头有点晕,他把目光投向了身下的楚州,一城灯火,车流如织,行人如蚁。格里高尔的心底里,第一次升起了一种孤独感,他觉得,底下的那个世界,还是远离他的。他把翅膀向上张开,身子缓缓下降,保持着十来米的高度飞行。格里高尔的飞行,引起了楚州城的大乱,先是有行人发现了他,接着有司机发现了他。司机尖叫了一声,没有把好方向盘,车就撞向了路边的一棵树,后面的车跟得紧,就撞在了前面的车上,一连有十几辆车连环相撞,大街上立刻乱成了一团。有人在尖叫,有人跟在格里高尔的后面奔跑。格里高尔飞到哪里,哪里就出现混乱,不到一个小时,楚州的交通就全面瘫痪了。格里高尔第一次发现,这个庞大的城市,原来是如此的脆弱,如此的不堪一击。

　　警察开始出现在格里高尔的眼皮底下。他们如临大敌。而这时,楚州城各大小报馆和电视台的记者,差不多都倾巢而出,他们把镜头对准了缓缓飞翔的格里高尔。格里高尔将身子飞得更低了,以便于那些记者们拍摄,他不停地在记者们的头顶上盘旋着,变换着各种角度。格里高尔知道,明天,他将成为楚州城最为著名的人物。格里高尔觉得有必要让这些记者了解一下自己,比如自己姓字名谁,家住哪里,从事什么职业。于是他冲着这些记者们喊着,我叫格里高尔,我是一个打工仔,我一直有个梦想,那就是进楚州城内来生活,可是我没有进城的证件,没想到我突然就飞了进来。虽然他的声音带了一些鸟腔,但比起一只八哥或者鹦鹉的表达还是要清晰得多。记者们一下子兴奋了起来,他们没有想到,这个鸟人还会说话。于是记者们开始争相大声喊出自己的问题。对于那些五花八门的问题,格里高尔一时也回答不过来,倒是有一个问题他非常乐于回答,那就是居然有一个漂亮的女记者问他有没有女朋友。格里高尔回答说他还没有女朋友,因为他之前得了一种怪病,皮肤爱过敏,和女孩一说话就紧张,一紧张就过敏。可是现在,他不紧张了,也不过敏了。

就在格里高尔接受记者们采访的时候,楚州出现鸟人的事,已上报到了市长的办公室。市长先是表示不相信,可是市长办公室的一位智囊团成员开始从人类的起源里找人变成鸟的理论依据了。市长打断了智囊团成员的话,现在关键的问题是,鸟人的出现,打乱了楚州人的正常生活,现在整个楚州城的交通都陷入了瘫痪之中。不断有新的消息汇报到市长这里,交通事故在急速地增加,现在已经超过一百宗了,关于鸟人的最新录像也传送到了市长办公室。

一个民工,一个飞了起来的民工。

这样的问题,让市长有些措手不及。市长处理过各种各样的突发事件,他都成功应对了。可是谁会想到,一个民工居然会飞起来哩?这是谁也不曾料到的事情。如何处理这种突发事件?市长一时间有些举棋不定了。公安局长建议,派出防暴队,把这个鸟人打下来。从技术层面上来讲,这是一件很容易的事情,但这个提议马上被否定了,其一,虽说这个怪物是个鸟人,但他究竟是鸟还是人?如果是鸟,打下来了,大不了被那些热衷于环保的人士在报纸上撰文指责一通,如果从法律的意义上来说,这个怪物是人,那么将其打下来,恐怕就会惹来无尽的麻烦。因为现在民工的地位似乎有了上升的迹象。最高层的领导,也密切关注着民工问题。公安局长坚持他的看法,公安局长说,在民工飞起来之前,他还是民工,是弱势群体,可是现在他飞起来了,就不再是弱势群体了,他现在是个怪物,是只大鸟,是社会不安定因素,他扰乱了楚州人的正常生活,必须马上击毙。公安局长说,现在已经有数十人在鸟人引发的车祸中丧生了。就算他是个人,可是为了大局着想,也要果断把他击毙。可是公安局长的话又遭到了楚州科学院院士们的反对,他们认为一个人变成鸟,是一种不可思议的基因突变现象,建议将这只鸟人捕捉到,送到科学院进行研究。另外的一位院士则反驳说,这可能是一种罕见的返祖现象。还有人担心鸟人的出现会引发禽流感。总之,各种各样的意见都有,七嘴八舌,各种意见听起来都有理。最后,市长决定派出谈判专家,想办法把这只鸟人诱捕活捉,这是第一方案,如果这一方案行不通,那么就按公安局长的方案办,当然,要派出神枪手,不要打死鸟人,把他的翅膀打折,然后再活捉。市长说,活捉到鸟人之后,他要和鸟人对话。

当谈判专家赶到现场时,格里高尔已被下面的镁光灯照得头晕眼花了,他觉得再接受采访已没有意思了,那些记者们关心的都是一些八卦问题,没有一个人真正关心他内心的痛楚。他将翅膀一振,飞向了高处。消逝在了夜色中。这一夜,楚州无人入睡,大家都在谈论着这个神奇的鸟人。格里高尔的工友和老乡们,这天晚上也看到了这则新闻。他们先是为格里高尔变成了鸟人感到吃惊,接着还有一些羡慕,因为他一夜成名,而且进入了楚州城内。但冷静下来之后,老乡和工友们又开始为格里高尔担心了,他今后可怎么办呢?他今天晚上在哪里睡呢,吃什么呢?等等。这样的问题,让他们无法入睡。但工友和老乡们也有些失望,作为民工中的杰出人物,格里高尔现在有了表达自己心声的机会,可是这个格里高尔,居然只热衷于回答他自己的恋爱问题,工友们认为,此时此刻,格里高尔应该表现得更为高瞻远瞩一些,要谈一谈打工生活的艰难,提出一些实质性的问题让政府解决。这样一想,他们又开始有些忌恨起格里高尔了。整个的楚州,只有一个人在默默地流泪,她就是曾经喜欢过格里高尔的那个湖南女孩。只有她知道格里高尔的孤独源于什么。格里高尔这天晚上,自然成为了楚州人谈论的中心。电视里一遍又一遍地播放着格里高尔接受记者访问时的画面。而此刻,格里高尔却孤独地飞在楚州城的上空,他感觉到有些累了,毕竟飞了几个小时,他现在感觉到翅膀越来越沉重了,肚子里开始咕咕响,他努力想让自己飞高一点,可是身子却越飞越低。低到离地只有几米高了。刚刚开始有所缓解的交通,一下子又阻塞了起来。

格里高尔不知道该如何是好,就这样一直不停地飞下去,直到累死为止么?这时,他听到了身下有人拿着喇叭在喊,格里高尔,格里高尔,请你不要害怕,我们不会伤害你,我来传达市长的指示,尊敬的市长大人想邀请你去市府做客,想和你好好谈谈,有什么要求你只管提,只是不要再这样飞来飞去,这样严重影响了楚州人的正常生活。格里高尔一听,心里一块石头总算落了地,他想,和市长谈,谈什么呢,提出什么样的要求呢?他还真不知道,对于这个世界,他还有什么样的要求?他这样的人,似乎从来就没有要求过什么。那么,就让他过几天正常的楚州人的生活吧。格里高尔觉得,这就是他的要求了。就在格里高尔想降落下来时,他突然发现,在下面,有几只黑洞洞的枪口正瞄准他,这让格里高尔对市长的代表产生了怀疑,他开始拍动着翅膀,想要离开这个是非之地,他的身子在气流的作用下,越升越高。就在这时,格里高尔的翅膀被什么东西猛地撞击了一下,一阵剧痛直逼心肺。接着格里高尔听到了一声枪响,他知道自己中弹了。身子开始晃晃悠悠往下降。格里高尔知道自己不能掉下去的,他用尽力气,忍着剧痛挥动翅膀,格里高尔越飞越高。格里高尔在高空中举目四顾,他发现在楚州城里没有可以供他落脚的地方,于是朝城外飞去。

　　格里高尔降落在楚州城外的山林里,他强忍着伤痛,又朝林子的深处走去。现在,他的翅膀已失去了飞翔的能力,只要轻轻一动,就钻心的疼痛。他察看了一下伤口,翅膀上出现了一个黑洞,血现在已结成了黑痂。格里高尔想,要是发炎了,那就麻烦了。现在,他已顾不上思考未来的问题了,当务之急,是要止住痛。他希望天早点亮,天亮了,他还可以在山林里寻一些草药来涂抹伤口,在乡下的老家时,他曾经做过这样的事情,那时,常有一些收中药的商人住在村里,收购他们从山上采来的草药。他认识很多种草药,七叶一枝花,穿心莲,车前草,夏枯草。格里高尔想起了童年时,和伙伴们一起上山割夏枯草的情景,他们满山地跑,跑到了村后面最高的老虎山顶上,那是他第一次发现,世界原来是如此之大,老虎山的西边,还是连绵起伏的山,一直延绵到太阳落下的地方。太阳在山的背后落下去了,把山峰都染成了橘红色,又染成了青灰色,最后,山峰都变成了铁黑色了,他们才知道,天已黑了。他们一起往回走,可是他们迷了路,于是,几个小伙伴吓得哭了起来。是他,安慰着伙伴们,说不要哭,哭鼻子不算英雄好汉。他带着小伙伴们走下了山,后来,村里的老人们都夸他,说他将来是会有出息的。是的,他也似乎应该是有出息的,他读书很聪明,几乎所有的邻居们都相信,他将来是会考上楚州大学,成为楚州城里人的。邻居们经常用羡慕的语气对他的父母亲说,你们这个儿子呀,是个精怪,将来读了大学,进了楚州城,你们两个老不死的,就等着享福吧。他的母亲听见这话,就笑,眼睛眯成一道缝,拿针在头发上光了光,继续纳她的鞋底。父亲呢,却板着脸说,读个鬼大学,读农业大学,将来照样是摸牛屁股的命。他不喜欢父亲,父亲总是否定他,打击他。别人认为他能成为城里人时,父亲总是泼他的冷水。父亲的打击,让格里高尔渐渐开始讨厌这个家,也让他开始变得沉默少言,变得胆小如鼠。后来,睡在楚州工厂的铁架床上,格里高尔经常会怀念起那个少年时的他,那个勇敢地把小朋友们带下山的格里高尔。然而,那个天真的、勇敢的格里高尔,从什么时候消逝了呢?初中毕业后,他没有考上大学,在家玩了两年就出来打工了,他其实是抱着做出一番事业的雄心出来的。一晃,他的雄心壮志,都成了梦幻泡影了。想到这里,格里高尔悲从中来,坐在一棵树下,呵呵地痛哭了起来,他的哭声古怪而尖厉,吓得林子里的鸟儿们,都扑棱棱四处乱飞。格里高尔想,算了,也不用去治伤了,现在变成了这个样子,人不像人,鸟不像鸟的,活着还有什么意思呢?打定了死的主意,格里高尔反倒不悲伤了,他靠着一棵树,静静地坐着。他忘记了伤痛,思绪开始乱飞。童年往事,还有打工生活中的一幕幕,开始在他的脑子里浮现。渐渐地,他就睡了过去。

事实上,说他睡了过去也不准确,应该是昏迷了过去。格里高尔醒来的时候,已是第二天的黄昏,他从昏迷中醒来,发了足足有十分钟的呆,才想起来他是怎么睡到这山林里面来的。他摸了摸翅膀,翅膀上的伤口居然愈合了。这时,格里高尔听见林子里好像有人说话的声音,格里高尔心里一喜,想,这下自己有救了,可是他很快反应过来,他差点忘记,自己现在已不再是人,而是一个怪物。格里高尔用力飞到了树上。他看见,有三个人,背着猎枪,在树林子里搜索,他吓得不敢出声,将身子隐在树叶间。三个人朝他栖身的大树走来,一个人说,累死了,歇歇吧。另外两个说,歇歇。三个人,坐在了大树底下,从背包里掏出了矿泉水,还有一些吃的东西,边吃边聊了起来。妈的,也不知那鸟人躲在哪里去了,这样找下去,能找着吗?领头的说。另一个说,老兄,坚持,坚持就是胜利。那鸟人受了伤,我估计十有八九是躲到这林子里来了,他不大可能躲在楚州城里,城外只有这片林子可以藏身。另一个说,这山林这么大,到哪里去找。领头的说,但是你们别忘了,要是我们找到了,我们这一辈子就不用愁了,吃香的喝辣的,住豪宅睡美女,什么都有了。说到这里,其他两个人也来了精神,他们把没吃完的东西又收进了背包里,三人开始向树林深处搜去。看着这三个人走远了,格里高尔长长地松了一口气。他听明白了,这三个人,是在寻找他。格里高尔知道,他现在面临的处境是多么的危险了。

现在,他已经把昨天晚上那份要死的想法给淡忘了。求生的本能,使得他想好好活下去。他的肚子开始饿得咕咕乱叫,他咬住一片树叶,在嘴里嚼着,嚼出一嘴的绿泡沫。又吐了出来。他不清楚,在楚州,现在有多少人梦想着抓住他卖个好价钱。他躲在树冠里,不敢有丝毫的大意,这样一直捱到了晚上,他才悄无声息地摸出了树林,直到夜深人静了,他才敢偷偷蹭到街边。在一个垃圾箱里,他翻到了一些可以充饥的食物。开始他还以为他吃不下那些垃圾箱里翻出来的东西,没想到,那些脏乎乎的东西吃起来倒还很可口。一对男女搂着脖子从他的身边走过,他将身子蜷起来,他听见那个男人"咦"了一声,朝他看了一眼,那女人捂着鼻子说,恶心死了,快点走。男人边走边回头。他听见那个男人对女人说,这个疯子好奇怪,看着怪眼熟的。女人笑着说,真是奇怪了,一个疯子还眼熟。男人和女人不再讨论他了,渐渐远去了。格里高尔找了一个垃圾袋,装了一些可以吃的东西,然后快速地朝树林子里跑去。就这样,白天,他藏在了树林的更深处,晚上,他趁夜深人静了出来寻食物。在森林里休养了十来天,他的伤也彻底痊愈了。在养伤的这些天里,格里高尔想了很多,关于楚州,关于这些年的打工生活,还有,关于,爱情……格里高尔知道,他现在的这个样子,身上长满了羽毛,手变得像一只鸟爪,连嘴也开始变得尖而且硬了起来,爱情就不要再奢望了。奇怪的是,格里高尔发现,他的过敏症居然好了,这么多天,他再也没有感觉到痒了。格里高尔想,从前皮肤爱痒,大约是埋在身体里的羽毛在生长的缘故吧。当然,这些天来,格里高尔想得最多的还是父母,是家。现在,他的心里,那一片绿色,越来越宽阔了。现在的格里高尔,不再理会楚州人对他的看法和议论,他要回家。促使格里高尔回家的另一个原因,就是他发现了来山林里寻找他的人,越来越多了,他知道,再在这里待下去,迟早会落入那些人的手中。事实上,情况也正是如此。自从鸟人在楚州惊鸿一现又消逝之后,楚州城里就多了一个群体,这个群体的组成相当复杂,有商人,有科学家,有环保人士,有冒险家,有动物园的工作人员,还有下岗工人和打工者,这个群体形成了一个名叫"楚州鸟人搜寻研究协会"的组织,简称鸟协。楚州市市长担任了鸟协的名誉会长,楚州科学院的院长,担任了鸟协会会长。他们分工明确,计划周密,开始在城里城外搜寻着格里高尔的踪迹。他们进行了精确的计算和分析,在一切鸟人可能出现的地方进行搜寻和守候。这就使得格里高尔的处境越来越不妙。好在格里高尔长着鸟的外形,却有着人的头脑,他意识到了危险之后,白天躲进树林里,晚上开始往家的方向飞。他知道,只有飞回故乡,飞到父母的身边,他才算安全。

格里高尔在一个凌晨飞回了故乡来家铺。故乡沉睡在梦中。一只狗感觉到了他的羽毛划破空气的声音,对着天空胡乱叫了两声,引得一村子的狗都跟着叫起来。狗们叫过一阵之后,并没有发现什么异常,将头伏在地上,村庄又恢复了平静。在黑暗中,格里高尔看到了自己的家。他在房子的上空盘旋着,在空中飞了好几圈,最后,他还是下定了决心,翅膀向上张开,缓缓降落在门口的禾场上。他真想大声地叫喊,像十多年前第一次打工回家时一样,远远地就叫着爸爸妈妈,然后,母亲接过了他背上的背包,父亲眯着眼笑,说,长胖了,长白了。然而,现在,格里高尔不敢发出任何的一点声响,他蹑手蹑脚,像小偷一样摸到了父母的窗前,他无法想象,当父母猛地看见他变成这鸟不像鸟人不像人的怪物时的情景。他悄悄地走到了父母的窗前,居然听见了房间里传来了父亲长长的叹息声。接着,就听父亲在说,睡吧睡吧,你这样一宿一宿地不睡觉怎么行。也许,那个变成了鸟的人并不是咱们的儿子哩,你别听隔壁的那些人瞎嚼蛆了,人怎么会变成鸟哩?接着,他听见了母亲也发出了一声长长的叹息。父母的房间里安静了下来。格里高尔在父母的窗前默默地站了一会,他想,算了,还是白天再和父母见面吧,现在这个样子出现在父母的面前,会吓坏他们的。格里高尔坐在了大门口,倚着门,等候着天亮。也许是回到了家的缘故,他内心那根紧绷了太久的弦终于松开了,他居然坐在门槛上安然地睡了过去。这是近一段时间来,格里高尔睡得最安稳的一个觉。他甚至轻轻地打起了呼噜。甚至,还做了一些梦。

天刚麻麻亮,格里高尔还在睡梦中,习惯早起的母亲就起床了。随着吱呀一声的开门声,母亲看见了倚在门口的格里高尔。母亲的眼神不太好使了,并没看清倚在门口的是格里高尔或者说是一个鸟状怪人,她还以为是一件蓑衣,于是嘴里嘟哝着,说这个死老头子,越来越不像话了,把个蓑衣放在门口,吓死我了。这年头,人是越来越坏了,东西哪敢放在外面?要是在早些年,晚上睡觉都不用关门的。母亲揉着眼,打着哈欠,随手就去拿那件蓑衣,想把它挂在屋里,手刚摸到格里高尔的身上,就快速地缩了回去。母亲往后退了一步,疑惑地盯着那件蓑衣,刚才,她明明感觉到了,这东西摸上去滑滑的,还有些温温的,不像是蓑衣。可是她的眼睛实在是太不好使了,她盯着那东西看了一会,发现还是一件蓑衣,于是骂自己,老了老了,倒怕起死来了。再次伸手去提蓑衣,这一次,她正好抓住了格里高尔的翅膀,格里高尔在梦中,正梦见猎人在抓他,他使劲地打开了猎人的手,身子像弹簧一样弹了起来,嘴里发出了尖锐的鸟叫声。母亲没想到蓑衣会伸出手来打开她的手,更没有想到蓑衣会发出这样奇怪的尖叫声,她也跟着尖叫了一声,直挺挺地就倒在了地上。

格里高尔的父亲先是听见了格里高尔娘在咕叨着什么蓑衣,接着又听见了两声尖叫。接着,外面就安静了下来,他喊,格里高尔他娘,格里高尔他娘。没有人回答他,于是披着衣服出来,就看见了门前站着的怪物和倒在地上的格里高尔娘。格里高尔的父亲怪叫了一声,他也被眼前这个怪物给吓坏了。不过他是猎户出身,年轻时在森林里,什么样的怪物没有见过?他倒退了一步,冲着格里高尔挥动着拳头吼叫着。格里高尔还待那里不知所措呢。他父亲转身就从门弯里抓起一根扁担,朝格里高尔挥动着。格里高尔叫了一声:爹。这些天来,格里高尔因为失去了和人交流的机会,说话早已是与鸟叫无二了,只是这一声爹,却还听得出是人声。父亲举起的扁担就软了下来。爹!格里高尔又叫了一声,说,爹,你别打呀,我是格里高尔,是你的儿子格里高尔呀!然而,后面的那些话,他父亲是一句也没有听清。不过他的父亲因为事先听说了格里高尔变成了鸟的传说,现在又听见面前的鸟状怪物叫爹,就大了胆子仔细来看,果然是自己的儿子格里高尔。格里高尔的父亲指着格里高尔,嘴张得老大,脸上的肌肉不停地抽动着,却一句话也说不出来。格里高尔以为爹认出自己来了,就没事了,于是去扶倒在地上的母亲,没想到父亲挥着扁担挡在了他的前面,冲格里高尔大声地吼着。命令他走开。格里高尔往后退了两步,退出了门槛。父亲扶起了母亲,掐了一气人中,母亲就缓过劲来了。缓过气来的母亲还在惊魂未定地说,蓑衣,蓑衣。蓑衣成精了。父亲说,没有什么蓑衣成精,蓑衣怎么可能成精呢?母亲指着站在门外的格里高尔,说那是什么?父亲说,那是咱们的儿子格里高尔,他回来了。格里高尔于是想凑近一点,让母亲看清楚。可是父亲朝他挥着手说,你这个怪物,你死远一点,别再吓着你娘了。

母亲听说是格里高尔,一定要拉着儿子看一看。格里高尔把手伸了过来,母亲摸着格里高尔的"手",不停地摩挲着,说,儿子,你真是我的儿子?你怎么变成这个样子了。抱着格里高尔就痛哭,格里高尔的父亲在一边警惕地盯着格里高尔,害怕他做出什么伤害人的举动来。格里高尔伏在母亲的怀里,劝母亲不要哭,说,娘你别哭,儿子回家了,这一次回来,就再也不走了。母亲哭得越发的凶了。格里高尔说,娘,儿子不孝,儿子没有本事,现在变成这个样子了,又要拖累二老了。然而,从格里高尔的嘴里吐出来的,却是一串叽叽喳喳的鸟语。格里高尔的父亲再也控制不住,也抱着格里高尔呵呵呵地失声痛哭起来。

一家人的哭声,惊动了邻居,一会儿工夫,格里高尔的家门口,就里三层外三层地围满了人。大家都远远地对着格里高尔指指点点。格里高尔从父母亲的怀里抬起了头,朝他们打招呼,他们就哗地往后退。格里高尔说你们别害怕呀,我是格里高尔。然而没有人听得懂他在说些什么。这时,邻居家的狗看见了格里高尔,扑上来想要咬他,格里高尔挥动着胳膊想把狗赶走,然而一群狗都跟着朝他扑过来,格里高尔心里一惊,挥动着胳膊,就飞了起来,狗们扑起来就追,朝着格里高尔狂吠。不一会,全村的狗都听到了召唤,很快就聚集在了格里高尔的家门口。格里高尔不停地挥动着胳膊,将身子悬在空中,来回地飞动着。母亲哭喊着让邻居们管好自己的狗。然而狗们这时已不听从主人的召唤,它们望着格里高尔,龇牙咧嘴,狂吠乱扑,穷凶极恶。格里高尔只好朝村外飞去,他的身下跟着一群的狗,狗的后面跟着一大群的人。飞到了村外,格里高尔就越飞越高了,他绕了一个大圈,把狗和人都甩开了。然后又飞回了家门口。父亲和母亲将格里高尔藏在了家里,并把门从外面锁上了。父亲对格里高尔说,儿呀,不是做爹娘的狠心,你也看到了,你现在的这个样子,是不能出门见人的了。

那些被格里高尔引到了村外的人,又陆续回到了格里高尔的家门口,他们问格里高尔回来没有,格里高尔的父母说没看见呀,于是他们就坐在格里高尔的家门口开始等待。他们相信,格里高尔迟早会再回来的。这一次,这些村民们不再是简单地看热闹了,他们觉得,不能再次让格里高尔从他们的眼皮底下飞走。在村长的指挥下,他们有人从家里抱来了鸟枪,有的拿来了粘猫头鹰的网。还有些小孩子,拿来了弹弓和自制的箭。他们在格里高尔的家门口布下了天罗地网,只要格里高尔的身影在天空出现,他们随时就可以把他打下来。父亲黑着脸问村长想干什么。村长说,不想干什么,我们只是想让格里高尔留下来。咱们村现在这么穷,又没有什么办法发展经济,如果留下了格里高尔,咱们在这里搭一个园子,把格里高尔养起来供大家参观,你想想呀,平均每天五千人来参观,每个人收五块钱的门票,一天的门票收入就是二万五千块,一个月就是七十五万。咱们还可以提供一些配套的服务,比如卖点土特产,卖点甘蔗瓜子等零食给参观的游客,咱们甚至可以发展农家特色餐馆、农家特色旅店,两年下来,咱们村就成为全楚州最富有的村庄了。格里高尔的父亲指着村长,他的手在发抖,他的声音也在发抖。放你娘的狗屁,你们这是要拿我儿子卖钱呀,门都没有。村长冷笑着说,你这就不对了,你儿子作为来家铺村的村民,为了全村人的幸福做出一点贡献难道不应该吗?再说了,你儿子现在都成这个样子了,人不像人鸟不像鸟的,还能有什么用处呢?你们又一大把年纪了,能伺候他一辈子吗?还不如趁早赚点钱,村里可以请专人饲养它。哦,我说错了,我混账,喂养,抚养总可以了吧,一个农民,哪来那么多的讲究呢?抚养,咱们请专人来抚养他。再说了,我们又不白让你儿子出来展览,咱们成立一个公司,你们家算最大的股东,一分钱不用投资,占百分之十的股份。你看怎么样?要不百分之十五也行。

　　格里高尔的母亲只是不停地哭,而格里高尔的父亲没有再说话。格里高尔的父亲知道,现在最紧要的,是把这些人打发走。于是他对村长说,你这话说得有道理,我看倒是可行,一举两得。只是你看门口又是枪又是网的,这么多人守在这里,我儿子还敢飞回来吗?他在天上远远地就能看见门口有人,早就吓跑了。我看这样,你们先撤,等我儿子回来了,我把他骗进家,把他关起来,你们看怎么样。村长想了想,说,这话有道理,你们都散了吧。村长让别人都散了,他可没有离开格里高尔的家半步,他继续对格里高尔的父亲描绘着他心中的美好蓝图。

格里高尔躲在家里,大气都不敢出,他害怕被村长发现,要是真被发现了,那就意味着他将像野兽一样被他们关在笼子里供大家参观,格里高尔想,如果那样还不如死了得好。死!格里高尔又一次想到了这个词,可是这个词只是在他的脑子里一闪而过,他想自己还年轻,父母年纪也大了,家里又没有别的兄弟姐妹,如果自己死了,父母亲将来怎么办?这样一想,格里高尔就打消了死的念头。他要好好活下去,要尽一个做儿子的责任。村长还在对父母亲说着他的伟大计划。格里高尔觉得这个村长还真是个人才,口才不错,他描绘的蓝图,让格里高尔听得都有些动心了。可是他听见母亲在厌恶地剁着猪菜,他心里知道,别说自己变成鸟,就是变成一只老鼠,母亲也不会把他交给村长的。这让格里高尔疲惫至极的心,感受到了前所未有的温暖。果然,村长在格里高尔的家门口坐了一整天。天黑了下来,父亲对村长说,你看这天色也晚了,你还是回家去吧,我儿子是不会再飞回来的了,他要是回来,我一定会把他关起来的,你想一想啊,我们也是喜欢钱的嘛。村长想想也有道理,再说了,他坐了一天,也实在是觉得有些枯燥无趣。

村长走后,格里高尔的父亲赶紧关上了大门,又把所有的窗子给关上了。他并没有过来给格里高尔开门,格里高尔的母亲也没有来开门,他们二人站在门外,母亲小声地问格里高尔是不是饿了,想吃什么,格里高尔说吃什么都行,只要是母亲做的饭他都爱吃,在外打工这么多年,想吃母亲做的饭。可是他的母亲和父亲根本听不清他在说些什么。他的母亲摇了摇头,去厨房给格里高尔做了一碗荷包蛋,把蛋放在了床上。然后转身把门又给锁上了。

晚上十点过,村子里已安静了下来,这时,两个操楚州口音的陌生人来到了格里高尔的家。他们敲开了格里高尔的家门。格里高尔的父母看着门口的陌生人,问他们找谁。陌生人Ａ说,您是格里高尔的父亲吧,我们来自楚州。说着,陌生人Ａ就挤进了家里,自己拉椅子坐下了。陌生人Ｂ却站在门口警惕地张望着。格里高尔的父亲问两位陌生人来有什么事情。陌生人Ａ倒是开门见山,拉开随身带着的包,从里面拿出了大大的一包用报纸包着的东西,放在了桌上。格里高尔的父母狐疑地看着那一包东西,问,这里面是什么?陌生人笑了笑,示意格里高尔的父亲自己打开一看就知道了。格里高尔的父亲又看了两个陌生人一眼,他从两个陌生人的眼里看到了鼓励,于是把目光转向那个包,可他还是不敢打开。陌生人Ａ说你打开吧,放心,我们不会害你的。格里高尔的父亲于是用那粗糙的手去剥开了纸包,纸里包的全部是崭新的百元大钞。钱?!格里高尔的父亲说,他不敢相信自己的眼睛,因此把眼揉了揉。是的,钱。陌生人Ａ说。格里高尔的母亲听说那一包东西是钱,她活了六十多岁,还从来没有见过这么多的钱,她小心地把手放在了那包钱上,摸了一下,很快又将手收了回来,有些拘谨地望着陌生人,脸上露出了苦涩的笑。陌生人Ａ说,这些钱,都是你们的了,一共是十万块。格里高尔的父亲不敢相信自己的耳朵,就像格里高尔的母亲不相信她的眼睛一样,于是,在格里高尔的母亲鼓起勇气拿起一张钱对着灯光凑在鼻尖上看时,格里高尔的父亲,又重复问了一句,这些钱都是我们的了?陌生人A说,对,都是你们的了。当然,我们不会白白给你这些钱,我们是楚州动物园来的,我是动物园的经理兼楚州鸟协的理事,门口这位,是我的助手。我们一直在关注着你儿子的行踪,我们算准了,他变成鸟之后飞离了楚州,一定会飞回家来。这些天,我们一直在这里守候着。我知道,您把儿子藏在了家里,也知道你们村长想做什么,可是我要告诉你,村长的话是不可信的,你们村里拿得出钱来投资么,没有投资,怎么把这一切发展起来。再说了,我们楚州动物园,是全楚州最大的动物园,如果您的儿子到了我们楚州动物园,我们将会为他建一个专门的园区,不会少于五百平米的活动区,我们还会为他配上专门的医生和营养师。他将在那里幸福地生活。陌生人A正说着,听见B咳了一声。A把那包钱推到了格里高尔父亲的面前,说有人来了,你快把钱收起来。格里高尔的父亲迟疑了一下,就抱着那一包钱进了房间里,将钱藏在了床底下的一只箱子里。

来的是村长。村长打量着两个陌生人,满腹狐疑,看着慌里慌张从房间出来的格里高尔的父亲,说,这两个人是谁?怎么这么眼生?格里高尔的父亲说是他的远房表亲呀。两个陌生人也附和说是远房表亲。村长说,听你们的口音,不是本地人。两个陌生人说是的,他们来自楚州。村长的神气就矮了一截,笑着问二人贵姓,来这穷乡僻壤有何贵干,又问了一些楚州城里的事,问楚州城里的人平常都过一些什么日子。陌生人A回答了村长的问话,说其实他们是来乡下散心的,现在的情况是,乡下的人都以为城里人生活在天堂,梦想着过上城里人的日子,却哪里知道城里人所受的压力。可是你这样说,乡下人是不相信的,他远远地看不真切呀,于是削尖了脑袋想成为城里人,一旦真正过上了城里人的生活,又并不习惯,并不感到幸福。城里人呢,却又把乡村生活看成了田园牧歌,说你们乡下多好啊,吃的蔬菜是绿色食品,空气里面没有污染,早晨起来能听到鸟叫,还能看到蓝蓝的天和满天的星斗,于是就开始往乡下跑了,但真正要让他生活在乡下,他又耐不了寂寞和清贫。人这一辈子,就这么糊里糊涂地过呀。村长听完了陌生人的话,回过头来对格里高尔的父亲说,你看怎么样?我说了城里人是喜欢我们乡下人的生活的,你还不相信,还怕没有城里人来看……村长把后面的字省掉了,他警惕地瞟了两个陌生人一眼,说,现在你相信了吧,城里人肯定是会来看的,到那时,咱们村就会成为楚州第一村了。然而,格里高尔的父亲,似乎并不认同村长那绘声绘色的描述。再说了,如果真要拿儿子出来发展村里的经济,还不如把儿子交给这两个陌生人,这样他也不用操什么心,一下子就富了。想到这里,格里高尔的父亲就不怎么把村长放在眼里了。村长说了一会儿话,见大家都不怎么理会他,也觉得无趣,于是说他困了,回家困觉去了。说他出来没有别的意思,也没有什么事,就是困不着,出来走一走。村长走后,陌生人B依旧在门口放哨,陌生人A对格里高尔的父亲说,我知道你们村长在想什么,村长是想把您的儿子拿出来展出卖票,这样做是行不通的,你想想,这十里八乡能有多少人来看呢?乡下人,不要钱看一看热闹倒还罢了,要是花钱,我估计是没有几个人会来看的,城里人倒是喜欢看个稀奇,也不在乎这几个钱,可是城里人都活得紧张,从楚州到这里,路途遥远,何况你们这里的交通又不方便。再说了,就算有人来看,他们怎么保障你儿子的生活、医疗呢?格里高尔的父亲说,这个您放心,我是不会把儿子交给村长的。陌生人A说,那就好。于是提出要去看一看格里高尔。格里高尔的父亲有些为难了。两个陌生人说他们只是看一眼,确定格里高尔是否健康。他们的这一切交谈,都被格里高尔听在了耳里。自从长了翅膀飞起来之后,格里高尔的语言功能在退化,可是他的听力却在逐渐增强,遥远的地方传来的一点声音,都能清晰而准确地传入他的耳朵,父亲和陌生人,还有村长之间的对话,一句不留地收入了他的耳朵里。他感到了绝望,也在心里期望着父母亲不要把他交给村长,更不要把他交给这两个陌生人。现在,他听见了父亲和陌生人的脚步声往房门口来了,于是钻进了床底下。门开了,一束手电光射了进来,从床上扫到房梁上,最后落在了床底下。他听见陌生人压抑着兴奋说,在这里!手电筒的光就射在了他的脸上,他慌忙用翅膀挡住了电筒的光,发出了愤怒的抗议。手电筒的光在他的身上停留了一分钟后熄灭了。房门重新又被从外面锁上。格里高尔听见陌生A人说,如果二位老人没有什么意见,就在这里签个字。格里高尔在心里喊,父亲,不要签啊。父亲沉默了一会,说你让我再想想,再想想。陌生人说,那好吧,不过夜长梦多,你们要早做决定。又让格里高尔的父亲把钱先还给他们。格里高尔的父亲说,不用这么麻烦了罢,先放在我这里是一样的。可是陌生人却坚持说在没签字之前,那钱是不能放在格里高尔父亲那里的。格里高尔的父亲不情愿地回了房间,从床底下把钱拿了出来还给了陌生人。从格里高尔的父亲抓着钱不想松手的动作里,陌生人看到了他们此行的希望,两个陌生人相视一笑,对格里高尔的父亲说,这事你们要早做决定,到时弄得村里人知道了就麻烦了。

　　格里高尔的父亲让两位陌生人就住在他家里。两位陌生人说那再好不过了。这天晚上,格里高尔听见了,二位老人一直没睡,他的母亲一直在哭,翻来覆去一句话,我苦命的儿啊!格里高尔的父亲,一直沉默着。母亲哭了差不多有半个钟头了,父亲才说,好了好了不要哭了,哭有什么用呢,哭能把儿子哭好吗?儿子都成了这样了,再说了,这事说不定是好事呢,儿子不是一直梦想着成为城里人么,这下好了,他可以住在城里了。母亲说,你的意思,是要把儿子卖给他们。父亲说,没有办法了,总不能让儿子一直留在家里,倒不是别的,留在家里不安全,你没有看见村长么,还有那些村民们,他们要是知道格里高尔在家里了,那还不闹翻天呀。母亲说,我们可以把儿子藏起来的。格里高尔听到这里时,心里升起了一股暖流。可是父亲说,我们总不能一直把儿子关在家里养吧,这样儿子会得病的。再说了,我们两人的年纪都大了,活不了几年啦,格里高尔还年轻,他怎么办呢?我看还是让他们带走算了。母亲说,这样,好是好,总觉得对不起儿子,别人也会骂我们的。父亲说,管不了那么多了。只是,十万块,就买我一个儿子,太便宜了一点,要和他们咬咬价。父亲说完这句话后,开始了沉默,母亲也不再说话,也不再哭泣。格里高尔的心,一下子凉到了极点。父母亲会做出这样的决定,是他没有想到的。他感觉到胸口里发闷,仿佛有一团破棉烂絮塞在了肺里,让他觉得窒息和压抑。他想大声地尖叫,可是,他又害怕他的叫声引起父母的惊慌和其他的麻烦。

格里高尔从床底下钻了出来,他想出去,想离开这个家。可是窗子是紧闭的,门也是紧锁的。最后,格里高尔的目光落在了房顶上,要是在平时,上到房梁上对他来说是一件很难办到的事情,现在,这样的事对他来说太简单了,他一振翅,就飞到了房梁上,然后用翅膀捅了捅屋顶上的瓦片,一块瓦片哗地一声就挪向了一边,他又轻轻地捅开了另外的一片瓦,这样,没有费什么功夫,屋顶上就出现了一个大洞。格里高尔钻出洞外,他呼吸到了清新的空气,感觉到五脏六腑都清爽了起来,他站在屋顶上,抬头望天,天上,有着满天的星斗,乡村在银色的月光下,静谧、安详。有露水沙沙在降落的声音,谁家的孩子在说梦话。格里高尔呆呆地望着远处铁黑的大山,他想,算了,算了,也许,那幽远的森林里,才是他最好的归宿,那里生活着各种各样的鸟类,那里才是他的家。格里高尔想,那就做一只自由自在的鸟儿吧。这样想时,格里高尔就飞了起来,他把身子飞得高高的,直朝月亮里面飞去。也不知飞了多久,他飞到了那片幽深的森林上空,在空中盘旋着,哀鸣着。天色在他的飞翔中,开始有了一些麻麻亮,他看见太阳已在身子底下钻了出来。绿色的森林,我的家。他想,伸开翅膀,在空中优雅地盘旋着,越飞越低,他听见了欢乐的鸟叫声,各种各样的鸟,在树林子里自由自在地鸣叫,嬉闹。格里高尔兴奋地向它们打着招呼,说大家好,我叫格里高尔,不,我也是一只鸟,我是,人鸟。然而,没有一只鸟能听懂他的话,他飞到哪里,哪里的鸟就吓得惊慌失措。格里高尔叫,你们别怕呀,我不会伤害你们的。格里高尔的叫声很大,声音在森林上空来回奔跑着。然而,刚才还欢快热闹的森林,现在变得死一样的寂静,只有他尖厉的叫声,在森林上空孤独地回荡,撞到了对面的山峰,又折了回来,再撞过去,再折回来。格里高尔在森林上空孤独地盘旋。终于,他看见远处飞来了一群硕大的黑影,黑影越来越近,越来越近。他朝那些黑影飞了过去,他大声地介绍着自己。飞来的是一群雕。那些雕们并不理会格里高尔的招呼,挥动着巨大的翅膀,朝格里高尔冲了过来,强大的气流,打得格里高尔的胸口生痛。格里高尔没想到,他的到来会冒犯那些凶猛的雕们,他吓得转身就逃,然而雕群却追着他不放,他奋力地往回飞,翅膀也因用力过猛而旧伤发作,这影响了他的速度,一只雕用铁钩子一样的嘴,狠狠地在格里高尔的背上啄了一下,格里高尔的背后飞起来几片羽毛,一阵剧痛钻心入肺。格里高尔本能地回击,他挥动翅膀打在了那只雕的头上,然而,其他的几只雕,朝他身上同时袭来,他再也顾不上恋战,没命地朝上飞,没命地飞,飞到了云层之上,那些雕们升到了一定的高度,再也飞不起来了。他们在格里高尔的下面尖叫着,盘旋着,守卫着他们的领地。格里高尔带着受伤的身子,又飞回了他的村庄,落在了自家的屋顶上。翅膀上,背上,腿上,到处是伤,像刀割一样的痛,他强忍着痛楚,钻进了家里,又把屋顶上的瓦片盖好,重新躲在了床底下。

格里高尔觉得,他现在已没有选择,也没有生路了。他想,还不如一死了之。这是格里高尔第三次想到了死。这一次,他觉得,他真的是无所牵挂了。想到死,格里高尔的心倒是平静了下来。可是这时,他听见了开门的声音,是父亲和母亲,他们的脚步声,他太熟悉了。他听见父亲和母亲开始唠叨了起来,说他们对不起他,说他们这样做也是不得已的,希望儿子能理解,他们这样做,也是为了他好,是为了给他找个好的归宿。格里高尔是打定了要死的主意的,然而父母亲的唠叨,把他的心给念软了,他想起了父母,这一辈子风风雨雨,一直在生存线上挣扎,从来没有过上一天的好日子,自己每次回家,母亲总是给他做很多好吃的,想到了自己活了这么大,还从来没有报答过父母的养育之恩,心里觉得无比的羞愧,他想自己这一死,是不负责任的。格里高尔呀格里高尔,你一死倒是容易,让这两位老人依靠谁?格里高尔想,罢了罢了,让父母把自己卖给楚州来的人吧,这也算是儿子为父母尽的一点孝心了。

格里高尔的母亲说,儿呀,妈对不起你。你说的话,我们也听不懂了,也不知你听不听得懂我们的话,你要是不同意去楚州,你就叫一声。格里高尔听了,说,我同意的妈妈,我喜欢楚州,那是个好地方。格里高尔的母亲听见格里高尔叫了,又说,你要是同意,你就再叫两声。格里高尔就又叫了两声。母亲对父亲说,你看,咱们的儿子,真是咱们的好儿子啊。父亲就拉着母亲出了房门。这一次,格里高尔听见父亲和陌生人达成了交易,不过在父亲的坚持下,楚州来的陌生人做出了一些让步,最后以十二万元的价格成交。

格里高尔听见两个陌生人相互击了一下掌。然后,一个陌生人就开始打电话,大约是在指挥着让人把车开到格里高尔的家门口来。没多久,格里高尔就听见了汽车的声音,车喘了几口气,停在了家门口。门开了,格里高尔看见了一支枪口对准了他,他吓得往里躲,就听扑的一声响,感觉背上有点儿疼,接着,他的意识就模糊了。麻醉后的格里高尔,被人抬进了一个铁笼子里,铁笼子又被放进了密封着的车厢里。

载着格里高尔的汽车还没有走出村口,就出事了。

还是村长有先见之明,昨天晚上从格里高尔的家回去之后,他对女人说起了格里高尔家里来的两个楚州人,村长为他能和两个楚州城里来的人对话而显得异常兴奋,他说到楚州人也认可他的看法,证实城里人其实是喜欢乡下生活的。村长于是和女人商量着,在抓到格里高尔之后,要抢先把家里的那一片竹林弄成一个旅游景点,桃园也算一个,到时可以让城里人在看完了格里高尔之后,来这里摘鲜桃吃,这些,村长在电视里是看过的,桃子可以卖出平常几倍的价钱。村长又对女人说,到时家里还要开旅店,开餐馆。城里人特别爱干净,家里要弄得干净一点。还要请两位漂亮一点的村妹子,来当服务员。两人谈到了未来,有些兴奋。村长搂着女人要办事。女人说,一说到漂亮女服务员你就来劲。村长不吱声。女人突然说,你刚才说,李家来了两个城里人?从来没有听说过他家有楚州的亲戚,怎么突然冒出来两个亲戚?女人这样一问,村长也觉得,要是他们家有楚州来的亲戚,他们早就嚷嚷得全村人都知道了。这样一分析,村长越发觉得有问题,他想起了,那两个陌生人,好像在防着他。村长是个脑瓜子特别好使的人,他马上就想到了,这两个人是为格里高尔而来的。村长就觉出了事态的严重性,也顾不上和女人办事了,披了衣服急匆匆去了治保主任家里,和治保主任商量了一下,连夜安排了人埋伏在格里高尔的家门口,注视着李家的一举一动,一有情况,马上报告。两人又调兵遣将,如此这般的吩咐了下去,折腾完毕,已是鸡叫二遍了。

两个楚州来的陌生人,把格里高尔装进车里的那一幕,被监视的人看得一清二楚,他们马上报告了村长。当陌生人的车才开到村口的槐树下时,发现前面设了路障。陌生人知道,遇上麻烦了,果然,一会儿工夫,就呼啦啦冒出一群手执鸟枪、铁锹、扁担、锄头的村民,他们把装有格里高尔的车团团围住。他们一声不吭,虎视眈眈,眼里喷出愤怒的火。也难怪他们要愤怒,这里的村民们,世世代代受穷,现在好不容易出了一个宝贝格里高尔,村民们总算有了盼头,可是现在,这些楚州城里来的人,却要到这里来掠夺他们的资源,他们如何不愤怒。他们还不习惯用语言来表达他们的愤怒,只是将手中的武器高高举起,将楚州来的人和车团团围住。开始的时候,陌生人还摁了几下汽车喇叭,希望前面的人让道,可是那些村民们一个个像是木头桩子,钉在车子周围。陌生人Ａ一看情况不对,马上打电话向他的上级报告,说货已到手,但是现在被村民围住了,看样子,不容易脱身。上级接到报告,命令他无论如何要想办法拖住,不要让村民们抢走了货物,他们马上想办法来支援。接到了上级的指示之后,陌生人Ａ把上级的指示对另外的两个同伙讲了,让他们坚守自己的岗位,人在货物在,人不在了,货物也要在。陌生人Ａ说得有些豪迈。不过,他们三人却缩在车里不敢出来,就这样僵持了几分钟,外面的人群开始有了一些动静,是村长和治保主任骑着摩托车赶过来了。村长跳下了摩托车,拿手拍了拍锁着的密封车厢,就走到了前面的驾驶室,敲打着驾驶室的门,命令陌生人下车。陌生人Ａ一看,再躲在车里不出来是不行了,命令另外两人坚守在车里,他跳下了车去和大家周旋。

毕竟是城里来的人,村长也不想一下子把事情弄得太僵,他笑着说,你们这么早就走了啊,不在亲戚家多住几天么？Ａ赔着笑说不住了,还要回城里上班呢,城里人比不上乡下人,自由自在,没有人管,我们不行啊,每个星期休息两天,其他时间都要受人管的。村长说,是吗,车里装的什么宝贝呀,把车厢门关这么紧？陌生人说,哪里有什么宝贝,我们来这里,顺便收了一点乡下的土特产,这些东西在这里不值钱,到了我们楚州城里,可就值钱了。村长冷笑了一声,是吗?那让我看一看,都收了些什么东西。A拉长了脸,说没有什么好看的。村长说,一定要看。A说,有什么好看的呢?说了没什么的嘛。村长回过头来问那些像木头桩子一样的村民,你们说要不要看一看。村民们举起了手中的武器,一齐吼着,看一看!看一看!陌生人A从来没有见过这样的阵势,他知道,这一劫怕是躲不过去了,不过他现在的任务是争取时间,他知道,他的援兵这时正在赶来的路上。于是他说,你们想看一看,我是能够理解的,可是,我想请你们也尊重一下我的意愿,我们不想让你看。村长冷笑着说,现在不是你想不想给我们看的问题,是我们必须要看的问题,这样对你说吧,我们村里的一台抽水机丢失了,我怀疑这件事与你们有关。陌生人A说,抽水机是什么东西?我们要它有什么用呢?村长说,没有偷自然是最好了。可是有没有偷,不是你说了算,也不是我说了算,你打开车门,我们检查一下就清楚了。陌生人A说,检查?你们又不是司法机关,你们有什么资格检查?治保主任这时走到了前面,拿起拳头就在车上来了一家伙,说,司法机关,在这里,老子就是司法机关,老子上管天,下管地,中间管空气,老子说要检查就要检查。说着就一把抓住了陌生人A的衣领,把他提了起来。A吓得发抖,他语无伦次地说,你干什么,想要胡来?你不要,你们这样,违法。治保主任说,违法?你偷偷把鸟人运走就不违法?你们这些城里人真他妈的黑了良心,你们在城里过着逍遥自在的日子,吃香的喝辣的,可是你们吃着碗里的看着锅里的,现在把手又伸到我们乡下来了。村长,咱们不用和他啰唆了。说着就把陌生人的衣领往上提,把他的脖子顶在了车门上,说,把鸟人留下来。陌生人Ａ拿手去掰治保主任的手,然而治保主任的手像是一把钳子,有力地钳在他的脖子上。治保主任说,你不用白费功夫了,老子只要一用力,你这小细脖子,咔嚓,就断了。话是这样说,治保主任看见Ａ的脸开始发黑了,也怕真把他弄死了,手上也就松了些劲。

快把鸟人放出来。治保主任说。

什么鸟人?陌生人Ａ忠于职守,继续拖延时间。治保主任说,你他妈的少给老子装糊涂,什么鸟人,就是你车里装的鸟人。陌生人Ａ说,你们是说格里高尔吗?告诉你,格里高尔可不是你们的财产。治保主任急红了脸,提高了嗓门,将陌生人Ａ的脖子又用力摁在了车门上,陌生人Ａ就发出了嗯嗯的叫声,两只手开始乱抓。村长说主任你小心点,别把他弄死了。治保主任这一次手上并没有松劲,还加了一点劲,说,老子把这王八蛋弄死,大不了一命抵一命。村长假意说,你千万别乱来,上去把治保主任的手拉开了。陌生人的脸已胀成黑色,他的一只脚都迈进了地府的门口,他都听见了小鬼们的笑声。他只差一口气就过去了,没想到又把命捡了回来。现在,他捂着脖子,艰难地咳嗽着,大口大口地吸气。嗓子里像是塞满了鸡毛一样的难受。车里的两个人,这时早已吓得瑟瑟发抖,司机更是尿湿了裤子。村长说,你看到了,我们这个主任,是个火爆脾气,他的脾气上来了,是不管三七二十一的,你还是把鸟人交给我们吧,这样你们走人,我们也不难为你。陌生人Ａ惊魂未定,可是一想到把鸟人弄回楚州,他就升官发财了,要他把已到手的未来拱手相让,他如何甘心？现在,他的命又回到了自己手中,他相信,这些村民们,还是不敢真把他弄死的,只要再坚持坚持,等援兵到了,一切都好办了。这样一想,他又苦着脸说,村长,不是我不给你,这可是我们花了十二万买来的。我们和格里高尔的父亲签了合同的。村长说,签了合同不要紧,撕了不就完了,合同不就是一张纸么。格里高尔他爹收了你们的钱,我让他还给你们就是。村长回过身来对治保主任说,你去把李老倌带到这里来。治保主任骑上摩托,"日"的一声就去了,不一会儿工夫,就把格里高尔的父亲给带来了。村长说,现在你还有什么话说呢。陌生人A对格里高尔的父亲说,格里高尔是您的儿子,不是村里人的儿子,怎么处置他,您说了算。您可千万别让他们蒙蔽了,到时您会后悔的。格里高尔的父亲低着头不说话。村长大声质问格里高尔的父亲,难道你为了一己私利,就把全村人都抛开不顾了吗？陌生人A说,咱们尊重格里高尔的父亲的意见吧,他要是说愿意把格里高尔留在村里,那就把钱还给我们,我们走,他要是不愿意把儿子留在村里,你们就请让开。村长说,你说话算数?! 陌生人A想,算不算数管他呢,先拖延时间吧。于是说,嗯哼。他的这个嗯哼,被村长误认为是说话算数的承诺,村长于是大声地质问格里高尔的父亲,问他是把儿子留给村里还是卖给楚州。格里高尔的父亲低声说,村长,我,都收了钱,再说了,儿子在城里,会过得好些。陌生人A笑着说,怎么样,这下你们该让路了吧。这时,围着的村民们,一起举起了手中的武器,大声吼着,留下来,留下来。更有一个脾气暴的,手中的鸟枪冲着天就放了一枪,枪声把大家都吓了一跳。村长看着群情激愤了,说,李老倌,你再想一想,好好想一想,你可是还要在这村里过日子的。陌生人A也说,李老伯,您一定要坚持自己的意见,村里不让您待了,您可以去城里生活,您晚年的生活由我们负责。格里高尔的父亲被弄得左右为难了,他看看村长和村民们,又看看楚州城里来的人,又想想那藏在床底下的十二万块钱,他实在是不好决定。把儿子留下吧,他舍不得那刚焐热的十二万。让儿子走吧,他又得罪不起全村的人。可是,现在他必须要做出选择了,村民们的高呼声还在持续,吼声在山谷里回荡,撞到了远处的山,又传了回来,晨起的鸟儿们,也被枪声和这回荡着的吼声惊得在林子上空乱叫,村子里的狗们,也跟着呜呜狂吠。村子像是炸了锅一样。陌生人A觉得自己已快支撑不下去了,他在心里急切地盼望着救兵的来到。然而,陌生人B打电话催了数次,说是救兵一下子来不了,本来他们指望县城里能派出人来干涉这事,没想到,县里也希望能把鸟人留下来,好发展本地经济,因此推说人手紧张,实在是抽不出人来管这事。而要从楚州派来救兵,最少要一天时间才能到达。上级在多方想办法,另外指示他们,无论如何也要把鸟人带回去,就算带不回活的,把尸体带回去也是好的。陌生人B于是跳下车,附耳把上级的指示对陌生人A传达了。陌生人A的脸色一下子变成了死灰色。不过想到实在不行带回鸟人的尸体也行,有了这个指示,完成任务应该还是有些把握的。不过,不到万不得已,他是不会走这一步棋的。现在,他们都在等着格里高尔的父亲做出最后的选择。格里高尔的父亲在经过了痛苦地挣扎之后,还是选择了让儿子去楚州。陌生人长长地吁了一口气,他对村长说,村长大人,这下你们无话可说了吧。我们带走格里高尔,是合情合法的,你们难道真的要做出违法乱纪的事来么。村长理屈词穷,看着治保主任,治保主任也有些泄气了。不过,村长没有想到的是,格里高尔的父亲,这位来家铺的村民,居然说出了一句深明大义的话来,格里高尔的父亲说他答应让楚州人把儿子带走,但是,不能是这个价钱,必须要给全村的父老乡亲们一个安慰,让楚州人再给村里补贴一笔款子。他的这个提议,得到了村民们的赞成。于是问题的焦点一下子转到了该补多少钱上了。陌生人A长长地吁了一口气,对于这样的讨价还价,他们是再拿手不过的了。于是他们也答应了这个条件,并表示,可以拿出两万元来补给村民们。村长冷笑了一声说,两万元?做胡椒都不辣!村长说,咱们村有近一千的人口,补两万元有什么用呢。陌生人A说,你认为补多少合适?村长说,一百万。村长又说,别以为我们乡下人没有见过世面,没见过钱,一百万,少一分你休想把鸟人带出这个村子。陌生人A说补这么多钱他做不了主,他要请示上级,于是他打电话和上级沟通了。上级说一百万也是可以的,但让他坚持再立新功,把价钱尽可能地压下来。于是,他对村民们说,不行,一百万太多了,上级不答应,最多只能给十万。十万是底线。不然咱们就上法院打官司,让法院来判决,到那时,你们别说是十万,一万,你们连一分钱都拿不到的了。我可是签有合同的。

这时,事情又出现了新的变化,村里一位读过很多书的人从人群后面走了出来,他冷笑了一声说,打官司,你知道你们这是什么行为吗?他指着楚州来的陌生人说,你们这是在买卖人口,你,还有你。他又指了指格里高尔的父亲,说你们在犯罪,知道吗?你们现在只有一条路可走,那就是把格里高尔留下来。读书人的这番话,像一盏明灯,照亮了村民们的心。他们一下子觉得理直气壮了。现在,也不用再去讲什么价钱了,也不用担心格里高尔被带到楚州了,他们现在把格里高尔扣留下来,是合理合法的了。至于楚州人和格里高尔的父亲签的那个什么鬼合约,就让它见鬼去吧。村长和治保主任,一下子又来劲了,他们现在也强烈要求把格里高尔留下来。陌生人A说,没有商量的余地了?村长说,还商量什么呢?真是天大的笑话,你们买卖人口,还想商量什么呢,现在要把你们扭送到派出所,把你们法办了。村长大声喊,来人呀,把这几个人贩子,还有李老倌,都给我抓起来送到派出所去。村长的话音一落,人群里就冲出几个人,七手八脚把李老倌和陌生人按倒在地。陌生人A大声喊道,你们松手,我还有话说。村长说,好吧,你还有什么话,你说。陌生人A说,你们别得意太早了,你们看一看吧,我和格里高尔的父亲是怎么签的合同,我们是贩卖人口吗?不是,我们是把格里高尔请到楚州去帮他治病的,我们为他治病,还给他的父母十二万元钱。我们在做一件合理合法功德无量的事情。陌生人这样一说,村长和治保主任,还有那些村民们,都乱了阵脚了。

　　就在这时,装着格里高尔的那辆车却开始晃动了起来,而且越晃越急,越晃越猛。仿佛里面装了一头怪兽,那头怪兽开始发疯了,发狂了,开始在里面伸胳膊踢腿了。这一变故,吓得所有的人都哗地往后退了十几米远,两个楚州人也吓得跳下了车,大家都躲得远远的。这时,车里传来了凄厉的尖叫声,一阵高过一阵,震得所有的人都捂住了耳朵,那些围在人群里窜来窜去的狗们,吓得呜呜乱叫,仓皇而逃。接着,车厢里发出了咚咚的巨响,仿佛有一头发疯的公牛在里面用角顶撞着车厢。有些胆小的,吓得尿了裤子。可是没有一个人逃走,他们都吓得忘记了逃命。所有的人大气都不敢出,在等着车厢里面突然冲出一头怪物来。车厢里的巨响持续了有十来分钟,那坚固的铁车厢,也东一块西一块地凸出许多包。巨响又持续了几分钟之后,渐渐安静了下来,车厢里没有了一丝的动静。这样又过了十几分钟,胆大的,开始渐渐往车厢靠拢,可是刚走到车厢跟前,又吓得尖叫一声转头就跑,后面的人,就咧开嘴了笑。更多的人,表情严峻。没有人知道,刚才的这一阵巨响之后,车厢里发生了什么事情。这时,村长命令所有的鸟枪都上火药铁砂,枪口对准车厢,只要从车厢里跑出来怪兽就开枪。陌生人A掏出了钥匙,浑身像筛糠一样地抖动着,被人押着往车厢推过去。推到车厢跟前时,他感觉到自己的心脏都要跳出来了,两条腿没有了一丝力气,浑身打摆子一样地发冷。好不容易扶着车厢,把钥匙哆哆嗦嗦插入了锁孔,却再也没有了力气把锁打开了。治保主任在一旁看得急了,过去推开了陌生人A,然后用力打开了锁,又抽出了铁栓。

所有的人,都屏住了呼吸。

空气仿佛凝固了一样。

哗啦一声响。大家的心猛地一跳,仿佛一只无形的巨手,揪住了每个人的心脏,只要一用力,随时就会把它摘下来。呼的一声,车厢的门开了,扑面喷出一堆羽毛,羽毛在空中翻飞着,纷纷扬扬,遮天蔽日。治保主任的嘴里也扑进了一嘴的鸟毛。有人吓得哭了起来,瘫在了地上。鸟毛落定后,大家看清楚了,车厢里并没有什么怪物。只有一个光着身子的人。光着身子的格里高尔!现在,他的身上已没有了一根羽毛。他的皮肤光洁,像绸缎,像瓷器,像玉。他肌肉均称,面容姣美,二目如星,眉如柳叶。他迷茫地看着车厢外面的人,还有瞄准着他的十几支黑洞洞的枪口。一切都像一个梦,一个痛苦的梦。他还没有从那个痛苦的梦中回过神来。

格里高尔跳出了车厢,赤着身体。他一点也不为自己的赤身裸体感到不好意思。他觉得,现在的他,是干净的,是纯洁的。格里高尔的变化,把所有的人都看呆了,他们比看见一头怪物从车厢里出来还要吃惊,还要害怕。他们看见赤身裸体的格里高尔在朝他们走来,他的身上,泛着圣洁的光辉,像月的光晕。他前进一步,大家就后退一步。他终于认出来了,站在他面前的那些人,都是他的父老乡亲。他说,你们这是怎么啦,你们不认识我了吗?我是格里高尔呀。他说的,已不是楚州乡下的口音,而是标准的普通话。

然而,那些鸟枪手们,还是把枪对准着他的胸口,他们颤抖着,尖叫着,狂吼着,让格里高尔不要过来。不要过来!不要过来!你再过来就开枪了。

格里高尔像没有听懂大家的话一样,继续往前走。

枪声响了。几支鸟枪同时响起。枪声惊碎了乡村的清晨,惊碎了乡村与楚州人的梦。

格里高尔的手指向天空,身体直直地倒在了地上。血光随着枪声冲到了天空,把天空染成了红色,在天空中形成了一朵红云,红云又化成了红雨,红雨罩在每个人的头顶。所有的人,都呆呆地望着从天而降的红雨,他们的脸上,全部是一样的僵直的表情。就在大家还没有醒过神来的时候,治保主任最先感觉到了那些沾到了红雨的地方开始发痒,他就用手去抓,可是他越抓越痒,他开始痛苦地尖叫了起来,他的手指开始在身上乱抓,嘴里大声叫着痒死我了,痒死我了。接着,村长也开始叫痒,陌生人A也开始叫痒,陌生人B也开始叫痒,格里高尔的父母也开始叫痒,所有的人,都在喊痒:

痒死我了。痒死我了。他们开始拼命地在身上抓了起来。

在深圳的大街上撒野

一

我在电话里对父亲说,我要回家结婚,结婚后再不出来了,就在老家种点儿地,安安稳稳过日子,生儿育女,同时也尽点为人子的孝道。父亲说,结婚是大事,要待客的,只是你说不打工了,不打工能干吗呢?年纪轻轻待在家里,会把人呆成苕货的。父亲说,上个月你不是说想在深圳买房子么?怎么突然又……

的确,就在一个月前,我还对父亲说,我要在深圳买房子,要接老人家来城里享福,让他过城里人的生活。那时,我和刘梅商量着,如何挣钱,如何供房,将来还要供车,我们要想尽一切办法,在这个美丽的城市扎根。可是后来发生的一些事情,让我们的人生选择发生了一百八十度的大转弯。

这是一个艰难的选择。许多出门打过工、又有些勇气和野心的人,大抵都面临过这样的选择。我认识的许多工友,就经历过数次的"回家——出来——再回家——再出来"的选择。我们在故乡和他乡之间徘徊,我们的一生都在路上。有时我想,这可能就是我们这一代人的宿命吧。和许多从农村来到城里的打工者一样,我刚开始出门时,并未想过要在城里扎根,只是抱着出来见见世面的想法,顺便挣点钱,回到家里盖一栋房子,然后做点小本买卖。这也是众多像我这样的打工者开始时的梦想。然而人的梦想是会改变的,比如我,比如刘梅,比如西狗,我们出门时的梦想都很简单,可是随着在外面生活的改变,我们的梦想也开始发生了变化。人往高处走,水往低处流,我想谁也不能因此而来指责我们。在城市和乡村之间,谁在高处谁在低处是一目了然的,谁都有选择在高处生活的权利。事实上,大多数人,如果在城里生活得好好的,或者说可能在城里能扎下根,是不会断然选择回到乡下生活的。然而,一个月前还满怀豪情想在城里打拼的我,却突然选择了回家。

　　腊月二十三,我和刘梅终于拿到了车票。今年春运车票没涨价,可是一票难求却甚于往年,最终我们还是花了高价才拿到车票。想到就要回家了,想到就要离开生活了这么多年的深圳,突然发觉,要想对深圳挥一挥手是多么的艰难。毕竟,我生命中最美好的青春年华是贡献给了这座城市的,毕竟,这么多年来,我是多么地热爱着这座美丽的城市,爱着这里的蓝天大海,爱着美丽的深南大道。这些年来,我在许多城市打过短工,包括北京,我一直觉得北京像一个五十来岁的人,沉稳厚重,多少缺了一些朝气,而深圳,你可以说她有那么一些轻佻,有那么一些浅薄,可是深圳像一个十七八岁的小姑娘,朝气蓬勃。只要还在这个城市生活着,你就不会失去希望,你就会觉得,也许在一觉醒来的明天,你的命运就突然改变了……然而,我终于是要向深圳挥手道别了。

我突然又觉得,选择回家,也许是一个错误。要知道我此番回家,并非衣锦荣归,而是突然对前面的生活失去了信心和勇气,我是在选择逃避。腊月二十三,按我老家的习俗,是过小年。传说在这天晚上,是老鼠嫁丫头,忙碌了一年的老鼠们,小心翼翼了一年的老鼠们,在这个晚上,要大张旗鼓地张扬一把,它们会忘记生活中所有的危险,会不顾一切地在它们想要活动的地方撒野。一年一度,年年如是。按照我老家的习俗,在这一天,农人们都要为老鼠准备一些食物,还要早早熄灯睡觉,以免打搅老鼠们办喜事。有猫的人家,也要在这一晚把猫拴上。故乡的农人心怀慈悲,虽说老鼠们一年下来糟蹋了他们不少的粮食,可每一个物种都有自己生存的权利,人并不比老鼠高明到哪里去。物竞天择,虽是自然的法则,却也不能赶尽杀绝。当然,我故乡的农人并不懂得这些,他们在这一天为老鼠们大开方便之门,只是希望老鼠们心存感激,次年嘴下留情?又或者是忙碌了一年,转眼就是大年了,大家都变得格外的宽容与厚道,这一天看见了老鼠,也是绝不会去追打的。过了这个年,人与鼠之间的战斗,还是继续着。人的心,又回到了坚硬如铁的状态。但这一天的休养生息,的确也是人之为人的一点可爱之处,人若失去了这点悲悯的情怀,只怕也就与动物无异了。

很长的一段时间,我都觉得,我不过也就是一只老鼠,在这个城市里生活,虽说是不失去信心与希望,却也活得卑微而小心翼翼,像一只鼠。我把我的感受对刘梅说了,刘梅说她也有这样的感觉。我对刘梅说起了关于老鼠嫁女儿的传说。刘梅说在她的家乡没有这样的传说。我想或者也有的,不过刘梅并不知道罢了。刘梅说,我觉得你的家乡很神奇,一个对老鼠也如此心怀悲悯的乡村,那里的人,必定是温和的、可亲的。在那里生活,该是安全的,不像这个城市。

想想我们真是奇怪,我们在这里生活着,满怀希望,又小心谨慎。我们对这个城市爱恨交加。可是我们却是如此的舍不得离开它。我已经有五年没有回家了。不是不想家,是不敢回家。每到年关,都没来由地感到害怕、紧张。出门十多年了,一事无成。过年回家,看到和我一起出门的人,一个个都混得人模狗样,就觉得特别对不起父母亲。每年腊月,父母亲都要打电话来,问我过年回不回家,我都说不回,车票太难买。其实这都是借口,父母也知道这是借口。父亲说,回来过年吧,做大人的,并不指望你带回一座金山银山,一家人在一起过个年,图个热闹就行。可是我一次又一次地说,明年吧,明年一定回家过年。明年复明年,一晃就是五年。这一次,我说要和刘梅一块儿回家过年。父亲问我刘梅是哪个,我说,是您未来的儿媳妇。这可把父亲高兴坏了。母亲抢过了电话,在电话里问了一长串,问刘梅是哪里的人?多大了?长得漂亮不?我说,四川人,二十八了,长得漂亮,人也好,总之是什么都好,你们见到了一定会欢喜的。

打完电话,我和刘梅去一家湖南菜馆吃晚饭。吃完饭,又一起去了沃尔玛,给刘梅买冬装,还给我父母买一些东西,还有我大哥的小孩,大姐的小孩,二姐的小孩,七大姑八大姨的,都是要带一些礼物的。这么多年没有回家了,又是回家结婚,不能空着手。

我和刘梅正在沃尔玛的服装区选服装,我看中了一款红色的中式棉袄,棉袄的做工很精致,红色的素绸缎面料,有一些暗红的菊花图案。菊花与吉花谐音,是个好的寓意,蛮不错的。可是刘梅说她不喜欢红色,说她对红色有恐惧感,她喜欢一些素净的颜色。我知道,刘梅对红色有些过敏,这是因为在她的生命中,曾经有过一段经历,那段经历,让她害怕红色,让她对红色过敏,让她对一切红色的东西心怀顾虑。可是按我家乡的习俗,结婚的那天,一定得穿红色的。

你试试,穿上会好看的。我试图说服她。

刘梅看着我一脸恳切,大约是不忍心拂了我的好意,于是拿上衣服去了试衣间,我拿着她的外衣在外面等。刘梅刚进去,我的手机响了起来。一看号码,是西狗的电话。我想了想,还是接了。电话里传来的却是一个陌生的声音:

您好,请问您认识这个电话的机主吗?

我警惕地问,什么事?

我是宝安交警大队的,这个电话的机主出车祸了,现在正在宝安人民医院抢救。

车祸?别开玩笑了,这样的骗术太老土也太过时了。我想,大约是西狗不小心把手机弄丢了。这样的事,时有发生。现在的骗子,手法也越来越多,让人防不胜防。

我说,是不是让我汇些钱到指定的账号?

你和机主是什么关系?

我和他是什么关系?我干吗要告诉你?你是谁啊?

请你配合,我没时间同你开玩笑。再说一遍,我是宝安交警大队的,这个手机的机主出车祸了。

对方的语气很严肃,不像是骗子。我这下子才慌了、傻了。这时,刘梅穿着那件红色的唐装出来了。刘梅说,王红兵,你看怎么样,我总觉得不好看,穿在身上怪怪的,我不喜欢红色嘛。

把衣服脱了,跟我去医院。我说。

不好看么?刘梅问。

西狗出事了。我说。

把一大堆选好的东西胡乱地扔在了货堆上,出了沃尔玛,打的赶到宝安人民医院。

西狗真的出事了,在急救室里抢救。我和刘梅首先见到的是两名警察。警察见我和刘梅去了,脸上的表情也舒展了许多,过来和我握了一下手,然后就开始询问一些关于西狗的情况。我也从交警那里得知,西狗骑着摩托车在前进一路上飙车,车速估计有一百迈,和一辆小汽车相撞,肇事车辆已逃逸。警察问我,西狗在深圳还有没有其他亲戚。我说没有,朋友倒是有一些,但都是一些酒肉朋友。警察说那就得麻烦你们两位了。警察说完递给了我一张卡片，让我有事就打他的电话。警察说他们还有许多的事要处理，然后就走了。

这突然的变故，把我们的计划都打乱了。计划打乱了还是小事，我是两眼一抹黑，不知该如何处理这件事。还是刘梅冷静一些，她让我给西狗的家人打电话。其实西狗的家里也没有什么人了，他的父母亲早已去世，有一个姐姐，嫁到了离我们老家很远的湖南钱粮湖农场。据说好多年都没有回过湖北了，估计一时半会儿不可能找到她。在老家，他就只有一个叔父了。而他和他叔父的关系并不好。何况我也没有他叔父的电话。我只好打电话给父亲，让他去通知西狗的叔父，说西狗在这里出了车祸，让他们家里来人。父亲听说西狗出了车祸，半天没有说话。

我说，爸，您怎么啦？您说话呀。

我听见了父亲在电话那端的哽咽声。父亲说：

西狗……这孩子，前年回家，还给我带了一条烟，说是一盒都好几十块哩……他不会死吧。

我说，还在抢救，不知道结果会怎么样，听说很严重，听说，就是救过来，怕也是个废人了。

……那，你们，么时候回来？

我说，再说吧，看情况。

挂了电话，我呆呆地坐在医院走廊的长条椅上。我早就知道这一天迟早会来到的，我劝过西狗好多次了，可是他总是不听。

西狗喜欢飞车，这两年，深圳禁摩了，可他还是喜欢飞车。有时晚上十一二点了,他还会骑着摩托车,在海滨大道上狂奔。有几次,他还把摩托车骑上了高速公路。为此被罚款了很多次,摩托车也被没收过几辆了,可是他好像罚不怕。他说不让他骑摩托车,那还不如杀了他。他说他喜欢这样的感觉,飞一样的感觉。西狗说飞一样的感觉时,闭着眼,右手轻轻地上扬着,那样子,好像真的飞起来了。有一次,他突然对我说,人要是长翅膀就好了,像鸟一样,可以自由自在地飞。西狗这样说时,像个诗人。我一直觉得,西狗就是个诗人。可是他的梦想是当一名摇滚歌手。他曾经写过一些歌,可惜,他一直没能实现这个愿望。

刘梅抱着我的胳膊,她的手冰凉,身子在发抖。我说,你冷吗刘梅?我把刘梅搂在了怀里,希望能给她温度。

不冷。刘梅说。

还说不冷,你的上下牙齿都在打颤了。我说,西狗一时半会儿出不来,你要是冷,就先回家吧,这里有我呢。

刘梅的泪水就下来了。刘梅说,西狗不会死吧?

我安慰刘梅说,西狗这人命大,他不会死的。

我知道,这些年来,刘梅一直把西狗当成她的大哥,西狗也把刘梅当成自家的妹妹。刘梅曾对我说过,那一年,如果不是遇见西狗,她一定会疯掉的,是西狗给了她第二次的生命。而西狗对此却不以为然,西狗说他只是做了一个人该做的事。

二

西狗是个什么样的人？这可不是三言两语可以说清楚的。好人？坏人？不过不管别人怎么说西狗，在我和刘梅的眼里，西狗始终是我们俩的恩人、朋友、兄长。

我和西狗的交情，可以追溯到我的少年时期。从初中开始，直到我们出门打工的那一段时间，我差不多是西狗的跟班。西狗的歌唱得很好，又会跳舞，他学跳舞很有天分，那时流行跳霹雳舞，我学了许久，一个动作都学不会，可是他只用了几个晚上，就学会了"擦玻璃"、"拉绳子"、"走太空步"等动作。他跳起舞来，像没有长骨头的。西狗的偶像是崔健。西狗一直说，崔健是一个真正的诗人。可是那时，我更喜欢的是郑智化和小虎队的歌。西狗因此一直说我这个人没有品位，不懂音乐。西狗说总有一天，他会有自己的乐队。后来，我们渐渐地大了，种了几年地后，我和西狗都出来打工了。西狗到了深圳，东折腾西折腾的，听说有一阵子发了大财，有一阵子又变成了穷光蛋。西狗不是个因循守旧的人。他做过许多事，在工厂里老老实实打过工，也做过传销，结果把打工的一点积蓄都赔了进去。不过西狗从来没有埋怨过什么。他就像是一尊铁打的汉子，生活中再大的起起落落，他都没有皱过一下眉头。这与他的家境有关。他的父母亲早年就离异了，这在农村是极少见的。他跟了父亲，他父亲是个赌鬼，脾气极为暴躁。西狗的母亲是实在和他没法过下去了才同他离婚的。离婚后,西狗的母亲嫁到了湖南,西狗的父亲还是赌,越发地厉害了。赢了钱,他会高兴地拿出一块两块奖励西狗,输了就会拿西狗出气。打西狗简直是家常便饭。这一切,养成了西狗坚韧的性格。他的身上,有一种江湖大佬的气质。在农村时,他的屁股后面就跟着一群我这样的小青年,我们都是他的忠实跟班。后来出门打工了,我们就渐渐地失去了往来。

五年前,我回过一次家,听家里的人说,西狗在深圳发财了。我问到了西狗的电话,可是回深圳后,并没有去联系西狗。同样一起出门打工,听说西狗都成千万富翁了,而我还在工厂的流水线上苦熬,这让我觉得很没有面子,我是个爱面子的人,不到万不得已,我是不会去求西狗什么的。

当时,对于西狗的财产,村里人说最少也有一千万。要不然,他怎么会舍得拿出五万块钱修建村里的小学,又捐出五万块修了一幢房子给村里的几个五保老人住呢?总之,当时在我的印象中,西狗是发了大财的,而且还在家乡做了不少的善事。不过西狗发了这么大的财,情愿把钱捐出来,却从来不愿给他父亲哪怕一毛钱。他父亲因此气得落下了病,后来得癌症过世了。西狗回到家,也只是很简单地把他父亲火化后埋掉了事,也没有做斋,也没有给他父亲的坟立一块碑。

当然,说西狗有一千万,这也只是村里人的猜测。这样的猜想与我家乡人的性格有关,我们那里的人说话爱往大里说,从来不怕风大闪了舌头。比如我回到家乡,遇上了熟人,就会问我,这些年在外面混得如何?挣了几百万?听这口气,好像几百万是毛毛雨似的。

我说,你以为我在外面抢银行呢?

抢银行?用得着吗?你看人家西狗不是发财了,还有某某某和某某某……村里人数出了一大串的名字。

的确如此,当年和我一块儿出来打工的那一拨人,都发大财了。有一个,据说在东莞的某个厂里做仓库管理,他有个表弟是工厂的保安,于是表兄弟俩一合计,从厂里偷出一车铝皮,拉到荆州卖了,就在荆州做起了生意,现在挣得盆满钵满了;有一个女人,在东莞的一间厂当出纳,在年底给员工发工资时,带着从银行取出的十几万块钱,逃回了家。居然没有见厂里派人来追。我还有一个邻居,在东莞当私家侦探,还有个同学,纠合了几个同乡,带着自己的老婆,在温州搞色诱,然后抢劫,现在也发财了,回家开着自己的小车,当然,出来做小姐的女孩子就更加得多了。这些年来,我的家乡变化是很大的,有钱人很多,外出打工而没有发财的人少之又少,这些人的发达,大大刺激了我。这也是我从那次回家后,几年不回家的原因之一。回家后,有一种比在外面打工还强烈的挫折感。我当时曾发誓,不挣个百十万决不回家。

回到深圳后,我继续在深圳宝安区石岩镇的一间小厂里当普工,每个月的工资也就是七八百块钱,还要加班加点,还要看主管的脸色。想想我的那些一夜暴富的同乡,想想我出门时的理想——挣钱回家盖一幢房子,娶个女子结婚。这两点都少不了钱,可是按照我当普工的收入,这个理想几乎是不可能实现的。于是我一天到晚都在琢磨着怎么能发一笔横财。

那时,厂里的工友们都迷上了买码,所谓"买码",就是赌外围六合彩。厂里的打工者几乎是全民皆赌。大家其实清楚,赌码真正赚钱的是庄家,可是隔三岔五总是能听到谁谁谁买了几百块钱的特码,一下子赚了好几万之类的传说。这样的传说,总是能在大家快要熄灭的热情上浇一把油,把刚刚开始有点冷静的头脑一下子又烧糊涂了。很长的一段时间,我也迷上了买码。在码民中传说,香港的六合彩中奖号码是人为控制的,在确定好了中奖号码后,会有一些内部灵通人士透出消息来。他们把这些号码做成很复杂的暗语,藏在一些似是而非的谜语中,做成报纸出售,这就是《码报》。你要是到南方的工厂,一定会发现这样的景观,一下了班,总有三五成群的人聚在一起,在研究《码报》。大家见面的问候语不再是吃了没有,你们厂出粮准不准,而是变成买了没有?特码是几号?

有一段时间,传说香港明珠电视台有一档游戏节目,据说特码就藏在节目里面。于是到了开码前一天,大家都没有心思上班了,守在厂门口的士多店,等着看明珠台的节目,节目出来了,一些人在蹦蹦跳跳,最后,一个穿着老虎皮的人跳了出来,对大家挥手说再见。结果一开奖,特码就出在十二生肖的虎里面。可惜大家都没有看出这一点来。还有一次,又出来了六只猴子,这一次,许多人都把赌注押在了猴子上,结果出来的却不是猴子的生肖。又有一段时间,传说世界之窗门口的灯光里暗藏着六合彩号码的玄机,弄得许多人都跑到世界之窗门口盯着那些罗马柱上的彩灯发呆。后来深圳的报纸出来辟谣才了事。如果你走在工业区,突然有人问你是哪一天生的,你一定不要吃惊,问你的人肯定是在赌码。

  人是环境的产物,在这样的环境下,许多不沾赌的人,也会抱着玩一玩的心态,先是牛刀小试,后来欲罢不能。大家像被鬼迷了心窍一样,把自己的明天都寄托在中六合彩上了。现在回想起来,其实我们这些打工者之所以迷恋六合彩,也是有其深层次的原因的,我们都清楚,老老实实打工,养家糊口尚可,想发财,门都没有,可是发财又是大多数打工者的共同梦想,于是我们选择了六合彩。

  到了买码的日子,要加班的工友就心急如焚,心思全在码上。如果没有时间去下注,就写好了号码,托不用加班的工友去帮助买。一开始,我也是个码民,我每次都会买上十块二十块的码,我是在无意中发现这其中的"商机"的。那一天我不用加班,于是帮工友去下注。我手上拿着给工友们买码的三百四十块钱,我本来没有想到吞了他们的钱,可是当时我临时有点急事,就错过了机会去庄家那里下注。结果到了开奖时,我一看号码,三百多块钱里,只有一个工友中了八十块,我没有声张,把那八十块赔给了他,说是他中奖所得,我从中赚了二百六十块。这次意外的收获,让我开了窍。谢谢祖宗菩萨,我终于找到了一条发财的捷径了。那一瞬间,我差点按捺不住心中的狂喜。话是这么说,可当时我还是冷静了下来,开始不动声色地主动帮工友们收单,这样,我事实上当起了小庄家,虽然也赔过几次,但一个月下来,居然也赚了三四千块。这样做下去,一年下来,就发财了。我当时还想,这些工友们真他妈的都是傻逼。有一天,我们那条拉上的八个工友合伙买了一千块钱的特码。一千块,当时我是有些犹豫的,这样的大单,如果真的中了,按中特码赔四十倍,就要赔出四万块。我想还是拿到那些实力雄厚的庄家那里去下注算了。可人总是贪心的,一千块啊,比我一个月的工资还要多二百,到嘴的肥肉,怎么甘心就这样拱手让人呢?再说了,他们就那么好的运气能中特码?我犹豫了一会,决定不去下注。没想到,第二天开奖,居然中了。四万块。天啦,我一下子就懵了。

可想而知,当得知中了四万块时,工友们会是多么的兴奋。那天简直成了我们那条拉的节日。同样可想而知,当他们知道我并没有下单时,会有多么的愤怒。

四万块钱,少一毛钱,老子砍死你!

工友的发财梦破灭了。他们放出了话。他们害怕我开溜,派人轮班跟着我。我害怕极了,不拿出钱来,气疯了的工友们是什么事都做得出来的。可是让我赔四万块,把我杀了剥肉卖到火锅店也卖不了四万块。

我只有五千,全部赔给你们。

放你妈的屁,五千块,你打发叫花子。

那天晚上,几个工友把我拖到厂外面揍了一顿,然后把鼻青脸肿的我弄到上排村的一间出租屋里关了起来,逼我想办法找钱。

三天时间找不到四万块,就剁掉你的一只手。

在工友们下最后通牒的第三天,我终于想到了西狗。我给西狗打了电话,对西狗说我做生意亏了四万块,现在债主逼着我要钱,明天再不给钱,他们就要剁掉我的一只手。西狗在电话那边沉默了一会儿,说,四万块钱不成问题,你对我说实话,到底为了什么事?我说真的是做生意亏了。西狗说,你不说实话那就算了。我知道再编谎话是没有用的,就实话实说了。西狗当天就把钱打到了工友们指定的账号上,而我,也终于逃过了一劫。

三

在医院的手术室门口等了两个小时,手术室的门开了。西狗被推进了ICU重症监护室。又过了半小时,我和刘梅才被允许进病房去探望西狗。西狗还处于昏迷中。让人觉得奇怪的是,西狗的身上并没有明显的外伤,只是脸白得像纸一样。我小心地握了一下西狗的手。西狗的手没有一丝温度,像一块被寒霜覆盖的铁。冰冷的感觉,穿透了我的全身,我感觉我一下子握住了死神的手……多年以来,我失去了一个又一个的亲人,也经历过曾经的打工兄弟姐妹们的死,九八年的时候,我在佛山打工,刚进工厂的第一天,厂里没有开饭。听说厂里做饭的女工生病了,住进了医院,据说是风湿病。就在那天晚上,突然传来了消息,说那位女工不行了。厂里很多的工人都去医院看望她。老板也去了。经理也去了。我刚进厂,并不认识那位女工,我没有去。夜晚,厂里很安静,从宿舍的窗外望去,远处是南庄陶瓷厂上空昏黄的灯火,近处是一片池塘和香蕉树林。那一次,我也有过现在这样的感觉,我莫名地觉得感伤和孤独,我仿佛看见天空中飘荡着死神的影子。第二天早晨,我听说了那位女工已去世的消息。我一直怀疑女工是死于医疗事故。风湿病怎么会要了人的命呢?当然,我这只是怀疑,无凭无据。后来我听去看过她的工友们讲,她在临死之前,一直在流泪。说她不想死,说她有爱她的老公和孩子,说她想回家。最后,她就开始唱歌,很小声地唱,唱的是当时很流行的那首《流浪歌》:流浪的人在外想念你/亲爱的妈妈/流浪的脚步走遍天涯/没有一个家/冬天的风啊夹着雪花/把我的泪吹下……工友们说,她越唱声音越小,后来就没有声音了,留下病房里哭成一团的工友们。她的爱人第三天才赶到南庄。抱着她的骨灰。回家。……握着西狗没有一丝温度的手,我突然想起了那个做饭的女工。我知道,死神再一次光临了。可是我不甘心,我轻声地说,西狗,你醒醒,我们来看你了。我把西狗的手轻轻地放回白色的床单里。我希望那薄薄的床单能给他一些温度。

刘梅本来还强忍着泪水的,听我这样一说,再也忍不住了,捂着嘴跑出了病房。蹲在病房门口,一任泪如雨下。走道里往来的人,看着蹲在门口流泪的刘梅,眼里全是漠然。在这一层楼里,差不多每天都要发生这样的事情,推进了这个病房的人,差不多是九死一生。在这里生活的人,对于生与死,似乎早已失去了应有的敏感。一个人死了,就像是一架钟停了摆,一架机器报废了。这样想来,人和机器其实是没有什么两样的。

我问在摆弄呼吸机的医生,说,他看上去,好像没有受伤一样?怎么会……

医生说,他的伤很奇怪,几乎没有外伤,但是他的颅内严重损伤,你见过豆腐吧,人的大脑组织就像是一块豆腐,可是他的脑组织,现在成了一块砸在地下的豆腐,能活过来的希望很渺茫,现在只能是上呼吸机,保持着他的生命机能运转。只要撤掉呼吸机,随时都可以宣告他的死亡。

我对沉睡的西狗说,你坚持住,不要放弃。

医生说,没用的,你对他说什么都没用的,他已完全失去了意识。

可就在这时,我看见西狗的眼里慢慢沁出了两汪晶亮的泪水。

医生,你快来看。你看,他听得见我们说话,你看,他流泪了。西狗,你听见我说话了么,我知道你听见了,你要坚持,一定要坚持。我当时这样在说,可是我的意识里,却对西狗的生没有怀一丝的希望。

医生过来看了看,脸上也露出了惊讶的表情。

我说,医生,你一定要想办法,要救救他。

医生说,我们会尽力的。可是,他的住院手续还没有办,你……能不能先去办了?

走出 ICU 病房,刘梅还蹲在病房门口流泪。我拉起了刘梅,我说刘梅咱们不哭,坚强一点。刘梅扑在我的肩上,渐渐止住了哭泣。

办好住院手续,交了两万块的住院押金。我怕刘梅有意见,说,朋友一场,我们要尽自己的良心,你不会怪我吧。

刘梅说,你把我看成什么人了?我这条命都是西狗给的。

我叹了口气,说,我们都欠西狗的,算是还他的情吧。

我又给父亲打电话,问父亲有没有去通知西狗的叔父。父亲在电话那边骂了起来,说,狗日的,现在的人哪,哪里还有良心……

夜深了。我劝刘梅回家去休息,我在这里守着西狗就行了,可是刘梅说她不回去,她要在这里守着,守着西狗醒来。

夜静得吓人。我和刘梅相拥着坐在走廊的长椅上。南国的冬夜,虽不似北方那样天寒地冻,却也是凉气袭人。寒意像一群冰冷的鱼,直往人的衣缝里钻。到了大约凌晨三点,我才迷迷糊糊地睡着了,我做了一个梦,梦见了西狗站在我的面前。西狗说,红兵,我走了……你不要伤感,我从小就梦想着能像鸟一样飞,今天我真的飞了起来。飞的感觉真是好。

我猛地惊醒了过来。出了一身汗。刘梅也醒了。

我梦见西狗了。我说。

我也梦见西狗了,刘梅说。

真是很奇怪,刘梅也说她梦见西狗站在她的面前,西狗的面目很模糊,可是她知道那就是西狗。刘梅说她还梦见西狗骑着摩托车,梦见西狗变成了一只鸟,飞了起来……

刘梅问我梦见什么了,我没敢对刘梅说。那一瞬间,我居然感觉到了一阵冰冷的寒气从背后直袭而上,背上的毫毛"日"地一下全竖了起来。我紧紧地搂着刘梅,盯着不远处病房的门口,我看见了西狗的灵魂缓缓地退回了ICU病房。我没有对刘梅说我的梦,也没有说我看见西狗的灵魂刚刚退回了病房,我害怕吓着刘梅。也是在那一天,我相信,人死了是有灵魂的。不久前,西狗还和我讨论过人死后的事情。西狗说他现在不怕死了,人总是要死的。西狗说,他在一本书上看过,人死了,灵魂是永在的,人的灵魂栖于四界,一是子宫,二是人世间,三是中间界,四是天堂或者地狱。处于第一和第二界的灵魂,不能知晓自己的第一界和第三界的事情。而居于中间界的灵魂,可以同时看到过去和现在,而生命,不过是一件束缚人的外衣。我想起来了,西狗当时这样说时,眼里是闪烁着梦一样的光辉的。想到这些,我的恐惧和哀伤渐渐消逝了。西狗终于摆脱了他的苦难,他的灵魂现在可以自由地飞翔了。我相信,冥冥之中,西狗的灵魂就飞翔在我们的头顶,他在注视着我们。

飞翔,是的,西狗喜欢飞翔。喜欢骑摩托车飙车,他总是说,那种感觉真的很好,像飞一样。

我还记得,我刚刚从石岩来到宝安,来投靠西狗后不久的一天晚上,西狗骑着摩托车驮着我和刘梅,说要带我们去一个好玩的地方。我坐在西狗的摩托车后面,刘梅坐在我的后面,我紧紧地搂着西狗,刘梅在后面搂着我。那是我和刘梅恋爱的开始,那时我和刘梅还没有说过太多的话,彼此还不太熟悉,可是当刘梅从背后轻轻搂住我的腰的那一瞬间,我感觉到了幸福与晕眩,我找到了恋爱的感觉。

西狗说,坐好啦。他一紧一松地控制着离合器,摩托车就"日日日日"地吼叫了起来,像一匹烈马,前轮往上一抬、一停,然后就猛地蹿了出去。摩托车开得太快了,风吹鼓着我的腮帮子,感觉脸上的肉随时都会呼啸而去。

噢噢噢……西狗在前面尖声叫着。

我也跟着后面尖叫了起来。刘梅没有叫,刘梅紧紧地搂着我,我幸福地感觉着从她的胸部传递过来的激动与温暖。西狗开着摩托车在前进,一路上一路狂奔,到了新安公园,车猛地往右倒过去,他们的腿几乎就要擦着地面了。摩托车又猛地朝左倒了过去,就拐上了另一条道,过了107国道的立交,路上的车辆就稀少了起来。前面就是西乡,就是大海。摩托车一路吼叫着冲向海边。那时宝安的新区还没有开发,西乡的海边还是一片荒芜的滩涂。摩托车开始在滩涂上蹦跳了起来,像一匹不服驯的野马,想把我们掀下马来。我们差不多是在车背上跳跃了。我的脑子里是一片空白,野马突然停止了蹦跳,稳稳地扎在了海边。

那是我第一次到海边。来深圳这么多年了,我一直想去看海,可一直没有机会。没想到,突然就到了海边。海在夜色中闪着幽深的波光,空气中弥漫着一股咸鱼的味道。海边的风很大,也很凉爽。西狗把摩托车上的音响开到了最大,音响里放着崔健的歌:

我光着膀子我迎着风雪

跑在那逃出医院的道路上

别拦着我我也不要衣裳

因为我的病就是没有感觉

给我点儿肉给我点儿血

换掉我的志如钢和毅如铁

快让我哭快让我笑

快让我在这雪地上撒点儿野

……

西狗跟着音乐跳起了舞。还是在湖乡老家的时候，西狗就梦想着当一名歌手。没想到，出门这么多年了，西狗的梦想还坚持着。而当时梦想着当诗人的我，却早已忘却了少年时的梦。西狗说他是没有可能再当一名歌手了，可是他喜欢音乐，尤其是老崔和罗大佑的音乐。西狗说起崔健时总是叫老崔，好像他和崔健是哥们儿似的。西狗说这样显得亲切。那一年，老崔到深圳来开演唱会，西狗去了。西狗说，老崔还是老崔，老崔的歌像是一把火，可以燃烧他的梦，燃烧他的血。西狗说只有在听老崔的时候，他才会有继续下去的勇气。西狗说他搞过传销，他把打工多年的钱都投进去了，可是国家突然宣布传销是非法的了，本来热闹的传销大营，一夜之间空空荡荡，地上到处是乱着的垃圾和衣物，西狗说，多少人的梦,在那一瞬间破灭了。西狗说幸亏有老崔,在他生命中的每一个低谷,都是听着老崔的歌挺过来的。

我说,老崔的歌真的有这么神奇?

西狗白了我一眼,说,你不懂。

罗大佑来深圳开演唱会时,西狗带我去了。那天天公不作美,下起了很大的暴雨,可是罗大佑站在暴雨中开完了整场的音乐会,西狗也站在暴雨中听完了整场的音乐会。唱到《光阴的故事》时,西狗突然嚎啕大哭了起来。我们陪着他站在雨中,可是我没有哭,我的心里只有幸福,我的身边有刘梅,我和刘梅的爱情之花在海边萌芽,在罗大佑演唱会的暴雨中盛开。

西狗总说他不明白现在的小孩子怎么越变越肤浅了。西狗不明白,为什么现在的孩子喜欢周杰伦。西狗说,真的像老崔唱的一样,不是我不明白,这世界变化快。我说这说明你和我都老了。西狗说,也许吧。西狗说真的很奇怪,有时他觉得,自己的心态像一个六十岁的人,真的是老了,有时又觉得自己还是十六七岁。

那天在海边,西狗在咸腥的海风中疯狂地吼叫着。西狗的情绪也感染了我,我也跟着乱吼了起来。海风直往嘴里灌,我们也顾不上了。那一天,我又久违了青春年少的感觉。而事实上,那时我并不老,三十岁都不到。可是多年的打工生活,我像一个流水线上的机器零件,木然地生活着,我忘记了我还有着可以燃烧的青春,忘记了,除了梦想发财之外,人还要有一些精神的生活。

西狗大声地喊,刘梅,别傻站着,跳起来吧。

可是刘梅站在那里，搂着双臂，海风把她的裙子高高扬起。

西狗小声对我说，刘梅是个好女孩，王红兵，你小子是男人的就去追她吧。

我跟着音乐乱扭。之前所经历的恐慌与不安，这些年来所有的失意与不快，都在那一瞬间烟消云散了。我突然明白了西狗为什么会喜欢飞车，喜欢摇滚。我还记得，那天我大声地喊着问西狗，我说西狗，我们有好多年没有在一起这样疯了？

十多年了，那时我们在家。

我们天天在一起瞎闹。

我们唱小虎队。

我们还唱迟志强……

这一幕幕，都像是在昨天，可是现在，西狗躺在了冰凉的病床上，他的身体像一块冰冷的铁，他的脸上没有一丝丝的血。他甚至没有了呼吸，要靠机器来帮助他完成呼吸，可是他的心脏还在顽强地跳动着。

我再也睡不着，走到了ICU病房的门口，房间里亮着雪白的灯。我推开了门，走了进去。病房里的护士正在打瞌睡，听见门响，猛地惊醒了过来，见是我，没有说什么。我走到了西狗的身边坐了下来，真想大声地为西狗唱一首歌，就唱西狗最喜欢的那首歌：

给我点儿肉给我点儿血

换掉我的志如钢和毅如铁

快让我哭快让我笑

快让我在这雪地上撒点儿野

然而我没有唱出声音来。我的歌声在心里回荡,我的眼泪却止不住奔涌而出。在西狗的身边坐了足有一个小时,我起身回到了走廊,把身上的棉衣脱了下来,盖在了刘梅的身上。我再也睡不着,西狗的影子在我的脑子里翻江倒海。

西狗是个坚强的人,他一贯如此,很少让人看到他的脆弱与不安。除了每天深夜,他爱骑着摩托车出去撒点野外,大多数的时候,他是个生意人。

我在再见西狗之前,做梦也没有想到,被我的故乡人津津乐道的西狗,在深圳做的所谓的"大生意",原来是开了一间规模并不大的"福建城"。在深圳,这样的生意其实是很普通的,大家心里明白,却并不拿在嘴上来说。我在深圳第一次见西狗时,问过他,为什么你的店要叫福建城?你又不是福建人。西狗笑了笑,说,要么叫福建城,要么叫温州城,大家都这样叫,算是行规吧。

西狗的福建城里,有十几个小妹,湖南的、湖北的、四川的、还有东北的。西狗的福建城里的员工都是穿着很讲究的职业装。雪白的上衣,雪白的超短裙,下面是姑娘们雪白的大腿。上班时,她们就坐在福建城的大堂里,大堂里有着温暖的粉红灯光,小妹们像一树树春风中摇曳的梨花。她们的工作,除了为顾客洗头、按摩之外,其最大的特色就是为顾客"打飞机"。

我问过西狗这里的员工出去开房不?西狗说那是员工的自由,但是在他的店里,就到打飞机为止了,不提供性服务。我说,打飞机不是性服务吗?西狗说那还是有区别的,对于顾客来说,可以算是性服务,但对于他的员工来说,不能算是性服务。

刘梅就是西狗手下的员工。可是西狗对我说,刘梅是个与众不同的女孩子。她就从来不会跟客人出去开房。

但我知道,她也会为客人打飞机。

习惯吗?我问过刘梅。

开始不习惯,慢慢地,看着男人的那玩艺,就像看着一根火腿肠一样,也没有什么了,摸在手里,像是摸着一截猪大肠。

一开始,我也对她们这样的职业表示不理解,可是渐渐地,也就习惯成自然了。西狗说,红兵,我这里也需要一个人帮忙看看场子,你别东跑西跑去打工了,哥哥我挣了四两米,就有你二两粮。就这样,我就在西狗的福建城里待了下来。福建城的生意很好,也从来没有人闹过事,因此西狗说让我帮着看着场子,其实差不多就是送我一份薪水。

自从我成为了福建城的员工之后,和西狗之间的关系,有了一些小小的变化,我们一起出去疯的时间渐渐少了。因为有我坐镇,西狗来店里的时间也越来越少了。谁也不知道他在干吗。我也不好去打听。只是西狗的情绪时好时坏,有时,他眉飞色舞神采飞扬,有时,他又一连几天闷着不开心。他高兴的时候,就会请小妹们吃冰淇淋。小妹们也知道他的这习惯,看见他高兴了,就狠宰他,专挑最贵的冰淇淋买。他只是笑笑,他说看着小妹们高兴,他也高兴。他说,这些姑娘们不容易。可是当他的情绪不好时,他就会把自己关在房间里,把音响的声音开到最大。他说他病了,可是他的病不用去打针吃药,他用的是音乐疗法。

跟着西狗久了,我渐渐地觉得,西狗是个很难说清楚看清楚的人。他有时像个孩子一样天真可爱单纯直接,有时又让人捉摸不定,高深莫测。可是他一直在撮合我和刘梅。直到有一天,我对他说,西狗,我爱上刘梅了。他笑了。笑过后,他一本正经地问我,你是认真的吗?我说当然是认真的。西狗想了想,说,刘梅这孩子不容易,她和别的女孩子不一样,你要好好待她。我说,是的,我也觉得她和别的女孩子不一样。西狗说,你不计较她是做这一行的?我说,一开始心里有些接受不了,慢慢地,习惯了。西狗说,那,从明天开始,让刘梅做收银吧。我给她开高一点薪水。我说,那就谢谢你了西狗。西狗说,谢什么。做咱们这行,终究不是长远之计的,说不定什么时候,我就把这店子盘出去了。

那天晚上,我就对刘梅说了西狗的决定,可是刘梅说她不想收银,她还是做员工助理吧。

为什么?我说。

不为什么,刘梅说,这样挣钱多一些。

可是……

刘梅说,可是,你还是在乎的,你嘴里说不在乎,你其实还是在乎的。

我的心里还是多少有些在乎的,我不在乎她从前是干吗的,经历过一些什么,可是我希望和我谈恋爱之后,她不再从事这一行了,她的那一双灵巧的手,不再成为帮助男人达到高潮的工具。

刘梅说,我还是做我的本行。你要是不能接受,我们就分手吧。

我知道我不能再说什么,我要是再说,对刘梅就是一种伤害。我不想伤害她。

刘梅说,红兵,其实我只想再做一两年,然后就再也不做这一行了。照我们俩的收入,再做一两年,我们就可以在宝安供楼了。到那时,我们开一家小店,做点小生意。

刘梅说她想过了,就开一间书吧。刘梅喜欢看书。刘梅说其实她原来的梦想是读大学,当一名老师。只是生活阴差阳错地把她推到了另外的一条道路上。刘梅说,开书吧的费用不大,也有品位。

那时,我们经常在一起憧憬着、设想着我们的未来:在深圳有自己的家,生一个孩子。刘梅说她想要儿子,她说女孩子在这社会上受到的伤害更多一些。可是我想要个女儿,我觉得,女人比男人容易成功些。

四

我和刘梅的爱情,其中有西狗有意撮合的功劳,我也的确是喜欢她。那天在大雨中,我们一起听完了罗大佑的演唱会。在雨中,我们的手第一次紧紧地握在了一起。我当时就想,这一辈子,我也不放开这只手了。就像一首歌中唱的一样,就这样牵着她的手,在一起慢慢变老。

淋成了落汤鸡,回到宝安,换洗之后,西狗又请我们一起去酒吧喝酒。西狗说,这样的夜晚,睡觉是一种罪过。可是我们坐下之后没多久,西狗就找借口走了。正是在那天,我对刘梅说出了我的想法,我说我想和她结婚。刘梅说,你对我了解多少?你知道我的过去吗?

我说我不想知道。

刘梅说,可是我想让你知道。于是,在刘梅的叙说中,我走近了刘梅的过去。那是刘梅最不堪回首的往事,是刘梅心中最深的痛。

十七岁那年,刘梅第一次来南方,那时,她在东莞一家电子厂当焊锡工。没有什么技术含量,工资并不高,她就总想着跳一间厂,可这是她的第一份工作,她很珍惜,有工打,就是很幸福的事情。在家里的时候,她就渴望着能当一名工人。那时她的姨在南方打工,照片寄回家,穿着整齐的工衣,胸口带着厂牌,那骄傲的样子,给她印象很深。她一直认为,那是姨最美的一张照片。后来她初中毕业了,家里的环境也不允许她再继续读书,就出来打工了。

刘梅的灾难,从二〇〇〇年九月的一天开始,那天,刘梅同拉的好朋友李小燕过生日,请她们拉的几个好朋友去餐馆吃饭,那天,刘梅生平第一次喝酒,喝了差不多有一瓶金威啤酒。吃完饭,一群女工一路上说着笑着往厂里走,走到厂门口,被保安拦住了。保安说,你的厂牌呢?

厂牌?刘梅下意识地把手往左胸摸去,什么也没摸着,一点酒意就全没了。她又去摸工衣的口袋,摸裤子的口袋。可是没有摸到厂牌,不仅没有摸到厂牌,饭卡、工卡、身份证都丢了。厂里有厂规,没有厂牌是不让进厂的。刘梅说她的厂牌忘在宿舍里了,下次一定记着戴。

下次?保安说,我给你下次谁给我下次?没戴厂牌不准进厂这是厂规你不知道?再说了,谁知道你是干吗的?

一群女工就过来帮腔说,靓仔,通融一下嘛!她真是我们厂的,她叫刘梅,和我同一条拉。李小燕还将自己的厂牌从胸前摘了下来,递给了保安。保安接过李小燕的厂牌,只瞟了一眼,又还给了李小燕,说,我还是不能放她进去,我只认证件不认人。

从厂区到宿舍,最少有一里路。刘梅一口气跑到宿舍,她的宿舍在三楼308室。工厂为了女工们的安全,在每幢楼都配了一个女保安,通往宿舍的走廊被一道铁门挡着。可是她再一次被证件挡在了门外。她说我是308房的刘梅,你是认得我的。保安说,知道你是刘梅,可是厂规规定得很清楚了,没有厂牌和出入证不能进厂。

许多年以后,刘梅说她并不恨那些保安,她说打工的生活就是这样无情,他们也是为了自己的饭碗。

因为迟到,刘梅被厂里炒了鱿鱼,只好到镇上找了家十元店住下。然后借到了李小燕的身份证,她把李小燕身份证上的姓名、地址、出生年月日,甚至身份证号码都背诵了不下一百遍,直到确信自己已牢牢记住了。

从工厂出来之后,刘梅一天到晚活得提心吊胆,也不敢去电子厂找李小燕了,害怕李小燕要回她的身份证。在没有找到工作之前,这张身份证是她的护身符。那天,刘梅从工业区回旅店时,遇到了治安队在查暂住证。真是害怕什么就遇到什么。她当时就想,完了,要出事。她深地吸了口气,让自己的心情略略平静了一些,迅速地将李小燕身份证上的各项都默诵了一遍,才装着若无其事地朝治安员们走过去。

暂住证。一个戴红袖章的胖治安员一副公事公办的样子。

大哥,不好意思,我的暂住证还没有办下来。刘梅说。

身份证。

刘梅将李小燕的身份证递了过去。胖治安接过身份证,看一眼身份证,又看看刘梅。再看看身份证,再看一眼刘梅。

这是你的身份证吗?胖治安绷着脸说。

刘梅一下子急了,说怎么不是我的身份证。刘梅说我叫李小燕,是湖北石首人,1983年10月3日出生。刘梅还一口气把身份证号码背了出来。也许是她背得太流畅了,反倒让治安员生出了怀疑。也许是刘梅和李小燕根本就不太像,胖子的眼睛像两把刷子,在刘梅的脸上刷了一遍,又刷了一遍。胖子叫来了一个瘦治安员,说,你看一下,这身份证上的人和她是不是一个人?

瘦治安员接过身份证扫了一眼,又看看刘梅,说,叫什么名字?

我叫李小燕。1983年10月3日。

哪里人?

湖北省石首市调关镇南湖村四组。

错了。瘦治安员说。

刘梅一颗心就要冲破嗓子眼儿了。她明明记得是这样的,她背了几百遍上千遍了,一有空闲就在背着这组数字和地址,在从一间厂走向另一间厂的时候,在晚上睡在十元店的时候,在每天早晨醒来后……

瘦治安又问,你叫什么?是哪里人?哪一年出生的,多少岁了,属什么的?刘梅再次回答了一遍。可是她刚回答完,瘦治安又冷笑了一声,说,错了。

刘梅再也坚持不住了,手脚都软了,感觉天地在转。刘梅说她当时感觉有一只硕大的爪子抓紧了她的心脏,随时都可能像揪一颗瓜一样把它揪下来。刘梅说她的身份证丢了、厂牌丢了、暂住证也丢了,她被厂里开除了,这是借朋友的身份证。她说我求求您了大哥。

胖治安抓过刘梅的身份证,插进迷彩服口袋里,对她一指,让她先站到一边去。刘梅知道再多说也无用,再哭也没有用。她像一块放在砧板上的肉,只有任人切割的份儿了。晚上十二点,治安员们已抓了几十名三无人员。身上有钱的,交了罚款,立马就放走了。刘梅说我交罚款,你让我走好么?胖治安冷笑着说,交罚款?你使用假身份证,光交罚款就能了事么?

坐在酒吧里,我听着刘梅的叙说,刘梅说得很冷静,像是讲述一个与她无关的故事。可是我的心却被揪了起来。刘梅喝了一口苏打水,慢慢地说:后来发生的一切,仿佛是一场梦。我记得,在梦中,胖治安对我说,要么陪我睡一晚,要么送去收容所,你自由选择吧。

自由选择?我说。

自由选择,刘梅苦笑了一下。他真是这么说的,说是让我自由选择。刘梅说到这里时,停顿了很长时间,仿佛又回到了那个噩梦之中。许久,刘梅长叹了一口气,说,第二天早上,我从梦中醒来时,发现我睡在一间宾馆的床上,我还记得那治安员胳膊上的红,我感到下身剧烈地疼痛,接着,我看见了床单上的红。那是我少女的红。也是从那一天开始,我对所有红颜色的东西过敏,见了红色就害怕。第二天早晨,我拿着李小燕的身份证,走在南方的阳光下,我清楚地记得,那天的阳光很灿烂,很刺眼,天空堆着一大朵一大朵的棉花云。我抬头望头上的天,低头看看脚下的路,又看了看手中的身份证,身份证上印着:李小燕,女,汉族,1983年10月3日……就是在那一瞬间,我突然糊涂了,我看着身份证,我想,李小燕?谁是李小燕?我是李小燕吗?如果我是李小燕,那刘梅又是谁呢?我应该是刘梅呀!可我是刘梅吗?谁能证明我是刘梅?这个问题弄得我头痛欲裂。我失魂落魄地走在工业区的水泥路上,就这样从早走到了晚。我弄不清楚我是谁了,我觉得这是一个大问题,我什么也不去想了,什么也顾不上了,只是想弄清楚我是谁。我就这样在大街上走着,从东莞走到了深圳。谁都以为我是一个疯子,其实我不是疯子,我只是一时想不起来我是谁,想不起来我从哪里来,要到哪里去,直到有一天,我晕倒在了西狗的福建城门口。是好心的西狗救了我,还把我送进了医院。

五

　　西狗的呼吸和心跳停止了,在腊月二十五那天上午十点。
　　医生进行了一些象征性的抢救就放弃了。
　　西狗终于死了,我的心里空荡荡的,很难受,同时又有一种如释重负的感受。这些天来,我渐渐地意识到,如果西狗一直这样睡下去,死又不死,醒又不醒,那将是一件很麻烦的事。为了西狗,我和刘梅已在宝安多待了许多天了,如果不是西狗出事,我现在该和刘梅待在老家,在准备着我们的婚礼了。我为自己有这样的想法感到过羞愧,觉得这样想真正是对不起西狗,可是这又是一个很现实的问题,西狗在医院里躺多一天,就要多花一千多块钱。而这些钱,都是我和刘梅出的。那几天,我不停地给那个处理事故的交警打电话,得到的答复是还没有肇事者的线索。我开始意识到,要想报答一个人的恩情,说说容易,做起来,其实是一件很难的事情。因此当医生告诉守在病房外的我,说病人停止了心跳,说他们已尽了最大的努力时,我长长地吁了一口气,马上打电话给在出租屋里休息的刘梅,我说,西狗走了,你过医院来吧。我那样说时,感觉真的有点像是掀翻了压在身上的一块巨石一样的轻松。

西狗死了,一切都过去了。而我和刘梅,我们的生活还在继续。我们将结婚生子,在一个安静的地方生活,直到白发千古。

刘梅在电话那端沉默了一会,长长地吁了口气,说,那好吧,我马上过来。

可是当刘梅赶到医院时,又出现了意外,本来医生宣布西狗抢救无望已经死亡,拆除了西狗身上的呼吸机。可就在这时,奇迹出现了,西狗那本来已停止了跳动的心脏,在拆除了呼吸机之后不久,又开始重新跳动了起来。

这,真是怪事。医生说。

呼吸机又被重新安装好,西狗恢复了心跳之后,又陷入了和之前一样的深度昏迷状态。

你不是说西狗已经?刘梅望着我。

病人很坚强,求生的意志很强烈。医生说。

我再次坐在西狗的身边,我为自己这些天来的心理的变化而内疚。我觉得我对不起西狗。我对刘梅说,刘梅,也许我不该这样,这些天来,我真的在盼着西狗早一日解脱,他解脱了,我们大家都解脱了。我想西狗是知道我的想法的。西狗在天有灵,是在考验着我们的友谊,他一定会很伤心很失望的。

刘梅握着我的手,说,红兵,其实,你已经做得很不错了。毕竟，西狗和我们，并没有血缘关系，他的亲人都不管他了，我们帮他料理后事，已经尽到了做朋友的本分，你也不要自责，西狗如果真的在天有灵，一定会理解我们，谅解我们的。你太累了，你回去休息吧，我在这里照看着。

可是我的心里依然是不安的。我对西狗说，西狗，我对不起你。你知道的，我和刘梅不止一次睡在出租屋里的小床上，设想过我们的未来。自从出了那件事之后，我们就对在这座城市生活下去失去了勇气和兴趣，我们想清楚了，这个城市不是我们的归宿，只是我们人生中的一个驿站。如果在这个城市生活，我们每天都把自己绷得紧紧的。刘梅也放弃了她开一个书店的梦想。回家结婚，这是我俩共同的心愿。可是西狗，现在，我们不能回家了，我们不能丢下你不管，也不会丢下你不管。西狗，你知道吗？医生也曾经说过，只要停掉你的呼吸机，就可以宣布你的死亡了。可是我和刘梅都不能接受这样的方式，这样会让我们内心深处感到不安，我们会一辈子生活在痛苦与自责中。

我这样说时，是希望西狗的灵魂能听见，能理解我们，然后他自己选择离开，而不要把这个选择交给我们。

刘梅握住我的手说，没关系的，西狗不放弃，我们便不放弃。

西狗不是个轻言放弃的人。他在遇到困难时总爱说，咬咬牙就过去了，人生没有过不去的坎。我还清楚地记得，在我三十岁的生日那天，西狗请我和刘梅一起吃饭。那天我们喝了不少的酒。刘梅没有喝酒，自从那次她喝了酒弄丢了证件之后，她就不喝酒了。那天我的心里有点不畅快,想到都三十岁了,还一事无成,就觉得格外的没劲。我说,总是这样混,猴年马月才能出头。

西狗盯着我,说,依你看,什么叫出头?

我说,最起码要有钱吧。

多少钱?多少钱算是有钱?李嘉诚有钱吧,可是比起比尔·盖茨来,他还是没有钱。

我说,起码要有个家。

西狗说,你现在没有家吗?你住在荒天野地里了吗?

我说,我是说,有一幢属于自己的房子。

西狗说,有房子就有家了吗?红兵,也许我不该这样说你,可是这些年来,我经历的事比你多,大起大落也有几次了,最有钱的时候,手里也有个四五百万,可是当有一天,你有了那么多钱的时候,你会发现,人还是会痛苦的。在没有钱的时候,我们以为穷是我们一切痛苦的根源,以为有了钱,就会幸福了。可是真的是这样吗?我和有钱人打交道多,可是我没听几个有钱人说他们很快活的。你看他们开名车住豪宅,出入一些风流场所,你就以为他们真的很快活吗?

我说,西狗,你这是站着说话不腰痛。

西狗缓和了一下语气,说,红兵,你还记得我们当初出门时的愿望吗?

我说,当时好像也没有什么愿望,只是想逃离农村,觉得农村的空气让人透不过气来。

可是出来之后,我们又有了新的目标,是不是?

是啊,出来之后我就想,我要挣两万块钱,回家盖房子,开一间小店,然后娶妻生子。

可是几年前,你就挣到了两万块。

当时我又想,还是再挣多一点吧,起码要挣五万,盖完房子,手上总还要剩一点钱。

现在你有五万了吧。刘梅这些年也存了点钱,你们加起来有没有二十万?现在还想回家盖楼房吗?

不想了,我们想在城市供楼。

西狗喝了口酒,说,我出门的时候也是这样想,当我有了一万的时候,我想有十万,当我有十万的时候,我又想着挣一百万。我们从来没有满足过。我们的梦想实现的那一天,其实就是我们迷失方向的那一天。你看我们在这个城市里生活,你也晓得,我回到家,都说我是千万富翁……你看着我,觉得我活得好,我看着他,觉得他活得好。我们都觉得别人活得好。可是我们不知道,家家都有一本难念的经。兄弟,你要知足,最起码,你还有刘梅,我有什么呢?我什么都没有?我心里的苦,你晓得吗?算了,不说这些了,说这些真他妈没意思。

刘梅说,你们少喝一点,你们真的喝多了。

西狗说,你放心吧刘梅……刘梅,要不你先回去吧,我和红兵再说点事。

刘梅不放心地看着我。我挥了挥手说你回去吧,我没事的。

刘梅走后,西狗笑着说你小子真的喜欢她。我说这话你问过不下一百遍了。西狗说那我就再问你第一百零一遍,你小子喜欢的是她的钱吧。

你就这样看我的吗?我把酒杯一推。我觉得西狗的这话伤了我的自尊。

西狗笑笑,说,算了,我们不讨论这个问题了。走,我带你去放松放松。我说去哪里放松?西狗说你还没有找过小姐吧,我带你去长长见识。我说找小姐那就算了,这个见识,我不想长。西狗说,真不去?我带你去天上人间你也不去?天上人间你没有去过吧,你进去了就知道了,走进大厅,上楼的楼梯两边全部是全裸的美女,个个身高在一米七以上……

那,得很多钱吧?

西狗说,也不多,咱们俩去玩一次花个三两万吧。

算了吧,你有那钱没地方花,就送给我吧。

西狗又笑了笑。西狗说,你真不去?真不去你会后悔的。

我说我后悔什么,我有刘梅就够了。

那天,我们自然是没有去什么天上人间。西狗开着摩托车送我回家的时候,遇上了治安员,那时宝安已禁止骑摩托车了,治安队员看见我们的摩托车,就过来拦截。西狗加大了油门,"日"的一声就冲了过去,治安队员骑着摩托车跟着我们猛追。我们的摩托车上坐了两个人,治安队员是一人一辆摩托车,西狗已经把摩托车开到了一百二十迈了,可是后面的摩托车还是紧紧地咬着不放。

到了一个十字路口,前面是红灯,西狗大声叫着,一下子就冲了过去。后面的治安员看着追不上了,摩托车就慢了下来。西狗回头看了看,见治安员打算放弃,就把摩托车停了下来,转身冲着两个治安员怪叫着,并伸出中指做出了一个下流的动作。面对西狗的挑衅,两个治安员大约是火冒三丈了,一拧车把,又追了过来。西狗见他们追近了,又启动了摩托车,"日"的一声,就蹿了出去,嘴里还大声"哦嗬哦嗬"怪叫着。很快,我们的摩托车就拐到了宝安的新区,那边的街道宽阔,路上行人稀少。三辆摩托车在宽阔的街道上狂飙。一辆治安员的摩托车终于冲到了西狗的前面,开始在前面划着S,试图挡住西狗的出路。西狗的兴致更高了,大声叫着让我坐好,说老子今天陪他们好好玩玩。西狗猛地一刹车,然后扭过头,摩托车开始在街道上逆行。迎面的车辆呼啸而来,又擦身而过。我大声叫着,说西狗你别玩了,这样会出人命的。西狗却大声尖叫着把摩托车开到了车流较多的街上,后面的治安员爱惜生命,见我们逆行,追了一会儿就放弃了。

回到家,惊魂未定的我说,西狗,你再这样爱玩,迟早有一天会出事的。

西狗说,出事就出事,不就是死么,有什么好怕的。

现在西狗真的出事了。西狗终于安静了下来,他的身体冰凉,他的脸上没有一丝的血色,他的身体再也不可能飞起来了,可是他的灵魂却在自由地飞翔着。

六

本来,我和刘梅是打算在宝安供楼的。我们甚至都去看过几次楼盘了。刘梅的意思,是想在宝安的新区买房,一来那里将来会成为新的中心区,二来,那里离海近,推开窗子就可以看见海。可是新区的房价上涨得太快,每平米早就过万了,要是交了首期,加上装修,我们又要变成穷光蛋了。我的意思,还是在旧区这边买二手房更实际一些。我们谁也没能说服谁。就在西狗出事的前一个多月,突然发生了一件意外,改变了我们的选择。

刘梅突然失踪了。

我开始还没有在意,以为刘梅出去有什么事了,可是到了晚上十一点,还没有看见她,打她的手机也关机了。打西狗的电话,西狗也不接。我想,刘梅会不会是和西狗在一起呢?到了晚上十二点,才打通了西狗的电话。问西狗怎么不接电话,西狗说手机没电了,刚换了电池。我说刘梅是不是和你在一起?西狗说,刘梅?她没有上班吗?我说她下午出去的,到现在都不见她的影子。我害怕她出事。西狗说没事的,她又不是小孩子了,那么大的人了怎么会出事呢?我说可是我还是有些担心,我的眼皮一直在跳。西狗说什么乱七八糟的,眼皮跳就会出事吗?眼皮跳说明你没有休息好。

没想到,还真的出事了。

那天晚上,我一夜没有睡,不停地拨打刘梅的手机,刘梅的电话一直关机。一种不祥的感觉笼罩着我,我知道,刘梅肯定是出事了。她的工作性质决定了,她接触的人是鱼龙混杂的,什么事都可能发生。就在前不久,深圳的报纸上还报道,有夜总会坐台的女孩子绑架了一起坐台的姐妹,只因那个女孩子无意间说出自己有二十万的存款。我当时看到报纸后,还专门给刘梅看过,也给西狗看过,我让刘梅和西狗要注意的,特别是刘梅,千万不要对那些小姐妹们透出自己有多少钱。而我们租住的这个城中村,半夜三更打架闹事那是家常便饭。绑架凶杀也发生过好几起。住在这里,我总是活得提心吊胆,仿佛头上悬着一柄剑,随时都会掉下来,把我们的幸福刺破。

凌晨四点,我再次打西狗的电话。西狗说你有病呀,半夜三更打电话,还让不让人活。我说西狗,刘梅失踪了,我总觉得这事不对劲,要不,咱先报警吧。

报什么警?你有毛病啊。西狗说,睡吧睡吧。西狗说着就挂了电话。

第二天,又是半天过去了,刘梅还没有回来,电话依旧关机。我决定去报警了。就在这时,我的电话却响了起来。电话里是一个陌生的男人的声音,说你是王红兵吧,听好了,你女朋友在我们的手上,准备好五万块钱的现金,交钱的地点到时再通知你。警告你,别想着去报警,否则你的女朋友就没命了。接着,我听见了刘梅的声音,刘梅叫了一下我的名字……声音就被捂住了。

虽说我早有不祥的预感,可是当绑架案真的发生在刘梅身上时,我还是不敢相信这一切是真的。觉得这一切,像是电视剧中的情节。可是千真万确,我接到了绑匪打来的电话了。平时看电视剧时,我看见受到绑匪勒索的人不去报警,会骂那人傻,可是现在,当这样的事情落到我的身上时,我也傻了。

五万块!我的手上还是有五万块钱的,可是,五万块,交出这五万块,我就又成了一个穷光蛋了。我去找西狗求助,西狗说,你怎么啦,刘梅还没有回来吗?

刘梅被绑架了。我说。

绑架?你开什么玩笑。谁会绑架她?

不是开玩笑,是真的,刘梅被绑架了。绑匪让我准备五万块。

那,你打算怎么办?西狗问我。

我刚好还有五万块。

可是交出五万块,你又是穷光蛋了?

现在哪里还顾得了这些。

我看还是去报警。

可是报了警,万一他们撕票了怎么办?

要是交了五万他们还不放人,再要五万,你怎么办?还是报警更稳妥一些,我们要相信警察。再说了,你和刘梅,我一直就不太看好,刘梅做朋友是不错的,可是,这样的人当老婆,你真的不在乎她是干这一行的?真的不在乎她的过去。男子汉大丈夫,何患无妻!

我没想到西狗会说出这样的话。我冷笑了一声,我说西狗你这是人话吗?你就是这样看刘梅的?你就是这样看我的?刘梅总对我说,你是她的救命恩人,没有你就没有她刘梅,刘梅还说,她开始之所以做这一行,是因为想报你的恩。她说当时她想过了,就是你西狗让她去死她也愿意,可是你却说出这样的话来,你太让我寒心了,要是刘梅晓得你是这样看她的,会伤心死的。

西狗的嘴角泛起了一丝笑意,那一丝笑意转瞬即逝。他拍拍我的肩,那一刻,我发现西狗的眼里似乎很空,什么都没有。那是一种奇怪的感觉。他在我的肩上拍了几下之后,叹了口气,说,我这是试探你的。你这样说,我替刘梅高兴。其实,我把刘梅是当作了妹子一样看待的⋯⋯那,咱们就不报警了。

我们开始了等待。我明白了什么叫度日如年,什么叫热锅上的蚂蚁。西狗不愧是见过大风大浪的,西狗倒是很平静。看着我不停地在房子里转,不停地看手机,西狗就劝我少安毋燥。西狗说既然人家要的是钱,那就好办。可是我却无法安静下来,我做不到西狗那样处变不惊。然而我们等到了天黑,绑匪也没有再打来电话。晚上八点半左右,西狗对我说他有点事,要出去一趟,要是绑匪有电话来了,让我随时打电话通知他。

我说,可是,西狗,万一绑匪来电话⋯⋯

放心吧,不会有事的。西狗说。

西狗走了,我更加觉得凄惶与无助。可是我有一肚子的火,也找不到地方撒。又是一个晚上过去了,这一晚,什么情况也没有发生。第二天凌晨,绑匪再一次打来了电话。可是这次绑匪又变卦了,说他们想好了,五万块钱太少了,他们要十万,让我准备十万。还说千万别想着去报警,说你打通报警电话的时候,就是你女朋友完蛋的时候。说完他们就挂了电话。

十万,到哪里去弄十万?我只有再去找西狗,问西狗借钱。西狗说,怎么样,被我说中了吧,绑匪现在就加价了,我看还是报警吧。可是我真的不敢去报警,我说,千万不能报警,你借我五万,我将来一定还你。西狗冷笑了一声,说,怎么还?就你现在这样子,你怎么还?我说我去卖血也还你的。西狗冷笑了一声,说,卖血?得了吧。你那点血能卖多少钱,再说深圳早就不用卖的血了。我说,我去抢银行也还你的五万块。西狗盯着我看了足有两分钟,说,好吧,我借你五万块。

我开始心急如焚地等着绑匪的电话,我只想着快点见到我的刘梅。然而,又是一天过去了,绑匪还是没有再来电话,而我差不多要崩溃了。我的脑子里全是刘梅的影子,直到那时,我才发现,我是多么地爱着刘梅,如果没有刘梅,我觉得活着都失去了意义。想到刘梅在绑匪手上,不知受了怎样的罪,我的心里就像是刀绞一样的难受。

第三天的晚上,绑匪又来电话了,这一次,他们又把价码加到了十五万。这一次我是愤怒了,我也想通了,绑匪的胃口是无穷的,我对西狗说,西狗,我听你的,这些绑匪太没有信用了,我们报警吧。

西狗说,报警,可是你要想清楚了,要是他们知道了,会杀了刘梅的。

可是,他们这样没完没了地加价……我担心……

西狗说,也就是说,刘梅在你的心中,值十万块,现在提价到十五万,你就决定舍弃她了。

……西狗的话让我无言以对。西狗说,你决定了,那,我们就报警吧。西狗说着拿起电话要报警。就在西狗要拨报警电话时,我再次夺过了西狗的电话,我说再让我想一想。可是我还能想什么,当时我差不多要崩溃了,这个选择真的是太难了,如果刘梅真的被他们撕票了,我一辈子也不会原谅自己的。可是,十五万,也就是说,如果真的把刘梅赎出来,我将欠下十万元的债,我的幸福生活,将成为泡影。更重要的是,我凭什么相信绑匪拿了钱就真的会放人。如果他们拿了钱再杀了刘梅呢?

报警吧,西狗说。

借我十万……

西狗愣了一下,说,借你十万?你对刘梅的感情真的有这么深?

我说,感情是无法拿钱来衡量的。如果没有刘梅,我活着也没有什么意思了。可是我觉得,这个绑匪好像对我们很了解,我害怕报了警,刘梅会有不测。

西狗说,我一下子也拿不出这么多的现金,你在家里等消息,我去取钱。

就在西狗出去取钱后没多久。事情却又出现了突然的转机,我接到了刘梅打来的电话。刘梅告诉我,她趁绑匪不备逃了出来,让我不要上绑匪的当拿钱去赎她,她说她马上就回来。果然,半个小时不到,刘梅就打的士回到了福建城。

对于那些天被绑架的经历,刘梅说得很是轻描淡写,刘梅说,绑匪并没有折磨她,只是让她交出银行卡的密码。刘梅说她死也不说,绑匪说,不说也行,让你的男朋友来赎你。刘梅说,那些绑匪很奇怪,没有绑着她,也没有羞辱她,到了吃饭的时候,还打来好吃的盒饭让她吃。

西狗告诉刘梅,我是如何的担心。当刘梅听西狗说,我向他借十万块,为的是赎她时,刘梅哭了。

终于是化险为夷,虚惊一场,可是这一场虚惊,把我和刘梅的精神差不多摧毁了。我们对这个城市也失去了热情。也失去了再在这里供楼生活下去的勇气。我感觉到了前所未有的累。刘梅说她也累了。我说,要不我们回家去吧,刘梅说,我听你的。

我和刘梅决定要回家了。

西狗说,你们走了,我也觉得没什么意思了。

西狗说他也不想再做这样的生意了,这样的生意做起来没有一点劲,他说他早就想把店子转让出去。西狗在门口贴出了转让的启事,转让的价格很低,没有几天,他的福建城就转让出去了。

我问西狗,今后打算做什么生意?

西狗说,不做生意了,什么生意也不做。

西狗说,真的羡慕你们,我现在只想和你们俩一样,找到一个真心喜欢我,我也真心喜欢的人。西狗说着叹了一口气,说,难啊……我这辈子,怕是没有这福气了。

分手的那天,西狗再次骑着摩托车,驮着我和刘梅到了海边。那天在海边,我们没有唱歌,也没有说什么话。一些伤感,在空气中飘荡。海风乱七八糟地吹。西狗不停地抽烟,一支接着一支。西狗仿佛有许多的话要说,可是他终于是什么都没有说。在海边吹了两个小时的风,然后,站在水边上,对着大海撒了一泡尿,就回去了。这是我们最后一次见面。西狗包了两万块钱的红包给我。西狗说,兄弟一场,你们结婚时,我怕是不能去参加你们的婚礼了。这是我的一点心意。西狗拍拍我的肩,说,好好待刘梅。

好好待刘梅。这是西狗留给我的最后一句话。

后来,我一直疑心西狗出车祸,是他故意去撞别人的车。坐在医院的走廊上,和西狗最后在一起的日子里的每一个细节都涌上了心头,我越想越觉得西狗在那时已做好了死的准备。可是从西狗在深度昏迷中表现出来的强烈的求生意志来看,我又觉得西狗并不想死。医生都说西狗是个奇迹,这些天来,他的心脏停跳了四次,每次停跳,当医生决定放弃,并拆除了他的呼吸机时,他的心脏却又奇迹般地开始跳动。

医生说,这个人的求生愿望很强烈。

七

腊月二十七那天,西狗的姐姐和姐夫终于来到了深圳。而西狗还在深度昏迷之中。

西狗的姐夫是个寡言而坚强的人,他来到宝安后,就一直没有说话,也没有流一滴泪。西狗的姐姐大约是在家里就把眼泪流干了,来到之后,大声地哭了几声,泪水却没有流下来。大家在重症室里站了一会,就被护士请出了病房。接下来,我向西狗的姐姐姐夫介绍了一下西狗的情况。西狗的姐夫提出要去西狗住的地方看看。这些年来,西狗并没有在深圳买房,他还在宝安31区租房住。他的租房里,也没有什么像样一点的家具。桌子上扔着空易拉罐和方便面袋。这大约是西狗的姐姐、姐夫没有想到的。他们大约以为这个发了财的西狗住处一定奢华得很。

从西狗姐夫的说话中,我感觉到,他们对西狗多少是有一些不满的,这不满,大约是因为他们家建楼房的时候,问西狗借十万块,结果西狗只借给了他们一万块。修学校都能捐五万,亲姐姐建房子,却只肯借一万,这让做姐姐的很寒心,特别是让做姐夫的寒心。

这就是西狗住的地方?西狗的姐夫说。

西狗其实过得很苦的,一个男人在外面,又没有个女人照顾。刘梅说。

西狗的姐夫不再说话了。

西狗的姐姐开始帮西狗叠那些堆在床上的乱七八糟的衣服。西狗的姐姐叠着西狗的衣服，突然扑在床上，抱着西狗的衣服呵呵地痛哭了起来，这一次，她哭得泪流满面，她边哭边诉说着她和西狗的姐弟情深，她又哭她们的母亲。西狗的姐姐哭着忏悔了自己的过错，说她这个姐姐没用，没有照顾好这唯一的弟弟。西狗姐姐的哭声，让大家的心里都不好受。刘梅开始劝西狗的姐姐别哭了，可是劝着劝着，自己倒痛哭了起来。我的眼泪也下来了。西狗的姐夫还是没有哭，他开始在房间里找东西，翻西狗的抽屉。西狗的抽屉里乱七八糟的，他找出了一大堆的纸张，又找出了好几个笔记本。西狗的姐夫把那些东西都丢在了地上，在抽屉的最下面一格里，西狗的姐夫找出了一堆存折和银行卡。西狗的姐夫开始一本本看，西狗的姐姐这时也止住了哭声。他们把西狗的存折收了起来，工行的、建行的、农行的、民生银行的，西狗有十几个存折。

西狗要那么多存折干吗呢？

在他们整理存折的时候，我蹲在地上，翻看那些笔记本。我当时并没有留意，只是匆匆地翻看，笔记本上好像是西狗记下的他生活中的一些琐事。几本都是。我没有想到，这么多年了，西狗居然还保持着写日记的习惯。

我对西狗的姐姐、姐夫说，你们来了，我和刘梅也要回家了。

西狗的姐夫说，你们不能走。

为什么？我说。

你们一走，我们怎么办，我们俩从来就没有来过深圳。

西狗的姐姐也说,看在西狗的份上……

我看着刘梅。那意思,是让刘梅拿主意。刘梅想了想,说,我们过年就不回去了吧。

腊月二十八,我给父亲打电话,说西狗的事还没有完,我们可能不能回家过年了。挂了电话,我们一起去医院看西狗。西狗还是老样子。但是他的心脏还在坚强地跳动着。医生说,西狗的生命征兆稳定了下来。医生说,很有可能,西狗将会这样一直睡下去,也就是说,西狗成了一个植物人。这是我最害怕出现在情况,真要出现这样的情况,那就麻烦了。

我对西狗说,西狗,你看,你姐姐和姐夫来看你了。

我说,西狗,你一定要醒过来,你不能总是这样睡着。

我说,西狗,快要过年了,今天是腊月二十八了。

西狗的眼里,又慢慢沁出了两汪泪水。

退出了病房。医生把西狗的姐姐、姐夫叫到了办公室。我和刘梅候在办公室外面,不知道他们谈了一些什么,他们走出办公室之后,医生就拔掉了西狗的呼吸机。而这一次,西狗没有再坚持了。西狗的心脏停止了跳动。西狗终于走了,永远走了。

西狗火化了之后,我又带着西狗的姐姐、姐夫去银行,结果是我们谁也没有料到的,西狗的十几个存折,居然每个存折上都只余下了十块钱。而且所有的钱都是在西狗出事的前一天转账出去的。一共有近百万,西狗都把它转出去了。回到西狗的租屋,我们四人都一言不发,我明显感觉到了租屋里的空气紧张了起来,空气仿佛凝固了。我们就这样坐了有十几分钟,刘梅开始帮西狗整理他的遗物了。西狗的姐夫却突然说,王红兵,你这样做太过了。

我说,你这话是什么意思?

什么意思?西狗的钱都到哪里去了。一百万哪,都到哪里去了?你说。

西狗姐夫的话让我心里很不舒服,听他那意思,好像西狗的钱被我弄走了。我没好气地说,这我怎么知道,你们的事,你们去处理吧,别指望我再帮你们什么。

我们走。我拉着正在翻看西狗日记本的刘梅。

走,你们想溜。西狗的姐夫伸开双臂挡在了门口。我怀疑西狗就是你们俩害死的。我说哪里有那么好的人,西狗和你不亲不故的,又是帮他垫医药费又是帮他料理后事。

你这样想,那我们就没有什么好说的了。刘梅,我们走吧。

走?把钱交出来了再走。西狗的姐夫抓住了门把手。

你这是蛮不讲理。我说。

我们不讲理,那么多钱,怎么都在同一天转走了?

你问我我问谁。让开,我要走。

我和西狗的姐夫就这样扭在了一起,我想夺门而出,他死死把守着房门。就在这时,刘梅却突然说,红兵,这里有一封信。

刘梅在西狗的笔记本里发现了一封信。我一看就知道是西狗的字。信封上写着王红兵、刘梅收。西狗的姐夫听说有信,也不再和我纠缠,只是他依旧守在门口,怕中了我的诡计。我没有心思和他去计较这些了,展开了西狗写的信——

红兵,刘梅:

也许你们永远也不会看到这封信,也许,当你们看到这封信的时候,我已经离开了这个世界。我会怎样离开这个世界呢?我渴望像一只鸟一样飞起来。我能飞起来吗?我不知道。

红兵,能和你做朋友,我很高兴。你还记得吗,当年,我们是怀着怎样的理想逃离乡村来到深圳的,我天真地以为,离开了农村,我就可以大展拳脚了,就可以天高任鸟飞,海阔凭鱼跃了。以为,我们可以过上幸福的生活。其实,当时我们的梦想,可是在外面学一些技术,接受一些新的信息,然后我们回到农村,来改变我们村的状况的呀。现在想起来,那时的我们,有些可笑,但那时的我们,是多么的理想主义。我们离开农村,心里想的可都是我们的农村和我们的家族。可是,从什么时候开始,我们的目标发生了变化呢?我也不清楚。这么多年来,我不停地改变着自己的目标,不停地在外面折腾。我发财了,可是你知道,我的这财发得有多么不光彩。每一次的梦想实现之日,就是我迷失之时。这些年来,我活得很痛苦。

你知道我为什么喜欢骑摩托车飙车吗?我喜欢这种疯狂的感觉。你知道的,我最喜欢听的一首歌,这些年来,我反复不停地听着一首歌,就是老崔的《快让我在这雪地上撒点野》。

"我不知道我是走着还是跑着,因为我的病就是没有感觉,给我点儿刺激大夫老爷,给我点儿爱情我的护士小姐,快让我哭要么快让我笑,快让我在这雪地上撒点儿野。"红兵,刘梅,你们知道,我喜欢一个人在房间里把音乐放到最大,然后听着这首歌。这么多年了,这首歌成了我的灵魂安慰剂。它能让我的躁动的灵魂得到片刻的宁静。

红兵,刘梅,有一件事,我要向你们忏悔,向你们坦白。前不久,刘梅被绑架了,这件事,其实是我一手策划的。我没有恶意,我只是想试一试,看一看你对刘梅的爱到底有多深。红兵,其实我也是爱着刘梅的,可是我知道,我这人是个罪人,我不能给刘梅带来幸福。我相信,你能给她带来幸福。但我还是有些不太放心,才设计了这个绑架案,红兵,你是好样的,你没有让我失望。

红兵,刘梅,我想,你们看到这封信的时候,我肯定已不在这个人世了。我的灵魂已飞了起来。我不知道,人死了到底有没有灵魂。我看过一本书,书上说人的灵魂栖于四界什么的,我希望真的是那样的。红兵,刘梅,人死了,如果真的还有灵魂,我的灵魂是会进天堂还是会入地狱呢?我是一个罪人,我的灵魂,肯定是会下地狱的。

红兵,刘梅,还有一件事,我也必须要告诉你,这件事,一直压在我的心头,很久很久了。我记得你曾问过我,每天晚上那么晚了骑摩托车出去干吗,只是飙车吗?你还说过,每次我出去飙车后,就会接连几天的心情不好。在两年前,有一天晚上,我也是出去飙车,结果我看见海边上停着一辆小车,小车里一对男女在做爱,我当时只是出于恶作剧地过去拍着车门,对那对惊惶失措的男女说,把钱拿出来。我没有想到,那个男人丝毫没有反抗,就把钱包交给了我。那是我第一次抢劫,我抢了二千多元的现金。我这一辈子,也做过许多的坏事,但这样的事,我是第一次做。回到家里,我又紧张又害怕,又兴奋又失落,我当时的心情真的很复杂。可是过了大约有一个月,也没有出什么事,我又开始渴望着再去冒一次险,想到又要出去抢劫了,我就兴奋了起来,觉得浑身都充满了力量。那天晚上,我又去抢了一对男女。还是没有遇到反抗,就这样,我走上了这条不归路。我白天经营发廊,晚上出去抢钱。红兵,你知道的,我并不是为了钱,我不缺这点钱,可我就是想来点刺激,我就是想出去抢别人。我渴望遇见一个反抗者,然而一次都没有。每次出去抢劫的时候,我都会很兴奋,回到家后,随之而来的,是更深的失落与茫然。我不知道我这是怎么了,我曾经去看过心理医生,当然我没有说我去抢劫了,我只是说我有犯罪的冲动,医生也拿不出什么办法来。每次抢劫,就像是吸毒一样,我没有吸过毒,我想大约和吸毒差不多,我上了瘾,几天不抢心里就闷得慌,每次抢劫回来后,心里又更加地失落。后来,我终于找到了一个平衡的法子,偶然的机会,我捐了一次钱,用我的捐助,帮助了一个失学的孩子。我的心里,找到了一种成就感、幸福感。后来,我每次出去抢劫后,都会成倍地捐一次钱。慢慢地,我就陷入这样的一个怪圈中了。很长一段时间,我觉得我这样的行为是大侠的行为,我觉得我这是在劫富济贫,我抢的,都是有钱人,我帮助的,都是上不起学的孩子。

可是现在,我又陷入了另外的一个更大的漩涡里。我现在不再想抢劫了,那天我绑架了刘梅之后,我发现,绑架是一件比抢劫更刺激的事情。我的脑子里,充满了绑架的念头。我知道我完了,我看见有钱人就想绑架,我现在还能克制着这种冲动,我发现我心里住着两个我,一个是魔鬼的西狗,一个是菩萨的西狗。我的内心在痛苦地打架,一会儿是魔鬼占了上风,一会儿又是菩萨占了上风。可是现在魔鬼的攻势越来越猛了,我不能再这样下去了。

现在好了,我解脱了。我的灵魂不管是上天国还是下地狱,一切都结束了。我把所有的钱都捐了出去。我不想做魔鬼,我想在死后,我的灵魂能够升到天国。

我想我死后,你们会帮我处理后事的,红兵,帮我好好地爱着刘梅,祝你们幸福。

深爱你们的西狗
二〇〇六年腊月二十二日

八

处理完西狗的后事,已是腊月二十九,我和刘梅买到了正月初一的火车票。

这是我和刘梅在深圳一起过的第一个新年,我想也可能是我们在深圳过的最后一个新年。新年钟声敲响的时候,我和刘梅再一次来到了海边。这时的海边,早已不见了往日的滩涂。宽广的海滨广场,灯火通明。许多的人聚集在广场上,一起等待着新年的到来。

看着眼前的这一切,看着夜色中的深圳,看着远处的海湾,看着海湾对面的大南山,我的心里突然涌起了无限的感伤。我真的要离开这里了么,离开这个我生活了十来年的城市?这个城市的繁荣,是无数个我这样的外来者建设的结果,可是最后,这个城市给了我们什么呢?回家,回到家里,真的就能过上世外桃源的生活吗?如果真的是这样,那么当初我们为何还要想方设法往外跑呢,当初我们不是也天真地认为,我们到了外面,就会过上自己的理想生活吗?一边是城市,一边是乡村,可是现在,城市和乡村都不是我的归途。我只是一个奔忙在城乡之间的过客。

我又想起了西狗,我特别能理解西狗。我的心里突然升起了一股强烈的破坏欲,我想在深圳的大街上撒点野。我抬起脚踢向了一根路灯柱,把我的脚踢痛了,可是路灯柱纹丝不动。我冲着大海的方向大声唱,刘梅也跟着我大声地唱了起来。事实上,我们的声音还是太渺小了,才吼出口,就被强劲的海风吹得无影无踪。

我对刘梅说,走吧。刘梅点点头。我们一起往回走。

经过一对搂在一起接吻的男女时,一个恶作剧的念头突然冒了出来。那个念头一冒出来,我就感觉到了一种前所未有的兴奋,浑身的血液开始沸腾了。我停了下来。刘梅似乎感觉到了什么,说,你要干吗?我没有理会刘梅,我向那对男女走了过去。我拍了拍那男人的肩膀,男人像触电一样,和那女人弹开了。我看到了他眼里的惊恐与懦弱。

你,你想干吗。男人用身体挡住了那吓得发抖的女子。

干吗?还能干吗?打劫!我说。

我前所未有的镇定,真的,当时我一点也没有觉得慌张。打劫两个字说出口,我就觉出了一种前所未有的释然与轻松。

他妈的,动作快点,打劫。我吼。

刘梅一定是被我的这个举动吓懵了,她呆呆地站在那里。等她反应过来时,那男子已掏出了钱包,并主动从钱包里把钞票一分不留地掏出来交给了我。

我们,可以走了吗?男人怯怯地征询我的意见。

刘梅这时已反应了过来,她风一样地冲向我,一把夺过我手中的钱,塞在那惊魂未定的男子手中。冲我吼:王红兵,你干吗?你疯了吗!又对那男人说,对不起对不起,他,他这里有点问题。刘梅指了指自己的头。

那男人长吁了一口气。把钱放回钱包里。不屑地说,脑子有问题就老老实实待在家里,吓死我了,我还以为真的遇上了打劫。

刘梅说,是的是的,我知道了,下次注意。

我冲那男人挥起了拳头,那男人下意识地拿手捂在了头部。我的拳头并没有砸下去,我咬着牙冲他吼了一声:滚!

男人退了两步,盯着我看了一眼。牵着那女子的手走了。

刘梅说,你疯了么王红兵,你到底想干吗。

我说我也不知道想干吗,就是想找个人打一架发泄一下。说到这里,我的鼻子突然一阵发酸,一股无限的悲伤把我包围。我突然想哭,我说刘梅,我想哭,我就想大声地哭一场。刘梅默默地抱着我,说,哭吧哭吧,哭出来就好了。我抱着刘梅,任泪水汹涌而下。

广场上突然沸腾了起来。我的心也平静了下来。

新年到了。我说。

新年到了,我们也该回家了。刘梅说。

回家!我苦笑了一下,我看见刚才被我吓唬的人,带着两个警察正朝我们走来。

二〇〇七年二月八日初稿

二〇〇七年四月十五日定稿

不断说话

真的无言并非沉默,而是不断说话。

——阿尔贝·加缪

那么,好吧,你听我说。这么多年来,我一直生活在南方。我是木命,南方雨水充沛,适宜树木生长。事实上,在南方,我从来未长成一棵树,而更像一株麦子,在城市的街边生长,谦卑而顽强。南方多河,我生活的木头镇就有一条河,河名"忘川",是珠江的支流。这条河为什么叫了忘川这样一个充满虚幻感的名字?我没有考据过,也未曾打听。事实上,在木头镇安家多年,内心深处总觉得我是这小镇的过客,我从未关心小镇的过去、现在与未来,就像小镇不曾关心我的过去、现在与未来一样。这样说,并不意味着我不热爱这小镇,热爱和归宿感是两回事。我热爱南方,热爱这南方的小镇,热爱小镇的繁华,还有那流经小镇的河流。有了河,就有桥,小镇有许多桥。最著名的要数忘川大桥,一座银灰色的钢铁水泥结构大桥,铁路公路两用。从我工作的八楼窗口往下看,就能看到忘川大桥。对这座桥,我说不上喜欢或不喜欢,在我的词典里,它就是一堆没有生命的钢铁水泥。不停地有行人走过,有汽车涌过,有火车穿过。行人与汽车总是那么拥挤,火车穿过时,钢铁与钢铁发出快节奏的撞击声冰凉刺耳,让我想起达利的某些超现实主义油画。我爱达利,这个热爱享乐、声名与金钱的艺术家,他对世界的想象时常激发我工作的灵感。这是一个崇尚享乐、声名与金钱的时代,有关崇高的词汇已日渐稀薄。我是世俗中人,自然不能免俗。但标志着成功的金钱与声名,一直与我无缘。

说说这座桥,它将在后面的述说中,成为一个重要的道具。

据说有诗人为这座桥赋过诗,还用上了"长虹卧波"之类俗极的词。还有一个摄影师,数年如一日地在拍摄这座桥。这位摄影师是我的朋友,许多年前,作为小镇第一代打工者,他随着工程兵团来到小镇搞建设,转业后留在了小镇,并在政府某部门谋得一官半职,位不高,权不重。他喜欢和我这样的打工仔混在一起,是个不适合走仕途的人。这些年来,他一直在坚持拍摄忘川大桥,每周至少一次,风雨无阻。对此,我的摄影师朋友有他的见解,他说他要用相机记录时间的重量,他不知道自己会拍到什么,但他的直觉告诉他,这项工作有意义。我问他知不知道莫奈,那个伟大的印象派画家。他问我莫奈是哪里人。我告诉他,莫奈为鲁昂大教堂绘制了三十余幅油画,有时他在不同的角度同时支开几块画布,他奔走于几块画布之间,捕捉阳光走过大教堂时留下的痕迹。莫奈说他每天都会有一些头天未曾见到的新发现,于是赶紧将其补上,但同时也会失去一些东西。我对我的摄影师朋友说,你坚持拍摄忘川大桥,是在做一件和莫奈反复绘画鲁昂大教堂一样伟大的事情。他笑笑,说其实也是一种惯性,他拍了几年,积累了上万张照片,但一直未找到意义所在。直到有一天,他拿着一沓照片给我看,他眼里的光亮告诉我,他找到了想要的东西。从此,众生喧哗,上帝无言。

在很长的时间里,这座桥,在小镇大抵是被人忽略的。近半年来,情况发生了变化,因为不断有人爬上桥去寻死,忘川大桥一时间声名远播。时至今日,许多人大抵都淡忘了第一个爬上大桥的人,我的摄影师朋友不会忘却,我也不曾忘却。那天我坐在窗口,像现在一样,望着窗外发呆,其时正是春天,忘川大桥桥头高大的木棉盛开满树的红,像没有温度的火。我看到许多人往桥上涌,我看到车辆像一群甲虫,从桥的两头向中间挤,然后被警戒线挡在了桥上,于是甲虫们见缝就往前面钻,还有甲虫从四面八方汇集而来。我是先发现满桥的甲虫,然后再发现有人爬上了桥的。那次,爬桥人从桥上一跃而下。从我的角度看,他更像是一朵木棉花,轻盈地从钢架桥上飘零。后来我想,是他那件醒目的红衣给了我这深刻的印象。而我的摄影师朋友,用相机记录下了整个过程。红衣人从桥上跃下的一瞬间,被他定格在镜头上,美极了。第二天,这座桥,连同那跳桥的人,一起出现在了报纸和电视上。我从报纸上得知他跳桥的原因,这原因如同那个有关彩虹的比喻一样司空见惯,比比皆是:

一个打工仔,被厂里的机器弄断了手。老板不肯赔钱,原因是他并不是开冲床的工人,只是一个做搬运的杂工,却跑进了冲床车间乱动机器。也许,他是想学会一门技术,比方说开冲床,这样他将能拿到比当杂工高一些的工资;也许,只是出于好奇,他还很年轻,正是好奇心很强的年龄。总之是,他不该摸那冲床。他失去了一只手,被老板踢出了厂。他可能也想过许多办法为自己讨还公道,然而未有结果。如果不是走投无路,他不会想到用放弃生命来示警。他爬上了钢架桥。现在,没有人知道,他在爬上桥之前,经历了怎样的心理,也没有人想要知道。蜂拥而至的记者们站在客观的立场报道了此事,他们采访了老板,让老板也有表达的机会。我还记得那老板的样子,他身体单瘦,背有些驼,脸上很疲惫。老板似乎很无奈,他说金融风暴来了,他这样的小企业,本来就风雨飘摇,他说那打工仔不是冲床工却要跑去开冲床,被弄断了手,他也很同情,虽哀其不幸,但更怒其不争。这个"其",当然是指那断了手的打工仔。老板说他对打工仔的事不负责任。记者问老板,那该谁负责?老板说这个问题你不要问我。后来的结果怎样我们不得而知,报纸和电视未有跟进,第二天,媒体又找到了比跳桥有噱头的新闻。

我的摄影师朋友,大约是第一个见到红衣打工仔爬上桥的人。他说当时他和平时一样,在忘川大桥上寻找。当他看到有人在爬桥时,本能地举起了手中的相机,记录下了红衣打工仔从爬桥到跳下来的全过程。他拍下了一组美得残忍的照片,却让我感到一丝隔膜与冰冷。后来的很长一段时间，我们的交往淡了下来。这事过去后不久，在桥边的人行道上，出现了一个乞讨的女人，女人长时间跪着。她的面前摊开着一张报纸，报纸上报道了红衣打工仔的跳桥事件。她的面前还摊开着一张白纸，上面写着一些话，大意是，她是那跳桥孩子的母亲，来城里处理孩子的后事，也拿到了一些抚恤金，但钱被小偷偷了，她回不了家，希望好心的路人施舍一点回家的路费。报纸和白纸的四角压着几块石子，一些零星的钞票散落在纸上。我每天都从女人身边经过，也曾经往她的面前扔过硬币。女人在桥上待了很久，以至于我把她当成了桥身的某个固定结构，直到某一天她突然消失。也许她筹集齐了回家的路费吧，我想。后来我偶然在木头镇火车站广场见到了那女人，她依然在乞讨，但面前白纸上的求助换了一个说法。我无权谴责她利用人们的同情心骗人。当街跪下，是需要极大勇气的。也许，当跪下成为一种职业习惯时，她的内心已然麻木。但她的第一次跪下，一定经历了我们难以想象的挣扎，我一直想不明白，是什么给了她这样做的勇气。

　　那个乞讨女人离开忘川大桥后，我总觉得这桥上缺了点什么。在木棉花把一树的红变成绿时，我差不多已忘记那个跳桥人，以及那桥上缺损的部件——乞讨的女人。桥像一个受了冷落的孩子，时不时总要不甘寂寞地捣蛋一下，以期引起人们的注意。又有人爬上了忘川大桥。过程和前一次差不多，围观的人越来越多，上一层的桥面，汽车把桥堵得严严实实，只有下面一层的铁路上，时速二百五十公里的准高速动车有力划过,钢铁与钢铁发出坚硬的声音,动车组将广州、东莞和深圳串在一起,成为所谓一小时生活圈,成为所谓的"深莞穗三地同城"。自从金融风暴后,报纸上关于"深莞穗同城""广佛同城"的讨论就多了起来。这对我的生活多少有一些间接影响,至少它像画在我老板面前的一个饼,让我的老板看到了希望。金融风暴后,许多的企业都减少了广告投入,特别是房地产首先感受到了冬寒。地产广告的投入量锐减,导致我打工的公司业务量锐减。开始时,老板还在安抚我们,说:冬天来了,春天还会远吗?说:寒冬杀死的是抵抗力差的动物,大自然优胜劣汰,我们的竞争对手将在这次寒冬中死去一大片,我们只要坚持下来,就是胜利。说:现在我们要像虫子一样蛰伏、冬眠,但是冬眠不是休息,是一种主动的、积极的生存策略。老板说完这些话后不到两个月,就陆续辞退了一半的平面设计师。这也是她主动的、积极的生存策略之一种。作为一名文案,我在公司苟活了下来,但从此一个人要做三个人的工作。就算这样,我仍然对老板感恩戴德。最起码老板认为我应该对她感恩戴德……那天的结果似乎有所不同,爬上桥去的人,最后爬了下来。这样的结果,自然令许多人失望,值得欣慰的是,他的诉求似乎得到了解决。后来,隔一段时间,就会有人爬上忘川大桥,但再也没人从桥上跳下来过。每一次有人爬桥,总是会引来媒体的关注。在媒体关注的同时,人们也开始了对爬桥者的谴责,甚至有人建议要严惩"跳桥秀"。还有人算了一笔账,得出结论,每次有人跳桥,造成的社会直接经济损失高达六百五十三点八万元。我不懂经济,不知他如何得出这精确的数字。我只知道,爬桥寻死的人多了,我这看客也渐渐麻木,只隐隐期待有人从桥上跳下来,给我这平庸的生活来点刺激。

在木头镇,我的生活与这桥息息相关。这些年来,我记不清多少次从桥上经过了,桥的一边,是我工作的地方,另一边,是我的家。我每天早晨从桥南往桥北上班,晚上从桥北往桥南睡觉。自有人跳桥后,经过这桥时,我总爱抬头琢磨。我怀疑,这桥被什么力量施了魔法,不然为何总有人要爬上去?是什么让这么多的人以生命为赌注来发出自己的声音?也许这些人都和我一样,有着强烈的说话的欲望,但他们说出的话无人倾听,他们发出的声音淹没在众声喧哗里。我们都想说话,都热衷于说话,却越来越少的人有倾听的耐心。我也是这样的人。走过忘川桥,当我停下脚步,触摸大桥冰凉或灼热的钢铁时,也曾有爬上去的冲动。好几次,我一抬头,总看见那凌空的钢架上坐着一个穿红衣的男孩,喧嚣的世界在那一瞬间退到了远方,我的世界变成了一幅黑白画面,也不纯是黑白,在无边的黑白中,那男孩的衣服是红色,不是暖色的红,是冷红。我一直疑心那是我的梦境或者幻觉,但接下来,那男孩冲我招手,他的声音缓缓爬进我的耳朵里:

别走呀,你听我说……

有时候,男孩不说话,望着远方发呆。风吹动着他的红衣,他的两条腿吊着,一前一后晃荡。他的一只胳膊上,缠着厚厚的白纱布。每当这时,我背上的汗毛就无声立起,有电流从发梢到脚心,瞬间掠过我的身体。我落荒而逃。我害怕我经受不了桥上那红衣男孩的诱惑,当真爬上去倾听他的诉说。我对公司的同事说起过这事。同事们冲我笑笑,说:好冷!他们不是真感觉到冷,他们以为我在说冷笑话。过了两天,我又对他们说我看到了那红衣男孩坐在桥上。我当时并未意识到,我这样的诉说,让我变得有点像祥林嫂。是的,祥林嫂为什么要反复地诉说她的阿毛?是什么让祥林嫂有那反复诉说的强烈愿望?我不清楚。我只知道一点,桥上那个勇敢跳下去的男孩,那个断了手的打工仔,他一定也曾有过强烈的诉说愿望。他是否也和祥林嫂一样,未能觅到一个倾听者?想到这些,我的胃就会收缩。我害怕我也成为这样的人。一次一次,我说我想爬上那座桥,我说那桥上有一个红衣男孩。我的同事们都习惯了。于是他们说:是呀,真有一个红衣男孩,我们也看见过。

我说是真的有,我没骗你们。

他们笑着说:我们也说的是真的,没骗你。

我发现,我无法和他们沟通。我们不是一代人,我出门打工时,他们还在读小学,现在我们是同事,他们叫我老师,或者前辈。这让我感觉到光阴的无情。我的同辈们,在金融风暴来临后离去,被大浪淘沙,更年轻的一代坚持了下来。他们和我不一样,有工作的时候,他们玩命工作,但工作再累,他们也不会忘了半夜三更起床,打开电脑,在网络上"偷白菜""摸美女"。他们极力鼓动我加入他们的行列,我无动于衷,就像我对他们诉说那红衣男孩一样。我们关心的问题有着太大的差别。我知道这个世界,人人都需要多一些轻松与快乐,人们需要后现代式的消解,需要生活的轻。而我的生活是一块开花的石头,长满了时间的重。和他们,我变得无话可说,但我说话的欲望却与日俱增。对老板自然不能说这些,说了她会毫不犹豫地炒掉我。回到家里也不能说,我不能让家人为我操心。后来,我在桥下遇见了她,我莫名其妙地觉得,我和她之间会发生一些事情。我觉得,也许,她会是我最好的倾听者。

该说说她了。但真要说时,才发现我对她所知甚少。我想她可能和我相反,她在桥北居住,在桥南上班,于是我们经常会在早晨和傍晚,在桥上相遇。相遇的次数太多了,也许我们的目光不止一次有过交流,而且,她让我想起了一些久远的事,一些久远的人。我们就这样认识了。从未打过招呼,但已俨然是老熟人。有时,如果一连两三天,我未在桥上碰见她,心里便会有一些失落、担心。有时我又怀疑她是否是一个真实的存在,或许她只是我心有所思投射出的一个幻影。或许,她是我的——反物质。不止一次,在我们相视一望,然后擦肩而过时,我产生过要摸一下她的想法:用一根手指头,轻轻地触碰一下她,感受她是否真实存在。但我不敢,我害怕她真是我的反物质。据说宇宙中的万物,有正物质,必有其反物质,而当正物质和它的反物质相接触之后,会释放出惊人的能量。据说一个人的正物质与反物质相接触产生的能量,比扔在广岛的原子弹要大数万倍,足以毁掉我们的地球。

我耽于幻想。我幻想着和我的反物质相识,我们一起逛街,走遍小镇的每一寸土地,最重要的是我们说话,不断说话,把这一辈子的话都说完,把上辈子没能说的,下辈子可能说的话都说完。但我们必得保持应有的距离,我们不能有任何亲昵的行为,哪怕是牵一下手,后果都将是万劫不复。

我对她说:我在桥上看到了那红衣男孩。

她说:是的,我知道。

她不说她相信,而说她知道。我当时应该想到相信和知道这两个词的区别,但我当时忽略了这一点。

我说:别人都不相信我。

她说:我相信你。

这一次,她说的是相信,没有说知道。

她说她和我一样,每次经过忘川大桥时,总有想爬上去的冲动。她还说她不能站在楼顶,每次站在楼顶,她都有想跳下去的念头。自由落体,一定是世上最美的飞翔。我说我和她一样,我也不能站在楼顶。为此,我总是租住有防盗网的房子,其实不是为了防盗,是为了防止我哪天禁不住飞翔的诱惑从楼上跳下去。

又有人爬上了忘川大桥。这一次,爬上去的人,在桥上磨蹭了足足五个小时。我站在楼上看风景。我看见桥上挤满了被堵塞的车流和看热闹的人群,我看见警察到了现场,他们在桥面上拉起了两道警戒线,还铺上了充气垫。我的第一反应,居然是给我的摄影师朋友打电话。然而我的摄影师朋友接过电话就说他现在没空,说忘川大桥有人爬桥了,第十九个,说晚上再给我电话。我苦笑,继续看那爬桥的人。爬桥人穿一件白衣,开始是坐着的,还在桥上拉了一条长长的横幅,大约又是有什么事情无法通过正常渠道解决,那横幅上肯定写着他的诉求。我看不清横幅上的字。桥下聚集的人越来越多,我看到警察也来了,桥上的人似乎也兴奋了起来。他开始从钢架上站起来,摇摇晃晃地从一边走向另一边,于是,下面的警察就拖着充气垫跟着他移动。他的举动,让我们疲惫的眼睛获得了短暂的快感。我的同事们都挤到了窗口,随着爬桥人的摇晃而惊呼。但那爬桥人似乎是高空杂技演员出身,他伸开双臂平衡身体,他的身体看似左摇右晃,但他的下盘稳重扎实。他来回走动,只是短时间获得了我和我的同事们的好感,走了几个来回之后,就显得了无新意。甚至于,在桥下随着他的走动而移动充气垫的警察,也有了一种被他戏弄的感觉,我是这样想的,因为那些警察现在不再随着他的走动而移动充气垫了。爬桥人大约也觉察到了这一点,他停了下来,似乎在思考着怎样出新出奇……这是一个需要创意的时代,就像我所从事的工作。我在广告公司打工,公司的主打业务是房地产广告。现在我正在做一家逆市开盘的高尚住宅的广告创意。我一直觉得,做楼盘广告创意,是这世界上最不靠谱的工作。我们要为那些大同小异的楼盘的目标客户想象出他们所能想象到的未来的生活,还要为他们的目标客户想象出他们不敢想象或者想象不到的生活。想象出青山绿水早就了无新意,想象中的欧美风情、亚平宁半岛风情同样是过时的创意。我们这些广告策划师,做的是绞尽脑汁、无中生有的工作。干我们这行,一个策划师的职场寿命,不会高于五年。三年,你的想象力就被会榨干,你能想象到的都被想象过了。如果这三五年内你不能积累足够的资源自立门户,或是讨得老板喜欢升为总监之类,那你大约就只能改行。这话是我刚入行时,我的老师对我说的。而现在,我当了六年广告策划师,我的想象力早已枯竭,现在不过靠东抄西拼剽窃别人的创意混日子,我想象不出都市里的富人们梦想中要过的是什么样的生活。西班牙,普吉岛,香榭丽舍大街,甚至……白宫……我们这一行的众多策划师们,用思维创造了一轮又一轮时尚浪潮,引领着城市的中产阶级和资产阶级,把世界上奢华的、浪漫的地方走了一大圈,现在又开始向非洲那些穷得鸟不拉屎的地方进军了。把中产阶级和资产阶级引向一种臆想的、脱离本真的生活,我这样的无产者擅于此道。有时我很为自己的工作感到荒唐和可笑,怎么就会有人相信这种虚拟的生活,相信模型师和平面设计师用一双手做出来的骗局。而创造出这些假象的人,却生活在这小镇的贫民窟。也许,正是因为现实中对奢华的缺失,才让我们这些设计师们有了想入非非的空间?就像人没有翅膀,却总在内心深处萌动着飞翔的欲望。而这世界上的大多数人在沉默着,我的创意,与他们的生活无关。他们住在亲嘴楼里,他们生活在流水线上……他们,把自己搁在桥上,然后像一朵花那样飘零……是的,现在,在那钢铁的桥上,那白衣的跳桥者,又有了新的创意,他开始像猴子一样往更高处爬。他要不断出新出奇,但他的能力有限,如果他能做一个倒挂金钩,或是像评书中说的那样,一个燕子三抄水,从一边掠到另一边,也许会博得更多的喝彩,然而他没有那种能力。他往上爬了两米,又坐了下来。我的脑子里没有了创意。窗外的一切,又变成了一幅黑白画面,那白衣男人坐在桥上。我又看见了那穿红衣的男孩,他就坐在白衣男子对面。我喊我的同事们,我说你们看,桥上现在有两个人,一个穿白衣,一个穿红衣。同事们也看见了桥上的另外那个人,他们说,你真的是个色盲,那哪里是红衣,那人分明穿的黄衣。也许,我真的是色盲,我的世界经常是黑白的。但黑白世界中的那一抹冷红,是那么刺眼。我看见红衣人和白衣人,他们面对面坐着,似乎在谈判,或是在谈心。

我把注意力从桥上拉回到电脑屏幕。我绞尽脑汁,意欲想出一些词语。

老板过来了,老板的脸色很不好,有些发黄。

老板说,你的方案做好没有?

我说我还在寻找灵感。

老板说你的灵感这么难找么?你要找到什么时候?

我的同事悄悄在QQ上给我发来一句话:等你找到,生个娃都老死了。配着这句话的,还有《武林外传》中同福客栈的老板娘。

我说,老板,搞创意真不是这样枯想能想出来的。

老板说,是不是让我给你配几个美女你才有灵感?

我想说还真是这样的。过去我们公司为什么创意做得好？因为我们有一个团队，几个人坐在一起，喝着咖啡，胡吹乱侃。我们的创意，就是不断说话中不经意跳出来的，一点星火，我们抓住它，七嘴八舌，创意渐渐浮出水面。而现在，就我一个人苦思冥想，哪里能想得出来。但是我没敢说。我低着头，说我努力。老板永远不会知道，我需要交流，需要说话，不说话，我的脑子就是一团糨糊，我的思想就是一潭死水。老板说，明天如果再做不出方案来，我只好另请高明了。老板说你知道，现在金融风暴。金融风暴之前，老板对我们要好得多，风暴来了，设计人才开始过剩，老板同我们说话底气足了许多。这一天终于来了。我想，死猪不怕开水烫。我看着窗外，我看见那白衣的爬桥人终于爬下了桥。他很快就被警察带走了。然而，后爬上去的那人却坐在桥上没下来。

那人不是上去谈判的么，怎么自己倒不下来了？

我的同事这样问。

我说，我早说过，那人不是上去谈判的。后来上去的红衣男子，其实就是春天的时候那跳桥而亡的男孩。

是，那红衣男人是个鬼，好了吧。我的同事这样说。

现在，红衣男子（我的同事说是黄衣男子，难道我真的见了鬼？）坐在了桥上，下面似乎有人在劝他下来。这样坚持了没多久，又有人爬上了桥。真的见鬼了，今天似乎在小镇举办爬桥大赛。最后上去的选手身手矫健，三下两下就到了红衣男子（我的同事仍坚持说是黄衣男子）身后，真正有创意的事情发生了。我们看见后上的选手迅速朝红衣男子——好吧,亲爱的同事们,那就黄衣男子——推出了一掌,我们看见那黄衣男子从桥上坠落……漂亮的自由落体!后上的选手像英雄一样,朝桥下的人挥手致意……

到晚上下班时,我还是没能找到灵感。我知道,明天,也许我要重新开始找工作了。我在办公室里坐到很晚,天黑了,同事们都已离去。小镇亮起一城灯火,璀璨夺目。窗外的忘川大桥也亮起了霓虹。灯火倒映在水面,半江瑟瑟半江红。小镇真美,美得奢华。我第一次发现,站在我工作的窗口看小镇,小镇如此娇媚。我知道,也许这是我最后一次从这个角度欣赏小镇的娇媚了。我再次发现我的懦弱与不自信,我知道,失去这份工作之后,我将很难再在广告创意这一行里找到自己的位置。我的经历当然能让我找到新工作,但一个再也没有了创意的创意师,在新的公司里,一般都不会捱过试用期。我突然发现,这么多年来,我不停地胡思乱想,把自己的想象耗尽了,现在只余下一具空壳。我感到了寒意与恐惧。对明天,我失去了信心。离开办公室时,已经是晚上十点。我步行回家,经过忘川大桥。走到桥中间,我趴在桥栏上,望着桥下流动的灯火与七彩的波光。逝者如斯,不舍昼夜。我看到我的青春年华随着河水消逝……

我不想回家。

奇迹总是伴随我的胡思乱想而出现,就像此刻。我渴望她出现,她果然就出现了。远远地,我感觉到她在朝我走来,我也朝她走去。我们在桥上相遇。然后,我们都站住了。我望着她,她也望着我。对视着,就这样对视着,我感觉脚下的河停止了流逝,时光在那一瞬间转换到了另外的维度。

这么晚。她说。

这么晚。我说。

我们可能再一次擦肩而过。我们已经擦肩而过上千次。

能陪我说说话吗?她在擦肩而过的一瞬间,停下脚步。

她说的正是我想说的话。如果你忙,那就,算了。我知道,这样的要求,很,唐突。

我不忙。这要求很合理,一点也不唐突。

我,可能要失业了。她说。

我的心一跳。我想说的也是这话,但是我没有说。

我们开始了一小段时间的沉默。桥面上的车,比白天明显少了许多,行人也渐渐少了。

去喝杯咖啡,或者……我说。

就随便走走吧。她说。

找一个可以说话的地方。

找不到说话的地方,找不到说话的人,在这小镇。她这样说时,我抬头望了一下钢架桥。她也抬头望着悬在空中的钢架。

或者……我说。

我们相视一笑,她明白了我在想什么。说,很奇怪的想法。

当然,我们并没有真爬上去,三更半夜,一男一女,爬上钢架桥聊天,除非疯了。就算我们不疯,也会把桥上的行人吓疯。

只是想想。我说。

我们就靠在桥栏上,我面朝桥面,她面朝江水。

这么晚,你不回家,你爱人,她不会生气吧。她问。

我说:她才不会管我呢。我们俩,像陌生人一样生活着。

我不明白我为什么这样说。这样说容易给人造成误解,但却是事实。于是我开始解释,我说我们俩感情还是很好的,只是,我们没有时间交流。我老婆,在一家塑胶厂打工,每天我还在睡梦中,她就上班去了,我已进入梦乡她才回来。她总是在加班,没完没了地加班。她变成了一台加班机器,她喜欢加班,要是连续几天没有班加,她就会变得惶恐不安。没有班加的时候,我希望她多给我一些温情,她说,不是有了孩子么。似乎夫妻间做爱就是为了生孩子。她很认真地问过我,做那事真的那么有意思?她说她讨厌那事,她说男人在做爱的时候很龌龊。但这些,似乎都是遥远的记忆了。自从去年冬天,她加班越来越多。真的很奇怪,为什么金融风暴来了,她们工厂的生意一点不受影响。她说不是不受影响,是厂里大裁员,因此她们加班就多了。我多希望她的厂里少点活做,不用天天加班。有时我坚持着晚点睡,我要等她回来,我渴望着她的身体。她理解我的需求,但她实在太累,说来你也许不相信,她能在和我做爱时睡着。后来,我们之间,这样的事就越来越少。你看,我对你说这些,是不是有点不妥。你呢?说说你吧。本来是你想找人说话,倒变成我在喋喋不休了。

她望着江面,风吹动着她的长发。桥面的灯光,照着她的脸。她的脸色不大好,很忧郁的样子。

夏天还好一点。她说,我不能过冬,每到冬天,我就会失眠,会忧郁。

我渴望她说一说她的家庭,作为交换,我刚才说了我的家庭情况。然而她没有回应我的话题。

怎么说呢,她说,我的工作很简单,就是给领导写讲话稿。我每天从上班开始,就在写讲话稿,一直写到下班。我们有那么多的领导,从一把手到部门领导,大大小小十几个,每个领导每天都有会议,有会议就要讲话。而我的工作,就是为他们写讲话稿。这是一件看似简单,实际上很复杂的工作。比如同一个会议,书记该说什么,副书记该说什么,宣传科长怎么说,办公室主任怎么说,这都有分寸,有讲究,一点不能弄错。我还要揣摩每个领导的意图、喜好,要让我写出来的话,经领导的口说出来后,外人听了,像是领导自己的意思,领导也觉得,那就是他的意思。我感觉到,我是一个演员,每天在演着不同的角色。在一个角色与另一个角色之间不停地转换。有时又觉得,我不是演员,而是编剧。这,时时让我觉出荒诞感,我觉得我活在虚拟之中,一切都是那么的不真实。我记得有一次开会,会议室里坐了十几个领导,他们在一起谈论学习某份文件的心得体会。而十几个人的讲话稿,全都出自我一人之手。

我说我能想象出这样的情景是多么的可笑。

每个人都一本正经地坐在那里读着手中的讲话稿,她说,他们在大谈学习心得与体会。自然,书记的心得体会是最深的,几个副手次之,但是几个副手的体会,却不能分出高低来,得在同一个理解层面,接下来,下面各部门领导的见解,自然不能比书记副书记深刻,他们的理解要片面得多。他们围在会议桌边谈心得体会时,我坐在后面,装模作样做会议记录,当他们一个个都在说着我写出来的话时,我感觉到,其实是我一个人在说话,又觉得我一句话也没有说。最为荒诞的是,他们这些领导,也都知道他们的发言稿出自我一人之手。但他们一个个正襟危坐,认认真真走过场,一本正经搞形式。这就是机关。

我说我给私人老板打工,老板不爱开会,但工作没有做好她会骂人。

她说这一点我比你好,我们老板不会骂我,但是我们老板会给我"小鞋"穿。我可能又要回到工厂,或者公司里去打工了。我在公司里打了十年工,相比之下,在政府机关打工,还是比在公司里好得多,我们很少加班,如果加班,也会按国家规定付给三倍的加班工资……我的工作出了纰漏。你知道的,我们的许多领导,都是洗脚上田的农民,肚子里没有几滴墨水。因此在写讲话稿时,我一直是很小心的,尽量不使用生僻的词,如果实在要用,我都会在这个词的后面注上拼音,同时用同音的汉字标出来。你知道,作为一个领导,他们的形象是很重要的,如果讲话时读了错字,会觉得很没面子。他们丢了面子,首先想到的不会是怎么提高自身的修养,以免下次再犯这样的错误,他们首先就会迁怒于写稿的人,而且要迁怒也不会直说,直说显得他们没文化,他们会给人"小鞋"穿。

她说着当着我的面脱掉了鞋,让我看她的脚。她的脚小巧而精致。她说你看我的脚,是不是很小,原来我的脚是很大的,穿小鞋多了,就变小了。她这样说时,我感觉声音不是出自她的嘴里,而是来自桥上的某个地方。

我说你很幽默。

她说好在我平时细心,昨天,我又犯了这样的错误,我在为我们分管城建的副书记写讲话稿时,用上了"兢兢业业"这个词,我知道我们的领导习惯把"兢"字念成"克"字,于是在兢字的后面用汉语拼音和同音字"京"注了音。接下来我写了一个词,"点缀",又用了一个词,叫"冉冉升起"。我没有想到,他连这两个字都不认识。他在读到"点缀"时,犹豫了好一会。下面听他讲话的人都看出来了,显然,他遇到了不认识的字。好在坐在他身边的另一位领导瞟了一眼他的讲话稿,轻声提醒了他这个字的正确读音,于是他咳嗽了一声,开始继续读,但是接下来的"冉冉升起",副书记毫不犹豫地读成了"再再升起",下面的笑声提醒他,他读错字了。我当时就感觉头皮发麻。真是防不胜防!

副书记说你了。我问。

副书记并没有对我说什么,但是他的脸色很难看……

我说难看怕什么,难看你装着没看见。我知道这话只是说说,像我们这样的人,从乡村走向城市,学会的生存第一课就是看人脸色。

桥上的行人越来越少了。我换了一个姿势,趴在桥栏上,我也盯着桥下的水,听着她的诉说。她的声音越来越遥远,像来自遥远的外星。我似乎在听,又似乎没听。我知道,她的这些话,是断不能在她打工的单位和同事们说的。回到家中呢?也许,她还没有成家。也许,她的先生和我的爱人一样,每天忙着加班加点,根本没有时间听她的这些诉说。

谢谢你,听我说了这么多。说出来了,心里好受多了。

我说,谢什么呢,感谢你对我的信任。时间不早了,你该回家了,再不回家,你先生该着急了。

我不清楚为什么要这样说,我这样说,包藏着怎样不可告人的心思?我是故意把话题往她的先生身上在引么?她看了一下时间,说,那,我先走了。

我说这么晚了,我送送你吧。

她说,不用。

她走了,走得很快,很坚定。看着她的背影消逝在桥的尽头,我有些怅然。我也该回家了。家里黑灯瞎火,妻子还没有回来。我洗了个凉水澡,一点睡意也没有。看看时间,快十二点了。打开电视,看了一会儿丰胸广告。电视里的人都是话痨。看着丰胸广告,我开始想念起还在流水线上加班的妻子。我突然想去接她下班。我还从来没有去过她打工的工业区,也很少关心她在工厂里怎么生活。我很想她,我们有好多天都没有说过话了。我打了一辆摩的,去到妻子打工的工业区。找到了她打工那家塑胶厂。厂子里灯火通明。那是我曾经的生活。厂门口的门卫室里,坐着两个小保安,他们脸上的青春痘让我觉出了自己已老迈不堪。

我问保安,今晚几点钟下班?

一个保安没理我。

一个保安说,不清楚,反正不会早于两点。

我想再和保安聊点什么,关于金融风暴,关于打工,加班,劳动法,物权法,土地流转,资本论,剩余价值,腾笼换鸟,产业升级,贫富差距,中国威胁论……然而两个保安显然对我要谈论的话题不感兴趣。一个趴在桌上打瞌睡,一个站着,耳朵上戴了耳机,听MP3。他听得很投入,一边听,身体一边抖动。我说老乡你听谁的歌?我想,既然他对我想谈的问题不感兴趣,那我就迁就他,谈他感兴趣的话题。我需要说话,不然这漫长的等待会让人发疯。听音乐的保安斜了我一眼,说,郁可唯。

郁可唯?

"快乐女声"你不看么?湖南卫视的。

我说看过一点点,看到一个女孩,一脸苍白,坐在那里弹着单调的吉他,声音怪怪的。

保安把耳机从耳朵上摘下来,他的眼里放着光:那是曾轶可,你觉得她唱得怎么样?

我说我也说不清,我不懂音乐。

保安却激动了,说,我真是不明白那个绵羊音怎么就进了全国

259

十强。我从前还挺喜欢高晓松的,自从他力挺曾轶可之后,我对高胖子就失望了。上一周的排名赛你看没看,幸好包小柏又来了,他是那一晚唯一让人尊敬的评委。

在打瞌睡的保安这时突然跳了起来,说:你懂什么,不懂音乐就别在这里瞎说,我就力挺曾轶可,我觉得她的歌很有特色。一个五音不全的人,能唱歌唱到全国十强赛的舞台,这本身就是奇迹。不是吗?

也许,这个保安说得对。人们需要奇迹,于是诞生了各种各样的草根英雄。

两个小保安开始为自己的偶像争执起来。我的同事也看"快乐女声"。他们也和这小保安一样,分成了"贬曾"和"挺曾"两派。而坐收渔利的一定是电视台,被伤害的,一定是受争议的人。我的同事们说湖南卫视需要她的坚持,有了她的存在就有了争议,有了争议就有了收视率。我对这些不感兴趣。绵羊音高胖子包小柏快女不属于我的世界。我知道,我和这两个小保安之间,失去了对话的平台。许多年前,当我也和这两个小保安一样年轻时,我在工厂里打工,我做过不下二十种工,但那时的我,或者说我们,把打工生活弄得很苦很累,我们不懂得生活的轻,我们那一代人的眉宇间,总是写着家庭、责任、未来太多本不该是我们那个年龄承受的东西。我们那一代人,还很快学会了许多的坏,学会了利用手中可怜的权势欺负比自己更为弱小的同类。我们那一代的保安,会因为某个女工过了关门时间才回工厂而把那女工给睡了。这样的事情,现在的打工者不敢相信,现在的小年青无法想象,晚点了进不了厂意味着什么。两个小保安还在争论,他们真好,为了自己的偶像。而我没有偶像。我突然为自己没有偶像而悲伤。现在,我看着他们,像隔了千山万水,隔了时间空间。两年前,当我听不懂周杰伦在唱些什么的时候,我就感觉到我已经落伍于这个时代了。后来周杰伦唱了一曲《青花瓷》,我也有些欣赏他的音乐了,我正在为我能听懂周杰伦而欣慰,庆幸自己还没那么落伍于这个时代的时候,他们却在谈论着绵羊音了。绵羊音是什么音?看着两个争得面红耳赤的小保安,我知趣地退到了厂门外的阴影里。

也许,我可以想一想我要做的策划案……"快乐女声"。快乐。你快乐吗?你快乐所以我快乐。我不快乐……有一星光在我的脑海里闪过。在快乐和楼盘之间划出一条连线。我想,改天我也要去看"快乐女声"。什么国有资产流失,什么基尼系数,什么位卑未敢忘忧国,什么先天下之忧而忧,后天下之乐而乐……我不要忧,我不要重,我要消解,我要快乐,娱乐至死。我突然想到了,北京有几个打工仔鼓捣了一个打工乐队,三年前曾经到木头镇的工业区搞过演出,那个带头的打工仔,在台上卖力地唱着"打工打工最光荣",我当时很愤怒,恨不得在那小子脸上开一果酱铺子。台下,我的兄弟姐妹们,跟着他一起唱,"打工打工最光荣嘿打工打工最光荣……"。她们,我的姐姐妹妹们,她们那一瞬间真快乐么?她们真的以为"打工打工最光荣"?现在,此时,这一刻,我原谅了那个唱"打工打工最光荣"的打工仔。我觉得,他那首歌是反讽的,是后现代的,只是许多人误读了。人们需要麻木。我看到了希望,脑子里开始有了一些广告方案的雏形。

陆续有骑着自行车的男人来到厂门口,他们大抵是来接自己爱人下班的。一些推摊车售卖炒粉麻辣烫的小贩,也陆续聚在了厂门口。炒田螺散发出辛辣的香,与另一家摊位上臭豆腐的臭混合在一起,弥漫在工业区的夜空。我终于听到了电铃声,伴随着电铃声的是一片欢呼,接着从工厂里涌出人流,潮水一样。是的,潮水,虽然很俗但很准确的比喻。当然,说她们像一群出围的鸭子更形象,虽说这个比喻我在感情上不能接受。我要在人流中找到我妻子。但那些涌出来的女工,她们穿着相同的工衣,有着相同的疲惫,我突然发现,我无法从她们中间认出我妻子,她们长着相同的面孔,像从流水线上流下来的标准化产品。她们的五官是模糊的,表情是模糊的。色彩再一次从我的视觉里消逝。我眼前的画面像记忆一样,变成了黑白灰的单色,只有色度的变化,没有色相的变化。工厂的记忆于我已经很遥远。我曾在工厂打工十年,我不在工厂打工已经十年,我对流水线已经陌生。但这些黑白灰的记忆,那些青春的刺痛,却与我记忆中的影像重叠了,我看见了一张和小保安一样青春年少的脸,那是多年前的我,我看见我和妻走在一起。许多年前,我们坐在同一条流水线上。我们在工厂里相识,在珠三角的工厂里。我们一起加班,一起逛街,工友拿我们开玩笑,要我们请吃"拖糖"。对,"拖糖",想到这个词,我鼻子发酸。对于我来说,这个词,已经是久远的记忆。这个词,似乎只出现在南方工厂的打工人中间。这是她们创造的词汇,是她们对美好爱情与幸福生活的特别祝福,是北方乡土文化与港台都市文化结合的产物,是农业文明与工业文明交媾的见证。

你怎么来了?妻认出我来,走到我面前,扯了一把发呆的我。我看见了她,灰色的工衣,模糊的五官。我没有认出她来,但我想,她认出了我,那她就是我的妻了。

小芳、吴姐,我老公来接我了。五官模糊的妻这样对另外两个同样五官模糊的女工说。

这是你老公呀,你老公好帅哦。那两个女工嬉笑着说。

我像在梦游一样,机械地和小芳、吴姐打招呼,然后跟着五官模糊的,但我觉得应该就是我妻的人一起走在回家的路上。妻伸手牵住了我的手。你怎么来了?妻又问我。我说,不能来接你吗?妻说,能。我听得出,妻很高兴,很兴奋,很意外。我甚至看见她拿手背在揩眼泪。我说,知道吗,刚才在厂门口等你时,我突然看到了我们一起在金宝厂打工的情景。妻说,金宝厂?我说,是啊,不记得金宝厂了?妻说怎么不记得,怎能不记得?那是哪一年的事?一九九五年,那时你多好,每天晚上下班后,都会给我买炒粉,把炒粉送到我的宿舍。那时我们在一条流水线上,我在你的上手工位,我有些笨手笨脚,经常堆拉,你总是不声不响,做完了自己的,就帮我做。你总是不说话。但是我想和你说话。我想,这人真奇怪,每天都在帮我,却从不和我打招呼。你记得吗,有一次出粮了,我去镇上的邮局寄钱,正好你也在,我想和你打招呼,结果你却把目光从我的头顶上移开，像不认得我。可是回到工位上，你依然是帮我做事。后来我知道了，你是高中生。你可能不知道，那时拉上好几个姐妹在偷偷喜欢你。这事我一直没有对你说，我怕说了你的尾巴就翘到天上去了。我想，你这人真是高傲，眼睛长到了天上。好，你不理我，我也不理你。后来你做到了拉长，再后来做到了主管。我们这些拉妹都不叫你主管，都叫你大哥。你还记得吗？那时厂里有一个叫小余的女孩子，我们都叫她小鱼儿。小鱼儿喜欢你，她有一个老乡在追她，经常晚上到厂门口找她，每次保安上来传话时，你都会说，小鱼儿，你男朋友来了，我批准你不用加班了，你快下去吧。你知道她喜欢你，她那么漂亮。我知道，如果我和她竞争，我肯定不是她的对手。这让我很伤心，我甚至想过离开金宝厂。可是有一天，保安再一次上来对小鱼儿说她男朋友在厂门口找她，你又和平时一样对小鱼儿说"小鱼儿你不用加班了你下去吧"时，小鱼儿没有像平时一样，说她要加班，说她不下去，说她下了班之后再下去。小鱼儿下班了。她走到楼下，突然在窗外大声叫着你的名字，骂你是王八蛋，是混账，然后她就哭了。

听着妻的诉说，我的记忆中，渐渐浮现出小鱼儿的样子。小鱼儿的样子，与我在桥上遇见的她，又渐渐融合在了一起。那一瞬间，我以为我是在梦中。是的，妻说的没错，小鱼儿骂了我，哭了，弄得我不知所措。我跑出车间，她见了我，不理我，往宿舍的楼上走。我说小鱼儿你别走，你怎么啦，我有什么做得不好，你直接说。小鱼儿还是不理我，往楼上走，她走到了宿舍的楼顶。我跟了上去,小鱼儿站在楼顶,背对着我。我说小鱼儿,你……小鱼儿突然转过身,抱住了我。小鱼儿说大哥你是个木头人吗？你怎么这么狠心！我不是木头人,可我不能伤害她。这些,我从来没有对谁说起过。

后来她就离开了金宝厂,妻说,你可能到现在都不知道她为什么离开金宝厂。我真的没有想到,你会看上平庸的我。这些你都不记得了？后来我们俩好了,你走到哪里,我就跟到哪里。东莞,深圳,佛山,中山,广州……我们打工走过了多少地方,长安,厚街,虎门,一直走到木头镇。那时的你真的很好,很细心,很体贴人。可是这两年来,你变了,你还记得你有多久没有和我说过话了吗？回到家里,我就像个哑巴一样。我真的没有想到你会来接我。你知道吗,小吴、小芳,她们的老公,每天晚上都骑自行车来接她们下班。她们总是问我,你为什么不来接我,我说你很忙,要加班。从厂里到家,这么远,这么晚,我每天回家都是提心吊胆的。这条路上,经常有人打劫。我们厂就有好多人在这里被抢过,好在我身上从来没有带过钱,人老珠黄,也无色可以劫。你在听我说话吗？

一路上,我有一肚子的话想对妻说,可是她一直在说。她的话让我无言以对。

我想我们该做一次爱了。我们开始抚摸。妻说,我以为你忘记我是你老婆了？

我不知道妻为什么这样说,明明是她忘记了她是我妻子,明明是她说男人在做爱的时候很龌龊。

你怎么突然想到来接我了？你肯定有什么心事？你是不是做了对不起我的事？

相互的信任已经掺进了怀疑的水分。可是,我不值得怀疑吗？那桥上的女子总在我心里拂之不去。小鱼儿,她是小鱼儿吗？我的情绪一下子跌入了谷底。我不想再说什么。

第二天,报纸上最抓人眼球的报道,就是昨天发生在忘川大桥的爬桥事件。媒体为我们大致勾画出了昨天爬桥事件的轮廓。此次爬桥事件可谓一波三折,亮点迭出:

一包工头甲因工程发包商欠他的债爬上了桥,街道某工作人员乙上桥劝说包工头,包工头被劝下,工作人员乙却在劝说过程中触动了伤心事,留在桥上不肯下来,某见义勇为的路人丙见交通堵塞达五小时之久,忍无可忍,爬上桥将乙推下了桥,致乙摔伤,两腿骨折,可能瘫痪。

我的同事们,在热情洋溢地讨论着昨天的跳桥事件。焦点聚集在那个把人推下桥的丙身上,而最初的爬桥者甲已被忽略。不单是我的同事,接下来数天,无论是网络还是电视上,争论的焦点都在丙的身上。我的摄影师朋友给我短信,让我晚上看某电视台的一档谈话节目,他说他将作为嘉宾出镜谈论忘川大桥接连发生的跳桥事件。悲剧很快演变成了娱乐事件,这个时代有着一种巨大的力量,能把一切沉重的事物轻松转化为无厘头式的娱乐。每个人都成为了事件的参与者,他们很快乐。跳桥的人为他们制造了快乐。你快乐吗？我很快乐。快乐老家。是的，我想，如果老板来问我，我就要提出我的"快乐老家"的广告概念了。然而，老板只是来公司转了一圈就匆匆离去，她没有问我广告策划案的事。我也快乐，天不绝我。我用一天的时间，把"快乐老家"的广告策划案做出来。我大叫了一声，对我的同事们说，我把策划案做出来了。然而我的同事们只是漠然地看着我，没有一个人表示祝贺，也没有人提出先睹为快。他们也有他们的压力，我的策划案的出笼，并不能减轻他们的压力，反而增加了他们的压力，他们有理由漠视。但是我想把我的快乐与人分享。我想到了她，到现在，我还不知道她的名字，我就叫她小鱼儿吧。我知道，她一定会分享我的快乐。下班后，我在桥上徘徊，但是我没有遇见她。一连几天，我都没能再遇见她。她就像一道流星，瞬间划过我的天空，那么短暂，那么耀眼。我想，她将成为我生命途中最美好的珍藏。噢，小鱼儿！每晚十点到十一点，我依然在桥上徘徊复徘徊。我有些为她担心，不知道在她身上发生了什么。我能想到的，全都是坏事。自从上次去接妻下班后，我开始每晚去接她下班。但是我们再也找不到第一次接她下班时的感觉。妻也不再一路和我说那么多的话。我说你怎么不说话了。妻说我不想说了，想听你说，很久没听你说过话了。你是没有话对我说了吗？我再次想到了她，小鱼儿，那在桥上相遇的女子。

妻说，你有心事，你瞒不了我的。

我说哪有什么心事，工作压力太大。

是的,我的工作压力太大。这不是借口。快乐老家的策划案被老板否了。老板根本没有看我的方案,她只看到了"快乐"二字,就把方案书扔到了桌子上。快乐的老板失去了快乐。老板有些歇斯底里,她从来不这样。同事们都冲我偷偷吐舌头。失去了快乐的老板,在几天不露面之后,来到公司,把我们每个员工都骂了个狗血淋头,然后就把自己关在了办公室里。我们这些员工都提心吊胆,知道老板心情不好,都埋头装模作样工作,但我的脑子里什么都没有。我望着窗外,窗外的天空灰蒙蒙的。

今天没有人跳桥。

我觉得今天应该有人跳桥。

然而从早晨到天黑,没有出现我感觉中的应该。晚上回家时,经过忘川桥,我不想回家。我趴在桥栏上。天空渐渐黑了下来,桥上的灯亮了,城市的灯亮了。我抬头望着悬在头顶的钢铁桥架。是的,我想爬上去。不为寻死,也许只为试一试这桥是否像传说中那样轻易就能爬上去。

远远过来一人,那人穿了一件治安员的服装。他从我的身边走过时,直直地盯着我打量了好几眼。我避开他的目光,望着桥下的河水。他走了。我想再试一试,看能不能爬上这桥。那人又折回来了。这次他在我的面前停了下来。我们开始了这样的对话:

你想干什么?

我不想干什么。

不想干什么你在这里干什么。

不干什么。

不干什么？我看你是想爬桥！

我没有想爬桥。

我看你就是想爬桥。

我在报纸上听说了，自从这桥隔三岔五有人爬上寻死之后，让管辖本地的领导觉得脸上无光，于是在桥上增设了两名守桥人，专门看护这大桥，以阻止那些试图爬桥的人。我想，他一定是那两名守桥人之一。现在，我就叫他守桥人吧。

守桥人大约觉得我是个想爬桥的人。

我警告你，别想在我的眼皮子底下爬上桥去。守桥人说。

我说我不爬桥，我干吗要爬桥呢，我就算爬桥也要在大白天爬不是，晚上爬，哪里能引起必要的关注呢。

守桥人说，嗯，你这话在理。那你真不是想爬桥的？

我说我真不想爬桥。

守桥人说，真不想爬桥那你在这里干什么？

我说我等人，你看，我等的人来了。是的，我等的人来了。你看，那不是？

我远远地看见了她。我对守桥人说我等的人就是她，我的朋友。

我和她打招呼。她看着我，像看着一个陌生人。我说你好，好多天都没有见到你了。

我说这些天，我每天晚上都在桥上等你。我害怕你出了什么事。我还想说,我有太多的话要对她说。但是她没有理会我,像见了鬼一样匆匆离去。

守桥人对我更不放心了。守桥人说,你真的认得她?

我说我真的认得她。

守桥人说你真的在等她?

我说我真的在等她。

守桥人说那我问你,她叫什么名字。

我说你真的可笑,你又不认得她,我胡乱说一个名字,你也不知我说的是真是假。

守桥人说那你胡乱说一个?

我说她姓余,我叫她小鱼儿。

守桥人笑了,说,你骗人。我问你,你到底想干什么?

我说不干什么,我在这桥上看一会儿风景总是可以的吧。

守桥人说,对不起,请你离开。

我说为什么?难道这桥上不能待吗?法律规定了这桥上不能待吗?

守桥人冷笑一声,你是什么人,也敢谈法律?!

我决定留在桥上。不是要爬桥,现在离我妻子下班还有好几个小时,我无处可去,我想在桥上多待一会儿。之前我待在桥上是想等她,现在她像陌生人一样不认我,她离去了,我本欲离开的,可是守桥人的话让我有些受不了,现在不查暂住证了,我不再怕这些治安员,在过去,像我这样的打工仔,见了治安,早就吓得两腿发软

270

了,哪里还敢这样和他们啰唆。但此一时,彼一时也。现在,只要我不干非法的勾当,谁也无权干涉我待在这桥上。我故意和守桥人玩起了"躲猫猫"。我往桥南走,走到离守桥人十多米时停了下来,双手攀着桥栏,做势要往上爬。一直警惕地盯着我的守桥人,远远地大喝一声,朝我跑来。我松开双手,把手抱在胸前,望着一江忘川水,心里的得意像一群鸽子,在急速拍打翅膀,欢腾起一片稀里哗啦。我的脚甚至有些得意地抖动着,如果够胆,我甚至想吹吹口哨。

你小子找死。守桥人气喘吁吁跑到我面前。

我对他的愤慨充耳不闻。我开始往桥的北面走,走到离他二十来米,又开始作势往桥上爬。守桥人再次朝我跑了过来。他终于明白了我在戏弄他。我再作势要爬时,他不跑了,手背在背后,踱着方步,一步三摇地走到我面前,冷笑一声,爬呀,往桥上爬呀,怎么不爬了,不爬是龟儿。

我终于找到了一件有趣的事可以打发寂寞。我觉得这守桥人其实蛮可爱。自从前几天,那路人把爬桥人一掌推下桥后,守桥就成了这个守桥人的责任。我知道,如果有人爬上了桥,守桥人也许饭碗不保。我说谁说我要爬桥了,我根本不想爬桥,我只是想在这里待一会儿,可你身为守桥人,却想逼我爬桥寻死,我要去你上司那里告你。守桥人说,我逼你爬桥寻死了吗?我说你刚才不是还在命令我往桥上爬吗?你刚才不是还在说不爬是龟儿吗?好,是你让我爬上去的,那我就爬,反正活着也没有什么意思了。说着我又攀住了桥栏。守桥人大约以为我是不敢真爬的,冷笑着,站在那里不动。他不动,我就没了台阶可下,只好硬着头皮往桥上爬。当初设计这桥的人,大约是为了桥梁外形的美观,用许多的钢架,在桥的上空架起了一道彩虹。设计师也许把美学力学地质学方方面面都考虑到了,他哪里会想到,多年后的今天,他的得意之作,会因为太容易攀爬而被人诟病。我没费什么力就爬到了半米之高。我的腿有些发软,抬头往上望,听见一个声音在说:

爬上来吧,你听我说……

我看见那穿着红衣断了手腕的打工仔站在桥上冲着我笑。我正不知所措,腰就被人抱住了。守桥人把我从桥上扯下来。我心里的石头才算落了地。我说你把我弄下来干吗?守桥人一只手掐着我的脖子,而他脖子上的青筋却肿得凸了起来。

你他妈的疯了,你真往上爬。你知道吗,现在政府出了政策,凡爬桥者,处以治安拘留七天。老子一个电话,就把你关进号子,有你小子受的。守桥人冲我吼。

我说你打呀,你要敢把我拘留,我就告你逼我爬桥。

守桥人指着我的鼻子,说你他妈的以为我不敢?老子现在就打电话。

我知道他是真愤怒了。我知道人的忍耐是有限度的。我不敢再玩下去了。玩下去的后果是可以想见的。我对守桥人挥手说了一声"晚安"。我要去接我妻子下班了。

见到妻子,我对她说了晚上发生在桥上的事。妻吓得不轻,说你玩什么,玩躲猫猫?你找死啊。

我有点喜欢上了守桥人。每天早晨上班,那小子就已守在桥头;每天晚上下班,他还守在桥上,有点风雨无阻的意思。每次经过忘川桥,我会故意同他打招呼。他板着脸,不理会我。现在,他知道我不会爬桥寻死了,也不再警惕我。我故意站在离他不远的地方,做出要爬桥的样子。他干脆背过脸去,装着没看见。时间就这样一天天过去了,我还在广告公司上班。老板终于同意了我的方案,因为我没有拿出新的方案,她只好把我的方案交给了客户。客户的满意,让她重新审视了我的方案,她还对她那天的态度表示了歉意。老板把我叫到她的办公室,示意我关上办公室的门。我站在她的办公桌的对面,她指着办公桌对面的椅子说,坐。我就坐下。她说,这次的方案做得还不错,客户同意了你的创意,现在要把这创意落到细处,把每一个环节都做好。她说,前一段时间,我心情不好,对你发脾气了,对不起。我看着她,我发觉这一段时间来,我那年轻漂亮的老板,好像一下子老了十岁。其实老板比我还要小两岁,今年三十刚出头,她平时保养得很好,总是给人一种容光焕发的样子,然而这一次,我发现她脸上的皮肤似乎失去了往日的光泽。她大约发现了我一直在盯着她的脸看,我们的目光还撞上了一次,我赶紧收回了多少有点放肆的目光。我说您是老板,老板对打工仔发脾气是正常的,有什么对得起对不起呢?我说老板您太客气了。老板说,什么老板不老板的,你在我的公司里打工,

273

我是你的老板,你一离开公司,我们就是平等的了。又说,有时想一想,真还不如你们打工的好。我知道我们老板,从一个打工妹做到今天不容易。我也听说过,在她的背后,有着一些不为人知的背景。这个背景,使得她年过三十,事业有成,却一直未成家,也未恋爱。我突然从老板的眼里看到了疲惫与失落,这两样东西,是我所熟悉的。家里,出了点事。老板说。又说,希望,有一天你离开公司了,想起我这曾经的老板时,不会骂我,不会恨我。我说老板您说什么话,只要您不炒我鱿鱼,我是不会离开公司的。

我以为老板会对我说说她家里出的事。我想老板和我一样,也是一个需要倾诉的人,她既然开了头,一定会接着往下说的。也许她还会说出一些她的隐私来,我乐于享受别人的隐私。于是我带着鼓励的语调对老板说,您家里的事,现在过去了吗?我只差要对老板说,老板您有什么心事对我讲,我这人一贯守口如瓶,你对我说的话,我会让它烂在肚子里的。然而老板并没有对我倾诉的意思,她说,好啦,你知道,我是心情不好才冲你发脾气的。老板的意思,是希望我不要把不好的情绪带到工作中去。

我的情绪没有好起来,也并不那么坏,只是生活依然是那么无聊。我每天经过忘川桥,总是渴望着平淡如水的生活中发生一些什么。发生一些什么呢?我也不清楚,只是有一些隐约的期待。她再没有出现过,我已能平静接受这一现实,我变得不再失望,因为我对再次遇见她已不怀期望。但我还是爱怀念,我不止一次站在上次与她聊天的地方,恍惚还能看见她的样子,她说她的工作,她的上司，说她每天写下的发言稿，说她写了领导认不出的字让领导出了丑的忧郁样子。我突然意识到，也许，她失去了那份不错的工作，如她所说，重新回到了公司或是工厂里打工；也许，她离开了木头镇，去了其他的地方。我又想，她若是离开木头镇，为什么不对我说？又想，她为什么要对我说？小鱼儿，她真的是小鱼儿吗？我试图望清她的来路，但我一无所获。

你还想不想爬桥？我听见有人问我话。转过头，我看见守桥人。他在这桥上守了快一个月，南方强烈的紫外线，把他的脸晒成了酱油色。他的眼睛里，明显少了守桥之初的得意与敏锐，现在，他的脸上堆满了疲惫。

你问我，为什么不爬桥了？

是啊，他的眼里有一星光闪过。说，为什么不爬桥了？

我说我从来没想过要爬桥。

我记得你当时是想爬桥来着。他说。摸出一盒烟，问我要不要来一支。我说谢谢，我不会。他自己点上了一支，说，不吸烟好，我也是近来才学会吸烟的。你知道，这工作，真他妈的太枯燥了，得抽点烟提神。他点上了烟，也学着我的样子，趴在桥栏上，望着远方，默默地抽烟，几大口就把一支烟抽完了，他把烟蒂扔向了桥下。我和他，都趴在那里，静静地看着那烟蒂飘落，没入忘川。

我说，是很无聊，这工作。

你做什么工作。他问。

我说，广告策划。

好工作,你是大学生?

我说,大学生有什么用,现在大学生多如牛毛,找不到工作的大学生也多如牛毛。去年房地产火爆的时候,我们公司要招几个平面设计师,收到最少一千份的简历,我们从中挑三十人面试,说起来都是美院毕业的,让画一幅速写都画不好,最后挑了三个基本功相对好一点的,但做起事来根本不是那么回事,一个月的试用期没过,就知难而退自己走人了。

你是哪里人?他问。

湖北。

湖北哪里?

荆州。

我知道荆州,没有去过。我是四川的。他说。我看你像有心事,每天晚上都要在桥上待个把小时。

我说,你看出来了?

他说,这有什么看不出来的呢?我守这桥,今天满一个月。这一个月来,我看你天天晚上都待在这桥上,你真的是在等人吗?

也许吧。我有太多的话想说,但我觉得,这守桥人,不会是我理想中的听众。我说,一个月?这么快。

有了这次交谈,我觉得,我和守桥人差不多是朋友了。每天晚上,我下班时,他都会同我打招呼。然后问我抽不抽烟,学着抽一支也成。于是我接过他递来的烟,也抽一支。我们趴在桥栏上说话。他的话很多,他对我说他的姐姐,他说他有个姐姐,其实不是姐姐,是他的嫂子,只不过,嫂子对他比亲弟弟还好,他就把她当亲姐姐了,他说他平时都喊她"姐姐"。他说他的这份工作,是他姐姐帮他找到的。他说他是当过兵的,当兵是他的梦想,他当兵的部队就驻扎在木头镇的某座山里。他说本来他的梦想,是先当上兵,然后争取转士官。可是他在部队里养了两年猪。后来他不想转士官了,退伍后,就在木头镇的俊阁厂当保安。我说俊阁厂我知道,去年底倒闭了,据说是金融风暴后珠三角倒闭的第一家工厂,随后而来的,就是席卷珠三角的工厂倒闭狂潮。他说,俊阁厂倒闭之后,我就失业了,我姐姐就劝我去学点技术,比如重新去读书,读职业学校,学线切割,模具制作,或者学数控,都是不错的。我知道学这些技术得很多钱。我姐姐说钱不是问题,我的学费她给出。但我还是不想去学,一来是我没有心思在学校待着,二来,我不想看我哥的脸色。我哥这人不好,有几个小钱,就不知道自己是谁了,他要帮了谁芝麻绿豆大一点小忙,都会记一辈子,时时不忘拿出来说一说,提醒你不要忘了报他的恩。同时他又是个健忘的人,你对他好了九十九次,有一次对他不好,他就会忘了你前面九十九次的好。我姐说不用管你哥,我用我自己的钱。我姐的钱和我哥的钱是分开的。但我还是不想用我姐的钱,我知道,终有一天,她将不再是我嫂子,不是我姐姐。我又找了一份保安的工。你知道,当保安,也就是混时间。一个月前,我姐给我争取了这份工,守桥。我姐说,好好干,她会帮我想办法转成正式工。

你姐是干什么的?好像很有一些本事。我问。

他笑了,他说他姐姐是在街道办工作的。他说起他姐姐时,眼里的光彩是那样动人。

其实,你见过我姐姐的。他突然冲我神秘一笑。

我,见过你姐姐?怎么可能。

你还记得吗,我们第一次见面,我以为你要爬桥,你骗我说你在等人。结果你胡乱指了一个人说你在等她,那个人,就是我姐姐。

我眼前的世界,再一次变成了黑白的世界。守桥人的声音很遥远而又陌生。这世界真的是很小。我一直不相信小说和电视剧中的那些巧合,但生活中,巧合却无处不在。我的心里再次扑腾过一群鸽子。我知道,在我和她之间,上天自有安排,隐隐之中,命运为我和她的再次相遇留下了草蛇灰线。

那两个曾经为自己的偶像争得面红耳赤的小保安不见了,我已经有一段时间没见他们。现在坐在保安室的是个老头。老头很热情,问我找谁。我问那俩小保安去哪里了,老头说开除了。老头说得很平淡,就这么千八百人的厂,还用得着专门请两个保安么,我一个人就足够了。老头问我,你和保安是什么关系。我说不是什么关系,我是来接我妻子下班的。老头就问谁是我妻子,我说你才来多久说了你也不认得。老头说看你的样子,像个干部,你在哪个厂里做。我说我不在厂里做,我也不是干部,我要是干部,还会让我老婆在你们厂没完没了地加班么,你们这厂,真他妈一黑厂。

老头的脸一下子黑了,比被紫外线晒成酱油色的守桥人还要黑。老头不快地说,我们厂怎么是黑厂了。我说天天这样加班要死人的你知道么,这还不是黑厂。我想到了曾经在一本书中看到的一句话:资本的生命冲动是增殖价值。那本书中,对资本如何通过延长劳动时间,从而获取更多的剩余劳动力进行了深刻的分析。我又有点走神了。最近我总是这样爱走神。

加这点班就死人了?人又不是豆腐做的。工人加班又不是不给加班费。老头的话把我拉回了现实。老头问我,你老家是农村的么?我说是。老头说,那你肯定没有种过田。我说我怎么没有种过田,耕田耙田我样样会,清明泡种谷雨下秧,有什么不会。老头说,种过田那你还说在工厂里会做死人?工厂里加班有种田苦么?有搞"双抢"苦么?年轻人呐,真是身在福中不知福。没有工厂,你们哪里有工做。

我说你这老头真是奇了怪了,你的意思,是这工厂的老板养活了我们这些打工仔?

老头说,可不是?

我说可是你别忘了,没有这些打工仔打工妹提供廉价劳动力,也没有这些老板的今天。你说说看,老板们赚取的哪一个铜板里没有工人的血汗。

老头说,又没有谁逼他们来打工,周瑜打黄盖,一个愿打一个愿挨。

老头的话让我很生气,看他年龄,也像是从旧社会过来的人,怎么说起话来这样一副奴相。话不投机,我不想和他多说,走到厂对面,等妻下班。时间过得慢极。终于,下班的铃声响了。我说怎么搞的,加到两点钟了。妻说,你要不耐烦等就不用来接我了,这么多年都没来接过我。我说我什么时候不耐烦了。妻说你看你,一见我就鼻子不是鼻子眼不是眼的。我说不是不耐烦接你,是你们这门卫老头,真真气死我了,没见过这样维护老板利益的人。妻说,你说他呀,你知道他是谁么?我说是谁?妻说,是我们老板他爸,原来一直在四川农村生活的,听说是老伴去世了,在家里待得凄惶,就来城里和他儿子一起生活。来了又闲不住,烦死人了,一天到晚嘴碎得很,见到什么看不惯的事都爱说,我们工位上要是不小心掉下去一个零件,他看见了可以数落你半天。又说厂里根本用不着请人看门,说两个小保安每天上班都在玩,让老板把保安炒了,他当起了门卫。

我说难怪这么维护老板的利益,敢情这厂是他们家的。如果这老头的儿子不是这家工厂的老板,而是厂里的一个打工仔,他肯定不会说这样的话了。

妻说,我们都烦死他了。又说,往后你不用来接我了,接了这一段时间,我很知足了。

我说你这说的什么话。

妻说,你上班也很辛苦。用不着两个人都弄得这么苦,老夫老妻,又不是谈恋爱的时候。

我说,你不是羡慕工友有老公来接么。

妻叹了一口气,说,人不都是虚荣的么,她们有人接,我没人接,会觉得失落些。可真让你天天来接我,我又不忍心,觉得自己太过分了。你还记得吗,那个吴姐?

哪个吴姐?

就那天你来接我,我对你说起过的,我的工友,我们每天下班都一起走的那个。

我说我记起来了,怎么啦?

真的没有想到,吴姐的老公,在外面有了外遇。真是人心隔肚皮。她老公每天晚上都会骑了自行车来接吴姐,两个人恩恩爱爱,我还一直羡慕她们两口子感情好呢,哪里能想得到呢。

是吗?吴姐她老公干嘛的?当老板吗?

老板,当老板搞外遇还说得过去,她老公一个补鞋的,也搞起了外遇。

我说你这话就不对了,难道只有老板才能搞外遇,补鞋的就不能搞外遇了?

妻挖了我一眼,说,你说这话,是不是也想搞?又说,我真想不通,吴姐的老公,要钱没钱,要长相没长相,怎么会有女人喜欢他。听说喜欢他的那女孩子才十九岁,来她老公那里补鞋认得的,两人怎么就好上了。

我说,不说吴姐了,清官难断家务事,管那么多闲事干吗。

妻说,也不是想管,也管不着,不就是发两句感慨么。你说咱们从家里出来打工,怎么不学人城里人的好,专学了城里人的这些坏毛病。还有那个小芳,你也是见过的。我说小芳怎么了。妻说,小芳的老公对她多好啊,可是她和我们主管……不说了,反正不知道现在的人都怎么了,疯了一样,让人越来越搞不懂了。

妻说,好在你不是那样的人。

你是那样的人吗? 妻在肯定之后,又来了一句反问。

我不知道自己是不是那样的人,我不知道自己是什么样的人。有时觉得自己是圣人,身在江湖,却心忧天下;有时又觉得自己是魔鬼,内心深处有着太多的破坏欲,我甚至渴望这世界来一场疾风暴雨,摧枯拉朽,但另一方面,又渴望安宁,厌倦动荡。其实我们最不了解的人往往就是自己。我也搞不懂,我为什么会对那个只说过一次话的女子有了牵挂。她是一个谜,是我心灵异化的一个投影。然而守桥人却说她是他姐姐,那么,她又是真实存在了。

我想,下次见到那守桥人,我要问一问他,关于他的姐姐,我渴望了解更多的信息。

你的姐姐? 现在,好吗?

然而,我一直没有问出这句话。我每天和守桥人聊一会天,抽完一支烟,然后我待在桥上发呆,然后离去。我再也没有见到她。她在我脑海里的样子,已变成了一团雾,已经和小鱼儿一样面目模糊,已经和我的妻子一样面目模糊。时间就这样过去了。我的生活一成不变,像钟表一样机械而准确。秋天就这样过去了。我想到她似乎说过她不喜欢冬天,冬天会让人忧郁,让人失眠。

我想再也不能这样下去了,我要再次和守桥人谈谈他的姐姐。

可是我们见面时,守桥人却对我说,也许,下个月他就要离开这里了。我说为什么,是你姐姐想办法给你转正了吗?那,我要先祝贺你了。我故意把话题往他姐姐身上引。守桥人苦涩地一笑,说,不是的。我说那是为什么呢?守桥人说,已经八十三天没有人爬桥了,要是再过七天还没有人爬桥,可能就用不着我们守桥了。我突然觉得守桥人的职业是一个悖论。他守桥,是为了阻止有人爬桥寻死,应该说是希望没有人爬桥才好,但真没有人爬桥了,守桥人的意义就得不到体现,他就有可能失去这份工作。

我只好安慰他,说,不要急,这不是还有七天吗?七天内,谁知道会发生什么呢。上帝创造这个世界,不也就只用了七天吗?

那天我们没能再谈到他的姐姐,但我们谈了发生在忘川大桥上的一次次爬桥寻死的事件。谈到了那个从桥上跳下的红衣打工仔。我对守桥人说,我经常看到那个打工仔坐在桥梁上,风吹动着他的衣襟,他望着远方,远方也许是故乡的方向。他的两条腿悬在空中,一前一后地晃荡着。守桥人说,你别吓唬我。我说我真没有吓唬你,我为什么要吓唬你呢?有时他还会和我说话,他说爬上来吧,你听我说。他要对我说什么呢?他也和我一样,有着不断说话的欲望吗?

你从来没有看到过吗?那个红衣打工仔。我问守桥人。

守桥人说从来没有。他说他开始守桥时,最害怕有人爬上桥,要是有人爬上去了,那就是他工作的失误,是他没能及时阻止别人爬桥。可是随着时间的推移,现在他却渴望有人爬桥了,要是再没有人爬桥,就算上面不取消他的这个岗位,他也觉得这工作太枯燥乏味。他说他也想不通,为什么有那么多的人会选择这座桥来爬。他说从那个红衣打工仔跳下来之后,短短几个月时间,这座桥上已发生了十九起爬桥寻死事件了,平均每半个月不到就要发生一件。我说这是个复杂的问题。我说,也许,是这座桥有奇怪的魔力吧。我说,每次我走到这里,就是那个红衣打工仔跳下去的地方,我就会有爬上桥去的冲动,你没有吗?守桥人说他没有,说他从来没有这样的感觉。我说,你姐姐说过,她也有这种感觉。

我姐姐?守桥人说,我姐姐对谁说,对你说的,你们真的认识?

我说我们真认识,我为什么要骗你。

守桥人说,那,那天你和我姐姐打招呼,她为什么不认你。

我说,也许,你姐姐不想让你知道,我和她认识吧。

守桥人突然愤怒了,我不知道他的愤怒从何而来。

你怎么和我姐姐认识的,你们是什么关系。

我说你别这么紧张,我每天上班和下班都走这座桥,你姐也走这座桥,我们经常在这座桥上相遇,相遇的次数多了,虽没说过话,却也算得上是认识了。我说我们其实只说过一次话。我说,好久没有见过你姐姐了,她,现在为什么不走这座桥上下班了?守桥人没有回答我的问话。他掏出烟,自己往嘴里塞了一支,看了我一眼,把烟盒朝我伸了过来。我抽出了一支。他给我点上烟,自己也点着了。我们趴在桥栏上,望着远方,什么话也没有说。抽完了一支烟,他又续上一支,我们就这样,把他那一包烟都抽完了,我的舌头抽麻木了,我的嘴抽起了泡,我感觉头晕乎乎的。守桥人说他要下班了。你还不走?他问我。我说我的头很晕,有些恶心。守桥人说,你不常抽烟的,一连抽了这么多支,你是抽醉了。我说抽烟能抽醉吗?只听说过喝酒喝醉的。守桥人说,你没听说过的事多了,你以为你什么都知道吗?

我默然无语。是的,我以为我什么都知道,其实,我什么都不知道。我以为我能看懂一些东西,其实我连自己都看不懂。

走啦。你没事吧。守桥人说。

我感觉脚下的大桥在震动,一列动车从我的脚下穿过。我说你走吧,不要为工作的事发愁,也许,七天之内,有人会爬上这座桥的。

七天之内,真的会有人爬上桥去吗?看着守桥人远去的背影,我这样问自己。鬼才知道。我这样回答。我想到了我的摄影师朋友。我有好长时间没有见到我的摄影师朋友了,我曾对守桥人说起过我的这个朋友,我说我可以介绍你们认识。守桥人说,你是说吴大哥吗,我们认识,他经常到这桥上来拍照的。我只有苦笑了,我想到每次有人跳桥,我要电话通知他时,他总是已经在现场了,我总是比他慢一拍。我又想了另外一个问题,守桥人渴望有人再跳一次桥,这样他才能保住自己的工作,不知我的摄影师朋友,是否也和守桥人一样,渴望多一些人跳桥,这样他的记录才会更具有轰动性。

我渴望得到答案,我不想回家,妻也不让我再接她。我给了摄

285

影师朋友一个电话,我问他在哪里,他说他在工作室。他的工作室就在桥南不远的地方。摄影师朋友问我什么风把我吹来了,我说东南西北风发财在广东。摄影师朋友说你的脸很红,走路也打飘,你是喝多了酒吗?我说不是的,我抽烟抽醉了。朋友说,你遇到了什么不开心的事了吗?我说没有,我是有一个问题想来问你。什么问题,朋友问我。我说了守桥人遇到的悖论,我问我的摄影师朋友,这个问题对于他来说,是否也是一个悖论。朋友想了一会儿,说,摄影师只是生活的记录者,不是编剧,不会去预设生活,改编生活,假设生活。我的摄影师朋友说到编剧时,我又想到了她,她曾说过她像一个编剧,她的领导们,每天在认真背诵着她写下的台词。我的摄影师朋友继续在说,他说他追求的是真实,有人跳桥,是真实;如果没人跳了,那也是真实。他说摄影的力量,是靠真实来传达的。他说他也和守桥人交流过,他也在关注守桥人。其实守桥人只想到了一层,如果再隔一段时间没有人跳桥,也许他会丢了工作,但他忘记了,如果再有人跳桥,他是阻止还是不阻止,他要是成功阻止了,还是没有人跳桥,还是无法证明他工作的价值,如果他不阻止,还是有人爬桥跳桥,那么说明派专人守桥,是在做无用功,也许他还是要失去工作。我的摄影师朋友说着,让我帮他挑照片,他拿出了一堆照片,全都是关于跳桥的,他说他做了跟踪,每一个跳桥人为什么要跳桥,他都有记录。朋友说,你帮我挑挑,把那些刺痛了你的照片挑出来。

我漫不经心地挑着照片,我说挑这些照片做什么。我的朋友说他要办一个展览,题目就叫《桥》,他说他的想法,这展览就办在桥上,他要在桥栏的两边,展出一百幅跳桥的照片。我说这个想法很有创意,你的展出一定会轰动,你一定会出大名。我的摄影师朋友漫不经心地看了我一眼,我从他的眼光里看到了一丝不屑和嘲讽。他说他这样做不是为了出名,而是为了让每一个从这桥上经过的人,看到这些照片之后会多想一想,多问几个为什么。我的摄影师朋友大谈了一阵他的创意之后,突然长叹一声,道,为了这事,我已经使出了浑身解数,能找的人都找遍了,但没有一个部门同意我在桥上做这个摄影展。办展难,难于上青天!

这七天比平常的七天要快。每天晚上,我都会和守桥人在桥上相遇,但是现在,我们之间好像突然无话可说了。我们趴在桥栏上,抽一支他递给我的烟,再抽一支我递给他的烟,我也学会了抽烟,自从那天烟醉之后,我总觉得嘴里能淡出鸟来,而抽上一支烟,能短时缓解这种乏味感。我们抽着烟,在心里数着日子。七天,六天,五天,四天,我们在倒计时。

忘川大桥是平静的,没有人爬桥,没有人寻死。

我是不是很坏?倒计时的第三天,守桥人在吸完了一支烟后,突然问我。

我说,小孩子才用好和坏这样简单的词汇来归纳人。

七天过去了,守桥人的命运并没有发生变化,他还守在桥上。那天我经过忘川桥时,他一脸兴奋,被太阳晒得发亮的脸上,一双眼睛显得格外亮,远远的,我就看到一嘴白牙在闪耀。他告诉我,他最担心的事没有发生,他说上面说了,暂时不撤掉守桥的岗哨。也许,他还要在桥上坚持一个月,或是两个月,或是更长久的时间。我对他的幸运表达了我的祝福。我对他说,我可能再不会天天晚上在这桥上发呆了,我打工的公司没有了,被查封了。我们老板,原来是某位领导的相好,这位领导直接掌握着房地产商的利益。这位领导被双规了。拔出萝卜带出泥,我们老板的公司,最终也被扯了出来。

守桥人说,你失业了?

我说,失业了。

守桥人说,拿到工资没有?

我说还拿什么工资,老板都不知跑哪里去了。

守桥人说,那怎么办?

我笑,凉拌。我说,要不,我爬上桥去为自己讨工资?

守桥人一愣。

我说,这样,你也不用担心撤掉守桥的岗位了。

守桥人说,还是别爬得好,爬了又不跳,是要被拘留的。

我笑了,拍拍他的肩,说你真可爱,你以为我真会去爬桥啊,要跳桥,那也是我们老板去跳桥。

守桥人掏出手机看了时间,说时间到了,他要下班了。我说再陪我一会儿嘛,守桥人说,不了,回去晚了,姐姐会担心的。

姐姐。守桥人的姐姐。我的胸口,突然有些隐隐地痛。我以为我忘记了她,原来我一直无法忘记。那个像梦一样出现在我生命中的幻影,我至今不清楚,她是否真实地存在过。我徘徊在忘川大桥上,渴望着生命中出现奇迹,渴望着她和平常一样,从桥南走向桥北,我们在桥的中间相遇。我有许多的话要同她说,我要对她讲我打工的故事,讲二十年前,一个天真的少年如何离开故乡,渐渐变成现在这个样子,讲我在工厂里曾经遇见过一个叫小鱼儿的女孩,那个女孩,和她长得一模一样。那是少年的情怀,是生命中一些不再的过往。然而,这一切,只是我的一厢情愿,她没有出现。我在桥上徘徊复徘徊,那穿红衣的打工仔,不知何时又坐在了桥梁上,两条腿悬空着,一前一后地晃荡。我眼前的世界再次变成了无边的黑与白,只有那打工仔的红衣,像一朵木棉花,燃烧着冰凉的火。

爬上来吧,我告诉你真相。

他用声音在诱惑我。

我为什么要上去,我为什么要知道真相,什么是真相?我说我才不上来。

红衣打工仔说,我知道,你会上来的,你很孤独,你很焦虑,你需要倾诉,而我,是你最好的听众。红衣打工仔说着朝我伸出了手,我迟疑了一下,缓缓地朝他伸出了手。红衣打工仔说,这就对了。然而他并没有握住我的手,他只是朝我招了招手,我觉得他的手上有一股强大的引力,我感觉到了轻,感觉到自己像纸糊的一样飘了起来,我轻盈地落在忘川桥的钢梁上。

你终于是上来了。她说。

我就知道,你迟早会爬上来的。她又说。

我突然发现,站在我面前的,根本不是红衣打工仔,而是她。我的恐惧让这世界一下子退到了远方。

怎么,你害怕了。你不是一直在找我么,原来,你也是个叶公。

我说,我没害怕,只是,太突然了。这样一说,我果然不觉得害怕了。

她在大桥的横梁上坐下,我也坐下,我们并排坐在一起。我有许多的问题要问她,我有几辈子的话要对她说,可是她只是冲我笑,说,什么都不要说,你看远方,她说,她的经验,当一个人为眼前的生活所困,看不清方向,看不清事物的本质时,最好的办法就是站在一个高的地方,看着远方。于是,我看远方。远方,是顺着忘川大桥延伸的铁轨。她说,你看到了什么。我说我看到了铁轨。她说,铁轨的尽头呢?我说,那是我来的方向。我看见,从铁轨的尽头,慢慢走来一个少年,少年背着简单的行李,少年的眼睛是那样的清澈透亮,像未曾出山的泉水,少年的眼里闪动的是期望和梦想。我知道那少年是我,是我的过去。我看见我的过去从远方朝我走来,我看见我的变化,二十年的时光,得到了许多,也失去了许多。少年走得很慢,仿佛一个世纪那样久长,少年和我擦肩而过,他似乎飞了起来,然后落到了铁轨的另一方。我转过身,目送着少年远去,他的背渐渐佝偻了下来,他变得苍老不堪,他渐渐消逝在了铁轨的尽头。我不知道,在我的身下,何时聚集了许多的人,熟悉的,陌生的,我看见了守桥人,守桥人和警察们一起维护秩序。我看见了我的摄影师朋友,他手中的镜头像黑洞洞的炮口,冲着我不停闪光。我看见了我的妻,她在哭喊着什么,一位警察手执大喇叭,大声问我有什么话要说。我转头看身边的她,她不知何时已悄然消逝。在她坐过的地方,忘川桥的钢铁横梁上,一朵莲花悄然开放。

我对警察说,那么,好吧,你听我说。这么多年来,我一直生活在南方……

二〇〇九年七月三十日于广州龙口西

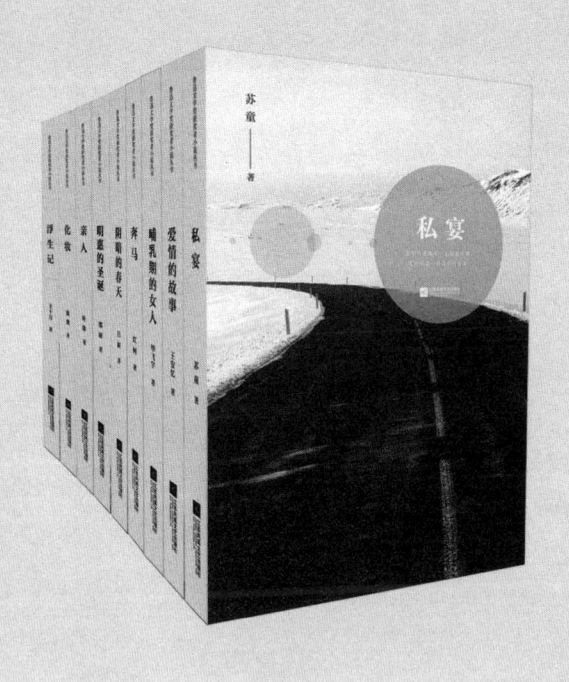

鲁迅文学奖获奖者小说丛书

书名：爱情的故事
作者：王安忆

在我看来，市井人物有个性，他们身上有美学价值……写市井人物，这是我个人的兴趣。这些人生活在社会的边缘，反而回避了主流的塑造，回避了一些集体性的、意识形态化的东西，变得非常有性格，这些性格都是独一无二的。

书名：私宴
作者：苏童

小说是一座巨大的迷宫，我和所有同时代的作家一样小心翼翼地摸索，所有的努力似乎就是在黑暗中寻找一根灯绳，企图有灿烂的光明在刹那间照亮你的小说以及整个生命。

书名：哺乳期的女人
作者：毕飞宇

作为一个写作的人，我一直告诉自己，所谓真话，不说出来等于撒谎；所谓真相，不说出来也等于撒谎。

书名：奔马
作者：红柯

我来到一泻千里的砾石滩，我触摸到大地最坚硬的骨头。我用这些骨头做大梁，给生命构筑大地上最宽敞、最清静的家园。

书名：阴暗的春天
作者：吕新

最好的作品，我想象过，但很难用几句话把它描述出来。这中间，有很多东西是不可缺少的，除了写下自己想写的，世间其余诸事，均可淡然处之。

书名：明惠的圣诞
作者：邵丽

文学的神圣在于，它始终使我们的精神挣脱沉重的肉体，以独立和自由的姿态，存活在另一个可以抵达永恒的世界里。

书名：亲人
作者：叶弥

开始写的那一天，我的心就定了下来。明白活着的理由，懂得感恩的重要，洞察付出的结果……人生的弦外之音，大概如此。

书名：化妆
作者：魏微

当时间的洪流把我们一点点地推向深处、更深处，当世间的万物——生命，情感，事件——一切的一切，都在一点点地堕落、衰竭，走向终处，总还有一些东西，它们留在了时间之外。

书名：浮生记
作者：王十月

文学拯救了我，让我变得像个人样。开始追问生存之外的更多问题，诸如尊严、自由、平等，诸如生活的真相等等。这是我的出身，是我的精神胎记，不容回避，也无须刻意展示。